フェルメールの囁き
―ラピスラズリの犬

安藤紘平
ANDO Kohei

文芸社

序章

「発見こそすべての始まりである」

―平賀源内―

〝盗まれたフェルメールの『合奏』、発見か?〟

「オート＝ガロンヌ県トゥールーズの旧邸の蔵から十七日、フェルメール作の『合奏』と思しき作品が発見された。パリ在住のジャン＝クリストフ・ロジェ氏が生家を整理していて発見したもので、フェルメールの『合奏』は、一九九〇年アメリカのイザベラ・スチュワート・ガードナー美術館から盗まれて以来、消息を絶っていた名画である。もし、本作が本物であった場合、その価値は数億ユーロであろうと云われ、絵画史上、今世紀最大の発見である。さっそく、フェルメール研究の権威アンリ・ブリュック博士に鑑定が依頼され、結果が待たれる」

―フランス・ジュルナル紙―

目次

『フェルメールの囁き―ラピスラズリの犬』登場人物一覧

小次郎
通称〝プティジル〟。パリ・モンマルトルに一人で住む。物心ついた時には父はおらず、日本人の母も四年前、彼が十二歳の時、交通事故で死んだ。家にあった絵画がもとで大事件に巻き込まれる。

あゆ
小次郎の母。美しい日本人女性。画廊で働いていたが事故で死ぬ。

リシャール
母の友人で小次郎の後見人。若い時は映画監督を目指すが、今は場末のカフェ『ベティ・ブルー』を経営している。

ヤン
カフェ『ベティ・ブルー』で働く謎のベトナム人美少女。

情報屋のマチュー
リシャールの飲み友達。裏社会に通じ、情報収集能力に優れている。

マノン
ポーランドから来た、素晴らしい歌声を持つ謎の美少女。

ユゼフ
マノンの祖父。特殊技能を持つ老画家。マノンを連れてポーランドからパリへ来た。バイオリンも弾く。
ジョルジュ・モロー
パリのベルビルを拠点とするパリの一大組織ジョルジュ一家の親分。ジャン・ギャバンとエディット・ピアフがお気に入り。
トマ
通称〝小さなマムシのトマ〟。ジョルジュ一家の若頭。コルシカ島出身で、ナイフ投げでは右に出る者がいない。
黒ブーダン
フランス外人部隊出身のジョルジュ一家における戦闘隊長。
ランドリュー兄弟
ジョルジュ一家の組員。ジュネとカロの双子の兄弟。結婚詐欺師で軽業師。
マルセル
外人部隊で黒ブーダンの部下。戦地で命を救われ、彼を慕いジョルジュ一家の組員に。
ＴＲＡ
〈Transaction system for Renaissance of Art（アート再生の為の取引組織）〉の略。国際的な

マフィアによる絵画取引ブラックマーケットの元締め組織。逆さにするとART。

アル・デイリー

TRAのパリ支局長。肝っ玉の小さい下っ端だが、パリ留学経験と上役へのごますりで大抜擢され、デトロイトから派遣された。

ルーカス・モーガン

TRAニューヨーク本部のエグゼクティブ。フェルメールプロジェクトの考案者。バリバリのマフィア。

ジャンヌ

TRAパリ支局のアルの秘書であり愛人。

アダム・クローゼ

通称〝ゲリラ殺しのクローゼ〟。TRA本部の保安部長。

ヤンケル・ポランスキー

通称〝禿(はげ)のヤンケル〟。ポーランドのマフィア。

フランソワ

TRAパリ支局のスタッフ。

グレッグ&リチャード&ボルト

元グリーンベレーのTRA本部の戦闘員。

万代博実

日本のヤクザ明石屋佐兵衛商会の若頭。頭脳明晰、沈着冷静で組のすべてを担っている。不思議な前歴を持ち、フランス語もしゃべる。

真田慎太郎

芸者の母と歌舞伎役者の間に生まれた。美貌で頭が良く、独自の哲学を持った切れ味鋭い武闘派。万代を尊敬し、師と仰いでいる。

ジャクリーヌ・シャルニエ

フランス国際刑事警察機構（通称：インターポール）の女性警部。大学時代は絵画研究者を目指したが、兄がヤクザに殺され、盗難美術品捜査官となる。

ピエール・シャルニエ

ジャクリーヌの兄。秀才。パリの大学で万代と同級生。ＥＵ立ち上げの立役者だが、フランスの国粋系ヤクザに殺害された。

メジュラン

小次郎たちを助ける謎の男。

アンリ・コルディ

モンマルトルの芸術家村に住む風変わりな老画家。

ヨハネス
　コルディ老人が飼っている碧（あお）い色をした犬。パピヨン種。

メーヘレン
　オランダの二十世紀最大の贋作（がんさく）画家。

ブリュック博士
　絵画研究・鑑定家。特にフェルメールに造詣が深い。

エマヌエル
　映画作家連盟ライトコーンの主幹。映画製作の各種補助をする。リシャールの友人。

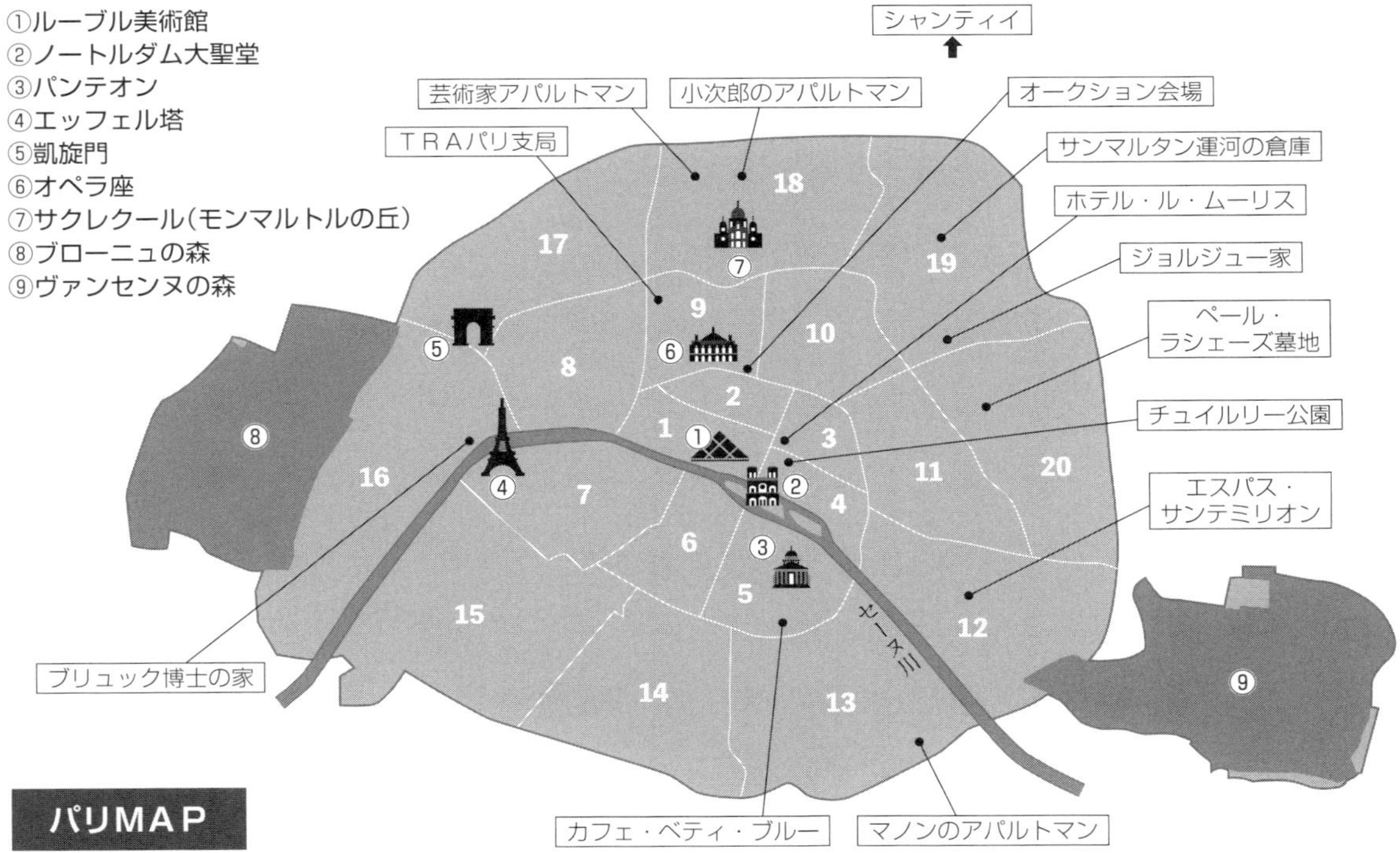
①ルーブル美術館
②ノートルダム大聖堂
③パンテオン
④エッフェル塔
⑤凱旋門
⑥オペラ座
⑦サクレクール（モンマルトルの丘）
⑧ブローニュの森
⑨ヴァンセンヌの森
シャンティイ
芸術家アパルトマン
小次郎のアパルトマン
オークション会場
ＴＲＡパリ支局
サンマルタン運河の倉庫
ホテル・ル・ムーリス
ジョルジュー家
ペール・
ラシェーズ墓地
チュイルリー公園
エスパス・
サンテミリオン
ブリュック博士の家
カフェ・ベティ・ブルー
マノンのアパルトマン
セーヌ川
パリMAP

第一章

「噂とはいい加減なものだ。たいていい噂のほうがよくできている」

――映画『ワイアット・アープ』より――

1

一九四五年四月二十九日、第二次世界大戦末期、ベルリンにはすでに連合軍が東西両方向から迫っており、ドイツの敗戦は確実な状況となっていた。アドルフ・ヒトラーはこの日、総統官邸の庭園に空襲のときの避難場所として建設された地下壕にいた。地下壕といっても、それはまるで地下都市ともいえる大邸宅である。庭の小さなコンクリートの入り口から階段を下りると廊下があり、左右に隊員の寝泊まりする部屋がいくつもある。さらに階段を地下深く二階分下りると、赤いじゅうたんの敷かれた廊下があり、両壁面にはヒトラーの愛する高価な絵画が並べられていた。その先には、ヒトラーの執務のための書斎や会議室がある。午前三時、この書斎は、アドルフ・ヒトラーとその愛人エヴァ・ブラウンのささやかな結婚式場となり、隣の会議室に幕僚たちが集まって、ヒトラーとその新夫人を祝福した。

翌日昼、夫妻は秘書らと野菜スープの簡単な食事を摂り、書斎に引き上げる。その数分後、大きな銃声を聞きつけた人々が部屋に入ると、あたりには猛毒シアン化水素独特の焦げたアーモンドの甘い香りがたち込め、顎(あご)から右こめかみを自ら打ち抜いたヒトラーと服毒自殺したと思われるエヴァの遺体、そして、足元にはワルサーPPKが転がっていた。

そして五日後の五月五日、ナチス・ドイツ代表のブラスコヴィッツ将軍は連合軍に降伏を表明し、オランダは長期にわたるドイツ軍の占領から解放された。

五月二十二日、ヒトラーの片腕としてナチス・ドイツの中心的存在であったヘルマン・ゲーリング元帥の夫人が住んでいた古城から、多数の美術品が押収され、その中からフェルメールの『キリストと姦淫の女』が発見された。ゲーリングの美術品収集は有名で、ローゼンベルク特捜隊に命じて、ヨーロッパの占領各地で、ユダヤ人富裕層所有の美術品を没収したり、圧力をかけて売却を強制したりしていた。その略奪品の数は膨大で、ダヴィンチ、ラファエロなどからゴッホ、セザンヌ、ピカソまで、2万点以上と云われる。連合軍は、すぐさま略奪品の奪還作戦を展開。その中で発見されたのが、オランダの国宝級の絵画と思われるフェルメールの『キリストと姦淫の女』であった。

2

薄ら寒い五月二十九日の早朝、オランダ陸軍の兵士たちがアムステルダムのカイゼルス運河沿いのある邸宅を訪れる。

一人の仕官がドアをノックしてしばらくすると、ワードローブを羽織った今起きしなのように顔をしかめた老人がドアを開けた。

「何の用じゃね」

「ハン・ファン・メーヘレンさんのお宅はこちらでしょうか?」

そう言いながら、仕官は素早く室内に目を走らせた。応接間の調度品は、つい数日前までここが占領下にあったとは思えないほどに豪華で、飾り棚には高価な洋酒、壁には立派そうな絵画が掛けてある。

「私がそのメーヘレンじゃが、何か用かね」

老人は、上級仕官と思われる彼にやや不安げに尋ねた。

「私どもはオランダ陸軍省の者ですが、連合軍委員会と共同で、ナチ占領軍に略奪された美術品の奪還任務を遂行しております。先日押収されたヘルマン・ゲーリング元帥の収集品の中から、フェルメールの『キリストと姦淫の女』が発見されましたが、調査の結果、メーヘレンさん、あなたがこの絵画を敵国に売り渡したとの嫌疑がかかっております。あなたを国家反逆罪の容疑で逮捕します」

メーヘレンは、オランダにとって国宝級のフェルメールの名画を敵国に売り渡す仲介をしたとして、対独協力の国家反逆罪で逮捕された。

3

メーヘレンは、数週間の間黙秘を続けた。その間、マスコミは彼のことを、『オランダ人たちが飢えて死んでゆく中、贅沢を尽くした親ナチ芸術家』と呼び、戦争中、闇市から調達した食料や酒で繰り広げられたメーヘレン邸での乱痴気騒ぎの様子が報じられた。メーヘレンはすっかり〝立派な売国奴〟に仕立て上げられていた。

国家反逆罪は、有罪となれば当然死刑である。

黙秘を続けたメーヘレンは、勝ち目がないとみてついに自白する。ところが、その自白の内容は、想像を絶するものだった。

「ゲーリングに売り渡した『キリストと姦淫の女』は、フェルメールの真筆ではない。あれは、実は自分が描いたものだ。だから、国家反逆罪どころか、国家の敵ナチスを騙した愛国者だ。それだけではない。ルーブルなどヨーロッパ各地の美術館に収められているフランス・ハルス作とされている『笑う騎士』や『パイプを吸う青年』、ピーテル・デ・ホーホ作と言われている『トランプをする人々のいる室内』なども私が描いた」と告白したのだ。

そして、この告白の最も衝撃的な事実は、フェルメールの最高傑作の一つとして多くの専門家が認め、二十世紀最大の発見とされた『エマオの晩餐』もまた、自分が描いたものだと言ったことだ。美術界は大騒ぎとなった。

『エマオの晩餐』は、一九三七年、ロッテルダムのボイマンス美術館が鳴り物入りで買い上げ、その価格は、当時の金額で五十四万ギルダーであった。

当時、ボイマンス美術館館長であったハンネマ博士をはじめ、元マウリッツハイス美術館館長で批評家のアブラハム・プレデュウスなど多くの専門家たちが真筆として認定した作品であったから、メーヘレンの自白を当初は誰も信じなかった。死刑を逃れるための方便だろうと思われた。

さっそく、専門家による調査委員会が結成された。

ハンネマ博士と数名の評論家は、依然として『エマオの晩餐』はフェルメールの真筆であると主張した。しかし、メーヘレンは調査委員会に積極的に協力し、この絵を描くために購入した同時代の古い絵画のキャンバスと張り材に切断した跡があることや、消そうとしても消し残ってしまった元の絵の画像をスケッチして、X線撮影で確認するよう求めた。

また、メーヘレンは、自分の正当性を証明するために、衆目の見守る中、フェルメールの画風で絵を描いてみせた。『博士たちと議論する十二歳のキリスト』である。二ヶ月かけて描く作業を見守る人々の目には、この画家には『キリストと姦淫の女』はもとより、『エマオの晩餐』を描く技量にも恵まれているように見えた。

裁判は十八ヶ月にも及んだ。

委員会の調査結果は、X線写真など様々な証拠がほとんどすべて、メーヘレン自身の自白と一致した。

このころ、マスコミと世論は、以前とは全く真反対のムードになっていた。メーヘレンは〝稀代の売国奴〟どころか〝ゲーリングとナチスを騙した英雄〟として連日新聞紙面を賑わせた。ジャーナリストたちは、「作品はフェルメールにも匹敵する本物であるが、それらをフェルメールの真筆だとした専門家たちこそ偽者だ」と真筆認定した専門家たちを批判した。

贋作（がんさく）作家としてのメーヘレンの類まれなところは、ラピスラズリ〈註1〉などの顔料、アナグマの毛の絵筆など、フェルメールが使ったであろう絵の具、キャンバス、道具を使用し、アルコールテストに耐えるための特殊な加工法を考案、古画の特徴である亀裂の再現、X線透視テストを免れるため十七世紀の絵画を徹底的にそぎ落として使用するなど、技術的に細心の注意を払っていたことにある。また彼は、贋作を見破るために使われる顔料の科学分析法やX線写真、紫外線の使用法にも精通していた。

さらに彼の贋作作家としての特筆すべき点は、よくある贋作家が本物と瓜二つの同じものを描くのとは違って、本人であればこう描いたであろう未作のイメージを、本人に代わって描いたことにあった。

　裁判での結果は、多くの名画がメーヘレンの贋作であると認定され、国家反逆罪としての死刑ではなく、単なる詐欺罪として一年の懲役を言い渡される。

　しかし、その一ヶ月後、メーヘレンは、獄中で倒れる。

　通説では、酒と麻薬に身体をむしばまれていて心臓発作を起こしたとされているが、この事件で面目を潰されたり、また、秘密を握られていて困る著名人も少なくはなかったため、毒殺説も流れた。

〈註1〉＝瑠璃（るり）とも呼ばれる深い青色の貴石。顔料ウルトラマリンの原料でフェルメールが珍重したことで有名。

第二章

「返してもらいにきたぜぇ、いろいろとなぁ」

―ルパン三世―

1

一九九〇年三月十八日の深夜一時半過ぎのことである。アメリカ、ボストンのイザベラ・スチュワート・ガードナー美術館に、制服を着たボストン市警を名乗る二人組がやって来た。

「敷地内で迷惑行為があったとの通報を受けたので調査したい」

前の晩は聖パトリックの記念日と土曜日とが重なっていたため、人々が遅くまで騒いでいて、やっと静まった頃合いである。

警察官の一人は面長な顔に金縁の四角い眼鏡、もう一人はふっくらした丸顔で、二人とも鼻の下に口髭(ひげ)をたくわえた実直そうな風情であった。

警備員は、時給七ドルで雇われた学生アルバイトだったこともあって、何の疑いも持たず入り口のドアを開けた。次の瞬間、入ってきた警察官はあっという間に彼を羽交い絞めにして後ろ手に手錠をかけ、猿ぐつわを咬ました。館内をパトロールして帰ってきたもう一人の警備員もまた、瞬く間に縛り上げられ、ふたりとも地下室に閉じ込められた。

侵入者は、防犯用のビデオカメラのアングルを変え、警報装置のスイッチも切った。

完璧なプロの手口である。

犯人たちは、まず二階に上がり、レンブラントの『ガリラヤの海の嵐』など三点、フェルメールの『合奏』、そして、ドガの『パドックからの退場』など五点、一階に下りてマネの『トルトニ亭にて』など、合計で十三点の絵画・美術品を盗んで、午前二時四十五分、侵入した同じ入り口から出て行った。

残された唯一の手掛かりは、犯行を完了して館内から出ていくふたりの後ろ姿を捉えた監視カメラの映像だけだった

彼らがその手際の良さにもかかわらず、武器を全く使用していなかったことも、当時の話題を集めた。

2

イザベラ・スチュワート・ガードナー美術館は、ボストン美術館から二ブロック離れた場所に位置し、上流階級の実業家と結婚したイザベラ・スチュワート・ガードナー夫人が、父の莫大な遺産を相続して蒐集した名画や美術品を展示するために、一九〇三年に創設した個人美術館である。十五世紀のヴェネツィア・ルネサンス風にデザインされた邸宅は、中庭を囲むように建てられた瀟洒な三階建てで、一九二四年にガードナー夫人が亡くなったあとも、その遺志に沿って運営されていた。それは、自分の死後も作品の展示場所を一切変えないこと、貸し出しはもちろん、新しい作品を加えることも禁止するというものであった。

この盗難事件の被害総額は、当時の価格でも三億ドル以上と云われ、米国アート史上最大の美術品盗難事件であった。

なかでもフェルメールの『合奏』は、実際に売買するとなるとほとんど値はつけられない貴重な作品と云われる。しかも、ガードナー夫人が一番愛し、彼女がコレクションを始めるきっかけとなった絵画でもあった。

一八九二年、父が他界して多額の遺産を受け取った翌年、ガードナー夫妻はパリのドゥルオーのオークションに出かけた。そこでイザベラは、売りに出ているフェルメールの『合奏』をひと目見て、魅了された。

「なんて優雅で気品のある絵なんでしょう」

夫のジョンは、そっと夫人の耳元に囁いた。

「あまりじっくり見ていて、この絵に興味があると他人に知られないほうが良いよ」

〝ジョンもこの絵を購入するのを賛成してくれているんだわ〟と、イザベラは心強く決心を固めた。

オークションが始まった。

一万フラン、一万二千、一万三千、一万五千……。

彼女は、代理人の画商ロベールに、ハンカチで合図を送り続けた。競売価格の呼び値が二万五千をつけると、急にペースが落ちた。イザベラの合図で、ロベールが呼び値を二万九千に引き上げた。これまで競っていた相手二者が急に手を引いて、その値段でイザベラが落札した。

あとで知ったことだが、彼女と競り合っていた相手は、ルーブル美術館とロンドンのナショナルギャラリーで、お互いが競りの相手だと勘違いし、値を吊り上げるのはエチケットに反するとの判断から両者とも引き下がったため、幸運にもイザベラが落札できたのだった。

このころは、フェルメールの名はまだそれほど知られていなかったが、その後、フェルメールの市場価格は天文学的に高騰してゆく。

3

盗難に備えて、普通、美術館は保険に入っているものである。そして、得てして盗まれた絵画は、闇ルートから保険会社に持ち込まれる。保険会社は、闇ブローカーからその盗難絵画を、保険金額の一割から二割の金額で買い戻す。保険会社にすれば、全額支払わなければならない所をその程度の金額で済むのだから、願ったり叶ったりである。

一方、犯罪組織も、なかなか処分が難しい盗難絵画を相当な額で現金化できるのだから、メリットがある。だから名画の盗難事件の場合、こうした方法で絵画が戻ってくるケースがしばしばある。今回もきっと裏ルートで返却されるだろうと、皆、思った。

ところが、ガードナー美術館は、保険を掛けていなかったのだ。理由は、運営費の収支の問題であった。入場料やわずかな寄付金では到底赤字で、ばかにならない保険金まで払えなかったのである。だから、闇ルートで戻ってくる道は閉ざされていたのだ。

ガードナー美術館は、慌ててＦＢＩ（連邦捜査局）を通じて五百万ドルの懸賞金を掛けた。ＦＢＩはこの事件を盗難美術品専門部局における最重要案件と位置づけて、捜査を続けた。一九九〇年代には、ボストンのマフィア、ホイットニー・バルジャーの部下が盗難絵画の隠し場所を知っていたという情報を掴んでいた。二〇一三年には〝犯人は中部大西洋岸を拠点とする犯罪組織で、盗難後、絵画はフィラデルフィア方面に移送され、売りに出されたことがある〃などのことを記者会見で正式発表している。しかし、現在まで未だに犯人も絵の行方もわかっていない。

イザベラ・スチュワート・ガードナー美術館では、夫人の「自分の死後も、作品の展示場所を一切変えないこと」という遺言を守って現在も、フェルメールの『合奏』の在った場所には空の額縁を展示し、次のような文章を掲示している。

「一九九〇年三月十八日夜、警官に扮した強盗が侵入し、空の額が示すように大切な絵画を盗んで行きました。我々は、作品が元の場所に返ってくると信じています。盗難に関しての情報をお持ちの方は、すぐに連邦捜査局にご連絡ください」

第三章

「人生には二つの道しかない。奇跡などまったく存在しないように生きることと、すべてが奇跡であるかのように生きることだ」

―アインシュタイン―

1

その朝、小次郎は紫色の犬を見た。

いつものとおり、昔、ピカソらが住んでいたという洗濯船（バトー・ラヴォワール）アトリエのあったエミール・グドー広場にさしかかった時である。

犬は、モンマルトルの急な坂の石畳を、偏屈そうな老人のあとを追って、心なしか恥ずかしそうに、横切っていった。

小次郎のことを、みんなは〝プティジル〟と呼ぶ。フランス語で小さいことをプティと言うから、小さな次郎でプティジルだ。

父は、フランス人の絵描きだと母から聞いていたが、会ったことはない。

生きているものやら、死んだのやら。

母は死んだ。

小次郎がちょうど十二歳になった時、彼が住むコルト通りを下った四つ角で、上から猛スピードで来た黒塗りの車にはねられた。車はそのまま走り去って、母の死体だけが残った。四年前のことだ。

母は、日本人だった。名前はあゆ。日本語で魚の名前らしい。

美しく、優しかった。

母の残してくれたアパルトマンは、パリ、モンマルトルの丘の上、サクレクール寺院の真裏のコルト通り、高級住宅街にある。

細い路地を挟んで斜め向かいには、モンマルトル美術館、真向かいには、昔、エリック・サティが住んでいたというアパルトマンが並ぶ。

なぜ、こんな良い場所に住まいを持っていたのかは知らない。コンパクトで機能的な台所とひと繋がりになった五十平米ほどのワンルーム。それに、こんな部屋には不釣り合いな大きなバスタブ付きのバスルーム。何よりも、窓から見える景色が素晴らしい。建物越しにパリの街が広がり、明け方には、空一面が薄紫に染まる。広くはないけれども、母とふたりで住むには、とても素敵な場所だった。小次郎は、このパリが好きだ。特にこのあたり十八区が。

母が亡くなったのち、母の友人のリシャールが小次郎の後見人になってくれた。母が、自分にもしものことがあった時のことを考えて、彼に頼んでくれていたのだ。だから、この大好きな場所に、未成年の小次郎が気ままにひとりで暮らすことができている。もちろん、彼と同居していることにはなっているが……。


母がこの世を去った数日後、母の友人と名乗る男が小次郎を尋ねてきた。

「君の家には、絵があるだろう。絵を売ってほしい」と言う。

思い当たるのは、ベッドサイドの壁に掛けてあった大きな絵と、台所の壁に掛かっている小さな絵だった。

大きな絵は、中世の婦人と男性がなにやら楽器を奏でている。

小さな絵は、どう見ても母がモデルで、母がレースを編んでいる絵だ。

「絵はこれだけかい?」

「そうだけど、この小さな絵は売らないよ」

「ああ、大きい方だけでいい」

男は小次郎にそれなりの金額を払って、その大きな絵を持っていった。おかげで小次郎には、小遣いと言うには余りあるお金が入った。


小次郎は中学を卒業して、今はリシャールの小さなカフェで働いている。

場所は、サンシェ。五区のパリ大学の地域にある。

アパルトマンからは地下鉄を乗り継いで行く。

大好きな、モンマルトルの坂を十分ほど下ると、アベスの駅がある。いつも、ルピック通りからすぐにラヴィニャン通りを下り、エミール・グドー広場にある洗濯船アトリエからエリック・ロメール監督の映画「パリのランデブー」にも登場したティモテル・モンマルトルホテルの前を過ぎてなおも坂を下り、角の、パリで一番おいしいパン屋〝コクリコ〟でカフェオレとクロワッサンを食べてから、アベス広場で地下鉄に乗る。

アベスの駅は、十九世紀から二十世紀の変わり目に一世を風靡したアールヌーボー作家・ギマールがデザインしたものだと学校で教わった。植物の蔓を模した自由な曲線が美しい。

改札を入ると、大きなエレベーターがある。でも小次郎は、たいてい下りのエレベーターは使わない。その先の螺旋階段を歩いて下りるのだ。階段の壁には絵がいっぱいに描いてある。モンマルトルの風景や動物、美しい女の人や抽象画。決して天才的な絵ではないけれども、親しみの持てる絵が、階段を下りる彼をわくわくさせる。

今日もまた、こうして地下鉄に乗った。

地下鉄は、いつものように混んでいる。

幾つかの駅を通り過ぎた頃、どことなく遠慮がちなアコーデオンの旋律が聞こえてきた。よくある地下鉄ミュージシャンと違って、その曲がなんとも物悲しい。見ると、アコーデオンを奏いているのは老人で、十四、五歳の少女が静かに歌いだした。


僕はこの衝撃を一生忘れないだろう。天使のように端正であどけない横顔のあの小さな花びらのような唇から、厳かに、しかし、世の中の悲しみをすべて背負い込んでしまったような歌声がこぼれでた。その歌は、これまで聞いたことがないのに何故か懐かしい響きを持っている。知らない異国の歌詞が、意味もわからず胸を打つ。


ちょうど少女が歌い終わったとき、電車はマドレーヌ駅に着いた。

老人は、慌てて帽子を脱いでお金を集めようとした。慣れていないのだろうか、タイミングがちょっと遅かった。多くの客がお金を渡すタイミングを失ったまま、電車を下りていった。

小次郎は、一ユーロコインをやっとのことで帽子に投げ込み、急いで地下鉄を降りた。

「メルシームッシュ」

爺さんの声に一瞬振り向くのと、少女がこちらを見るのとが同時だった。

目が合ってしまった。

少女は、思わず微笑んで、慌てて恥ずかしそうに下を向いた。

小次郎が見たのは、そこまでだった。

そして、人の波に押されるまま、乗換口のほうへ行かざるを得なかった。

2

最近は、景気が悪いせいかみんななかなかお金をくれない。

そんな時、おじいちゃんが「メルシームッシュ」って言ったからそっちを見たら、東洋とヨーロッパの混血みたいなハンサムな少年がこっちを振り向いた。

わたしは、フランスの子が嫌いだ。

いつも、わたしのことを何かペットでも見るように眺め回す。

でも、この子の目は違った。

3

マドレーヌ駅からの乗り換えの地下鉄十四番線は、小次郎が一番好きな電車である。新しくできた路線で、新型の無人電車のため、運転手がいない。

小次郎は一番前に乗って、運転手の気分で正面の窓を眺めるのが好きだ。星空のような光の点の中を、暗闇に向かって進んでゆくこの光景は、昔、母親が何度も語ってくれた日本の物語を思い浮かべさせてくれる。

それは、『銀河鉄道の夜』だ。

父親が行方知れずの主人公の少年が、銀河の祭りの夜に、友達と二人で銀河の夜空を走る鉄道に乗って、異次元の世界を旅する不思議な物語である。

この列車では、死んだはずの人に逢うことができる。

だからいつか、この地下鉄にも母が乗り合わせてくるような気がする。

小次郎は、主人公の少年が、やがて父親が帰ってくることを告げられて喜ぶシーンが好きだ。

ただ、このくだりを話す時、決まって母親は、寂しそうな表情をする。だから小次郎は、物語の中の少年の父親について、それ以上聞くことができなかった。

自分の父親についても……。

4

小次郎が働いているカフェ『ベティ・ブルー』は、サンシェ・ドーバントン駅のすぐ近くにある。周辺には、アルノー・デプレシャンやセドリック・クラビッシュなどの映画監督を輩出している新ソルボンヌ大学があり、斜め向かいには、実験的な映画を上映するシネマテックがあるため、映画好きの若者や文学青年たちがたむろしている。

「おはよう、リシャール」

「ボンジュール・プティジル。元気か」

リシャールは、この店のオーナーである。歳は四十六、七歳といったところか。

髭面(ひげ)で、だみ声で、いつもジタンをくわえて、五十年前のフランス映画だったら当たり前のように出てくるタイプの男である。

リシャールも、昔は映画を志したらしい。母の友人で、酔うと母に向かって、

「あゆのほほ笑みは、モナリザよりも謎だ。俺はそれをフィルムに焼き付けたかったんだ」

と言っては口説いていた。

母が死んだあと、彼は本当に良くしてくれた。母が書き遺していた手紙で、彼は後見人になってくれた。モンマルトルの母との想い出の家にひとりで住みたいと言う僕の望みも、叶えてくれた。もしかしたら、この人が父親なんじゃないかと思うことすらある。


「リシャール。今日、紫色の犬を見たんだ。紫というより深い青かな」

「プティジル、またあなた寝ぼけてるの？　そんな犬、いるわけないじゃない」

一緒に働いているヤンが口をはさんだ。

ヤンは、ベトナム人の少女である。年齢不詳。どう見ても小次郎よりも年下に見えるけれども、とても大人びている。小次郎が母に連れられてここに来た時にはもう、まるで自分の家のようにここにいたから、不思議だ。

リシャールとはどういう関係なんだろう。親子でもなければ、恋人でもない。親子のような、兄妹のような、家族のような、それでいてみんな別々に住んでいてお互い干渉しない。こんな関係がずっと続くといいなと、小次郎は思っていた。

店に来るお客たちは、みんな言っている。

「リシャールは、映画好きのなれの果てだ。酔うと〝芸術が商業に迎合するのではなく、商業が芸術に合わせるべきだ〟なんて、ジャン＝ジャック・ベネックスの映画『ディーバ』に出てくるセリフを口癖にしたりしてさ。店の名前だって、ベネックスの映画からとったに違いないのさ」

でも、リシャールは答える。

「ベティ・ブルーは、一九五〇年代の『プレイボーイ』誌を飾った有名なヌードモデルの名前だよ。俺、ファンなんだ」

第四章「物語はここから始まるのだ」

――手塚治虫――

1

そんな平和な日々のある朝だった。

いつものように小次郎は、『ベティ・ブルー』にやって来た。

リシャールが読んでいる新聞にふと目をやると、見覚えのある写真が目に飛び込んできた。

家にあったあの絵だ！

「リシャール、その新聞記事の写真は、僕の家（うち）にあった絵だ」

見出しには〝盗まれたフェルメールの『合奏』、発見か？〟とある。

「なんだ、お前が話していた高値で売れた絵ってのは、こいつだったのか……？　そりゃあ驚きだな。この絵だったとすれば、大事件だ。裏に通じている仲間にあたってみよう」

リシャールによればこうだ。

この作品は、フェルメール作の『合奏』という名品。

フェルメールは、十七世紀オランダの生んだ最も傑出した画家である。手紙を読んだり、音楽を楽しむ人々といった日常的な主題を、調和のとれた色調や、綿密に計算された空間構成、光の反射やハイライト部分などを、点描によって表現するポワンティエ（点綴法）、写実性の高い描写で描き、極めて高い評価を受けている。作品制作に当時の光学や透視図法の研究を取り入れ、自分の目で見たものの中に、巧みに〝嘘〟を紛れ込ませて、現実よりもより現実的な世界を表現。光による調和と静寂、そして、一瞬を固定化させた永遠性とで、映画監督ジャン＝リュック・ゴダールをして〝フェルメールこそが世界初の映画作家である〟と言わしめたほどの不思議な魅力を持った画家である。

フェルメールの真作は、世界に三十数点しかないと言われているが、このことがまた、絵画コレクターたちを虜にする。

ところが、この『合奏』という作品、美術館から盗まれたまま未だ所在不明という、いわくつきの一品なのだ。

一九九〇年、ボストンのイザベラ・スチュアート・ガードナー美術館から二人組に盗まれて以降、ＦＢＩの必死の捜査にもかかわらず行方知れずのまま世に現れていない。だから、この作品が発見されたとなると大ニュースだし、それよりなにより、これが自分の部屋にあったものだとしたら……と小次郎の胸が騒いだ。

2

一週間後、再び新聞にこのことに関する記事が載った。

〝『合奏』は贋作！　オークションには出品〟という見出しの記事は、おおよそ次のような内容だった。

先日、旧家の蔵から発見されたフェルメールの『合奏』らしき作品は、科学的鑑定では、材質、経過年歴など、フェルメールの時代を示す数値が算定され、かなり真作ではないかとの期待が持たれた。しかし、フェルメール研究の権威ブリュック博士による鑑定により、盗難当初の傷などが認識できないことなどから、かなり質の高い贋作であるとの判定がなされた。なお、この作品は、来る九月五日、ドゥルオーのオークションに『合奏』の贋作として出品される予定。

「なんか、おかしいな……。情報屋の話じゃ、こんな贋作に大物が動いている。もし、その絵がお前から買ったものだとしたら、なんで旧家の蔵から出てこなくちゃならないんだ。暇つぶしに、ドゥルオーのオークションに行ってみよう」とリシャール。

「あたしも行ってみたい」とヤン。


オークション当日のドゥルオーの会場は、沢山の人でごった返していた。今日の目玉は、ピカソの焼き物。その露払いのように、フェルメールの『合奏』の贋作は作者不詳の習作として出品されていた。

前日の出品作品の下見展示会で、小次郎はフェルメールの『合奏』を間近で見て、確かに自分のアパルトマンにあったものだと確信した。背中をむけてリュートを持つ男性を真ん中に、左にヴァージナル（チェンバロの一種）を弾く女性と、右にそれに合わせて歌を歌う女性の三人が描かれている。テーブルにかけられたタピスリー、床にはコントラバスが横たわっていて、何年間も毎日見続けていた絵であったから、見間違えるはずがない。それに、額までが一緒だ。

「できれば額の裏を見たいんだけど」

小次郎がそう言うと、リシャールは「ちょっと待ってろ」と言って、ドゥルオーの職員を連れてきた。

「ちょっと、この絵の裏面を見せてやってくれ」

職員が絵を慎重に持ち上げて、裏面をこちら向きにした。

小次郎はすぐさま、リシャールの耳元に小声で囁いた。

「ほらリシャール、キャンバス枠の右裏の真ん中辺に小さなピンの穴があるのがわかるだろ。あれは、僕があけたんだ。おふくろに内緒の金、百ユーロ札をあそこにピンで留めて隠していたら、見つかって大目玉さ」

リシャールは、それを聞いてにやりとした。

「なんだか面白くなってきたぜ」

3

『合奏』のオークションが始まる。

良く出来た贋作ということで、千ユーロ（約十三万円）からスタート。最初のうちは、物珍しさから何人かが応札。千五百、二千、三千……。ここで、大方の好事家は落ちた。三千五百、四千……。ここで電話での応札者と、会場の応札者との一対一のバトルとなる。会場の応札者はフランス人らしきブルネットの髪の女性だが、見るからに横に座る日本人の男の代理人らしい。日本人の男は、美しい顔立ちの物腰の柔らかい、まだ三十歳そこそこの若い男である。

八千、九千、一万……。会場からエーッといった声が漏れる。

「たかが贋作だぜ！」

一万二千、一万三千……。

「お前、いくらで売ったたって？」とリシャール。

「三千ユーロ」と小次郎。

その時、会場に突然入ってきたサングラスの男が、

「二万！」

「二万ですが、いいですか？」

日本人と代理人がこそこそ話し合う。

「二万五千！」と代理人。

すると、サングラスの男は憮然とした面持ちで出ていった。

「こりゃあ、どうもでかい山にぶち当たったぜ！」とリシャール。

「あいつは、ジョルジュ一家のとこの奴だ」

リシャールは、その筋の地下組織の連中とも繋がりがあるのか、こういった連中には詳しい。

リシャールによれば、ジョルジュとは、主にパリの東側を縄張りとするフレンチマフィア組織の親分である。売春組織やセックスショップ、麻薬、アラブ系のスリ集団などを組織し、ベルビルを根城として、台湾系のマフィアとも繋がりを持っている。リシャールの見た男は、ジョルジ

ュの配下の幹部格であり、こいつが動いているということは、ジョルジュが直接介入しているに他ならない。そうなると、裏で何か大きな企みがあるというのだ。

その時小次郎は、会場の外の人ごみの中に、あの地下鉄ミュージシャンの老人と謎の少女を一瞬見かけたような気がした。


ブルネットの髪の女性は、すぐさまやってきた係員に小切手となにか紙切れを渡し、日本人とともに立ち上がる。

「プティジル、ヤンと俺のホンダで、あの日本人がどこに泊まっているか突き止めてこい。俺は、ちょっと他のことを調べてくる」

リシャールは、そう言ってホンダのキーを小次郎に渡し、ドゥルオーの職員通路の方へ向かった。

小次郎は、老人と少女の行方が気になりながらも、ヤンに入り口付近を見張らせておいて、大急ぎでリシャールのバイク〈ホンダ・ディオ〉を入り口に回してくる。

「プティジル、ほら、前の黒塗りの車よ」

ヤンにヘルメットを渡すや否や、後ろに乗せて走り出す。

ドゥルオー通りからリシュリュー通り、プティ・シャン通り、サン・ロック通り、やがて右に折れ、黒塗りの車は、リボリ通りにある最高級ホテル、ル・ムーリスに横付けされた。

小次郎は、少し離れてホンダを停める。

ヤンは、すぐに飛び降りてヘルメットを小次郎に押し付けると、何食わぬ顔でホテル・ル・ムーリスに入ってゆく。

こういう時は、ヤンはまるで上流社会のやんちゃお嬢様のようだ。なぜ、こうも急にいろいろな人格を装えるのだろう。女の子は不思議な生き物だ。

小次郎はバイクを駐車させて、大急ぎでル・ムーリスに入る。ホテルのドアマンが、さっきの日本人やヤンに対したのとは打って変わった態度で迎え入れる。

そこへ、ヤンが玄関サロンを悠然とやって来た。

「あの人は、ムッシュサナダよ。レセプションで化粧室を聞くふりをして、盗み聞きしたわ。代理人のフランス女と、なにか日本語で話しながら部屋に上がったわ。何をしゃべっているのかはわからなかった。あたしは〝こんにちは〟と〝ありがとう〟と〝キスして〟しか、日本語わからないからさ」

ヤンはそう言うと、小次郎にウインクしてみせた。

4

二人が『ベティ・ブルー』に帰りつくと、リシャールはすでに戻っていた。客がいないのをいいことに、ペルノーを一人で飲んでいる。

「あの日本人は、生意気にル・ムーリスに泊まっているわ」とヤン。

「あいつのことも調べたが、どうもあいつもヤクザらしい。なんでジョルジュや、日本のヤクザが、お前の家にあったフェルメールの『合奏』の、それも贋作とわかっているものを必死に取り合いしているんだろう。ジョルジュのところじゃ、なんであんなジャポネ野郎が首を突っ込んできやがったんだと、えらい剣幕で怒ってるらしい。今、あの絵を鑑定したところを調べてもらっているよ」

ヤンが、エスプレッソを運んできてくれた。

小次郎は、ヤンの横顔を見ながら思った。


何だかずっと昔、彼女に出会ったような気がする。そうだ、母さんが何度も見ていた「青いパパイヤの香り」という映画に出てきた少女に似ているんだ。

母さんが好きだった映画……。

さっきのホテル・ル・ムーリスでの大人びた彼女が別人に思われてくる。

その時、リシャールの電話が鳴った。

「おう、どうした。何かわかったか？　それじゃ、電話じゃなんだから来てくれ。一杯おごるよ」


三十分もしないうちに、情報屋のマチューがやって来た。

いつものように、赤ワインを駆けつけ三杯、まるで水のように、でも美味そうに飲んでから話し出す。

「贋作鑑定とは、当たり前みたいだけれど〝それを真の作者が描いたのだということを立証すること〟なんだ。そこで鑑定のための歴史的基準というものを設けて、それに反していないか、適合しているかどうかを調べる。

まずは、専門の鑑定家か研究者に依頼する。同一作者のほかの作品と比較して、絵の要素などを調べ、作風や主題、色使いや構図などに矛盾がないかどうかを見るんだ。

まずは拡大鏡による視覚鑑定で、筆のタッチが作者と同一のものか、ひび割れがどうかなどを鑑定する。次に技術鑑定で、絵の具やキャンバスなど、その時代にはないものが使われていないかどうかを判定。最後に科学鑑定で、放射線などを利用して素材の年代を調べたり、X線透視を使って、下絵に描かれている図柄などを調べるんだ。

これで完璧のような気がするだろ。ところがどうして、科学鑑定にもいろいろな欠陥があり、決して正しいとは言えない。当時の絵の具、当時のキャンバスを使えば、全く騙されてしまうこともある。その上、時間と金がかかるから、収集家からは嫌われている。ちゃんとしようとすると、七千～八千ユーロも費用がかかると言われている。これが、一般的な話だ。

さて今回の場合、おかしな点がいくつかあるんだ。おかしな点というのは、この作品が本物の作者が描いたとしたらおかしな点という意味じゃない。その逆なんだ。科学鑑定では、本物ではないかと思われる検査結果が次々出ているんだ。まず第一に、フェルメールが使ったであろう顔料と絵の具だけを使用していること。彼は、生涯を通じて天然ウルトラマリンを惜しげもなく用いたことで有名だが、この絵も分析によって、地塗り、下塗り、彩色のすべての層から天然のウルトラマリンが検出されている。これは、ラピスラズリという半貴石をつぶして得られるもので、極めて高価な石だが、フェルメール特有の美しい深みのある青を表現できる。もちろん、キャンバスもフェルメールと同時代のものだった。アルコールテストにも耐え、古い絵の特徴である絵の具層の亀裂もあった。絵筆と思われるものは、おそらくフェルメールと同じアナグマの毛を使用しているらしい。しかも、X線透視検査では、背景にある二枚の絵の左側の風景画の位置に、はじめ鏡が描かれていたようで、その鏡には、手前でヴァージナルを弾く女性の横顔と、その奥にフェルメールの存在を匂わせる画架と絵の具箱が映っているらしいことがわかった。これは、『音楽のレッスン』という同時代のフェルメールの作品と同じレトリックと考えられる。

ここまで聞くと、これは本物じゃないかと素人の俺でも思う。ところが、フェルメール研究の権威、ブリュック博士による最終鑑定は、クロだった。贋作だと言うんだ。

その根拠は、『盗難直前にあったはずの傷が見当たらない』それだけだ。

普通なら、この絵の所有者が黙っているはずがない。鑑定士を変えて違う結論を出させる。ところが所有者も黙って贋作を認めた。

だいたい、この所有者も怪しい。旧家と言っても、こんな絵が回り回ってくるような家柄ではないし、鑑定のための費用なんか払えるような財産家でもない。

ブリュック博士という奴も食わせ者で、以前にも贋作事件に絡んだことがある。俺の見立てでは、必ず何か裏がある。もしかしたら、この絵は本物だ。そうしたら、この絵、数億ユーロするかもな」

情報屋のマチューがここまで一気にしゃべった時には、一本目のワインボトルはもう空になっていた。

「俺は、本物じゃないと思う」リシャールが反論した。

「この絵は、プティジルの家にあった絵だ」

「冗談だろ」と情報屋。

「あゆが大事にしていた絵だが、そんな危ない絵が、あゆのもとに巡ってくること自体あり得ないし、だいたいそんな絵を堂々と部屋に飾っておくわけがない」

そんなことしたら、命がいくつあっても……そう言いかけて、リシャールは言葉を途切らせた。そして、

「いずれにしても、本物だとしたら取り返さなきゃ腹の虫がおさまらないし、偽物ならその裏ってやつを知りたくなるじゃないか。なあ坊主」と、小次郎の頭を軽く小突いた。

5

翌日、リシャールは、ブリュック博士に面会を申し込んだ。雑誌記者を装ってである。そんな記者がいるのかどうかと思ったが、僕を助手のカメラマンに仕立てて一緒に連れて行った。ヤンも行きたがったが、そこまではリシャールもウィとは言わなかった。


ブリュック博士の家は、十六区パッシーの高級住宅街にあった。ウジェンヌマヌエル通りに入った閑静な場所の、中庭のある豪華な六階建てアパルトマンだ。

玄関を入ると、古めかしい絵がいくつも並んでいる。出迎えに来た女性に案内された応接間には、六十歳くらいの白髪の男が待っていた。

「ブリュック博士ですか。私は、ボザール・マガジンのフランソワ・カレです。こちらは、カメ

ラマンのパスカルです」

リシャールはそう言って、どこで手に入れたのか名刺を差し出した。

「やはり、素晴らしい絵をお持ちなんですね。これは、ヨハン・ヨンキントですか？」

「いやー、大したもんじゃないよ」

そう言いながらも博士は、まんざらでもなさそうに相好を崩した。

「ところで、先日のフェルメールの『合奏』の鑑定についてお伺いしたいことがあって来ました。あれは、やはり贋作とお考えですか？」

「あれは、とても良くできているが、贋作だね。新聞屋にも話したが、ボストンのイザベラ・スチュアート・ガードナー美術館から盗まれた当初は、状態が悪くてこんなに整ってはいなかった。余程の専門家が修復しなければこうはならないが、こんな有名な盗難品を裏で修復するのは無理というものだ」

「しかし、科学鑑定の検査結果は、かなり信憑性が高いとの結果が出ているんではないですか？」

「科学鑑定と言っても、結局は我々専門家がどう読み解くかの判断が必要となる。その結果だけでは判定できないんだよ。今回でも、まず素材だ。キャンバスも張り枠も顔料も絵の具も十七世紀のものを使っている。こんなのは、贋作作家の間では常識だよ。フェルメールの時代には、画家は自分たちの手で色のついた石や粘土を擂鉢(すりばち)で擦りつぶし、いろいろな油を混ぜて耐久性や色ののり、発色を試したんだ。彼らは単なる芸術家ではなく、化学者であり職人でもあった。特にフェルメールは、天然ウルトラマリンの鮮やかな青が特色だ。そこで、ラピスラズリという貴重な石を使用した。だから、この贋作でもちゃんとそれを使っている。いくら同じ色が出るからといって、コバルトなんか使っちゃすぐばれるからな」

「しかし、もしも十七世紀に描かれた古い絵画のキャンバスをどこからか探してきて使用しても、X線検査では、前の絵が見えてしまうんじゃないですか？　今回の場合、X線検査での下絵にはむしろ、フェルメールが試行錯誤して修正したと思われる鏡とおぼしき絵が下に見えている。これは、同時代の作品『音楽のレッスン』のモチーフですね。有名な話ですが、フェルメールの『手紙を読む青衣の女』では、背後の地図の描き方が当初とは違っていたことがX線写真でも明らかになっている。このことは、この絵を本物とする有力な証拠ではないですか？」

とリシャールは食い下がる。

「いいポイントを突いた質問だ」

ブリュックッ博士はわが意を得たりといった感じで答える。

「まず、十七世紀に描かれた古い絵のキャンバスを使用した場合だ。優秀な贋作作家は、前の絵が見えないくらいに削り取る。そのくらいの技術は持っているんだ。オランダの有名な贋作者で、メーヘレンを知っているか。彼は画廊を訪ね歩いて当時の安い絵を購入し、その描かれた絵を根気よく削り取って、キャンバスと張り枠を使用した。X線透視でフェルメールの作品と矛盾する映像が見えないようにだ」

この時、小次郎は、はっとした。〝メーヘレン〟……聞いたことがある。母さんが誰かと電話で話している時、それに、僕の絵を買いに来た男たち同士の会話の中でも……。

ブリュック博士は、話を続けた。

「それに、君が贋作作家だったら、君だってそうするだろう？　鑑定家を罠にはめようって。絵の背景に、当初、前の作品『音楽のレッスン』と同じレトリックで鏡を描いていたが、思い直して風景画に変えたなんてことをX線の透視検査で発見したら、普通の鑑定家だったら騙されて、それを根拠に〝本物だ！　世紀の大発見だ！〟と大騒ぎするだろう。

でも、私は騙されない。これは、贋作作家が仕組んだ罠だよ。また、この絵のキャンバスの油膜に、ちょっぴりのアナグマの毛が塗りこまれていたが、これも罠だな。メーヘレンの手法と一緒だよ。こんなことでは、私は騙されんよ」と、得意げに語った。

6

ブリュックは思っていた。

私の方こそ、「世紀の大発見だ！」と言いたいんだ。そうだろう、これは、誰が見ても本物に思える。世紀の大発見だよ。私だって、この分野ではそれなりの研究者だ。このあたりで、学会にあっと言わせたい。

ＴＲＡの連中が、「先生、また鑑定をお願いします」と私を呼んだ時、またかと、本当のところは困った。家にある絵の大半は、ＴＲＡから借金で回してもらったものだ。だからあのときは彼らの言いなりになって、贋作を本物だと鑑定して、彼らの絵画詐欺の片棒をかついだんだ。

不名誉な錯誤の鑑定だが悪意はなかった、としてなんとか罪には問われなかったが、私の立場は散々だった。あんなことは、もう懲り懲りだ。

しかし、今回は違った。「この作品は、贋作ですから、贋作だと鑑定してください」だ。贋作を本物と鑑定するなら詐欺に加担することになるが、贋作だとわかっているものなら、私に高い鑑定料を払って鑑定を依頼する必要はないはずなのに、と見ると、なんとそれは、フェルメールの『合奏』じゃないか。確か、ボストンで盗難にあって、それ以来発見されていない。そんなものが、簡単に本物であるはずがない。バカにするにも程があると、お安いご用と引き受けた。

ところが、一通りの科学鑑定の結果は、なんと、本物の可能性がある。顔料や素材の経年テストもパス。Ｘ線の透視検査についても、『音楽のレッスン』と同じレトリックなんて、もし罠だったとしても素敵な罠じゃないか。学会で名を売るには、絶好のストーリーだ。アナグマの毛まで出てきている。やっていないのは、鉛白の放射線テストくらいなものだ。

TRAの連中に恐る恐る尋ねた。

「私は、この結果を見て、本物と鑑定発表してもいいんですが……」と。

ところが、TRAの連中の一人が、

「先生、こちとらが贋作だと言ってるんですから、贋作なんですよ。何ですかい、先生は、贋作のブツを本物だと言って詐欺でもしようってんですかい」

そう言って、皆がわっと笑った。

TRAには、逆らえない。TRAとは〈Transaction system for Renaissance of Art〉。つまり〝アートの再生のための取引組織〟という触れ込みの国際的な絵画取引のブラックマーケットの元締め組織だ。イタリア系マフィア、フランスのユニオン・コルス、中国蛇頭、日本のヤクザなど、世界中の地下組織が加盟している。TRAを逆さに読むとARTになるところが皮肉だ。

この組織に睨まれて、いつの間にか失踪してしまった絵画取引関係者や研究者、あるいは犯罪取締官を何人か知っている。彼らは、ペール・ラシェーズの墓地の片隅に、人知れず埋められているという噂もある。墓石も立てられずにだ。ただ、モジリアニやドラクロアと同じ墓地で眠ることが、せめてもの救いかもしれない。

こんな有名な絵で、表に出せない代物というのだから、これは本物かもしれない。だとしたら、オークションに私も参加して、ぜひ競り落としたいと思うのだが、そんなことをしたら、TRAが私に何をするか……。やはり、命あっての物種、触らぬ神に祟りなしだ。

7

言い訳程度に、小次郎がブリュック博士の写真を数枚撮って、二人は博士のアパルトマンを出た。

「ブリュックは、もともと贋作だと知っていて、そのことから逆算してストーリーを考えたみたいな話しぶりだったな。あるいは、本物を贋作と言わざるを得ない事情があって、こんなストーリーを考えたか……。どちらにしても、何か引っかかるな」とリシャール。

「僕は、メーヘレンという名前、聞いたことがある」と小次郎。

「そりゃあ、有名な贋作作家だからじゃないか。本で読んだとか……」

「違うよ。母さんが誰かと電話で言い争っていた時、何度も出てきた名前なんだ。母さんをなんで怒らせているんだろうと、聞き耳を立てていて聞いた名前だから覚えてるんだ。それに、母さんが死んだあと、絵を買いに来た男たちがこそこそ話しているとき、やはり、メーヘレンという名前を言った奴がいた。絵は、構わないかと思って……売っちゃったけど」

リシャールが、メーヘレンについて話してくれた。

メーヘレンは、二十世紀最大の贋作作家らしい。フェルメールの作品と偽ってナチスに自分の作品を売り渡したほか、ルーブル美術館など各地の美術館に収められていた多くの作品が、実は彼が描いたものであったという衝撃的な事実で、当時の美術界は大騒ぎとなったのだ。

リシャールの話を聞けば聞くほど、小次郎は、なぜに母の口からこのメーヘレンという贋作者の名が出てきたのかわからなかった。そしてあの絵は、一体どんないきさつで自分の家にあったのか……。それを買って行った男たちは、どんな奴らなのか……。考えれば考えるほどわからなくなった。

「ちょっと調べたいことがあるから、店はしばらく休業だ」

そう言ってリシャールは、何処へゆくとも告げずに出ていった。

何か口実があるとすぐ休みにしてしまうのは、リシャールのいつものパターンである。

二人っきりになると、ヤンが腰に手をあて、モンローウォークのようにしなをつくりながら小次郎に近づいてきた。

「プティジル、魅力的な女の子と二人っきりになったら何をするの」

と目をつぶって唇を突き出す。

小次郎にとって、ヤンは難解な生き物だ。まんまと、この魅力的な唇にキスでもしようものなら、即座に力いっぱいのビンタが飛んでこないとも限らない。

小次郎は、そのほっぺにかるくチュッとキスをした。

「プティジル、あなた、レディーに恥をかかせる気？」

ヤンは小次郎を睨みつけて怒ったような素振りを見せたかと思うと、急に人が変わったように、

「ねえ、プティジル、あの日本人を張ってみない？　今日あたり、ドゥルオーから競り落とした絵が届くころだから、何か動きがあるかもしれないよ」

「でも、リシャールに相談してから……」

と、尻込みする小次郎など全く無視して、ヤンはすっかりその気で出かける準備に取り掛かった。

第五章

「女の行動に理由なんかないわ。男は理由を求めて恋を失うのよ」

―映画『天使』より―

1

ヤンと小次郎は、ホテル・ル・ムーリスにやって来た。

このホテルは、コンコルド広場とルーブル美術館を結ぶチュイルリー公園の向かいという絶好の場所に位置するパリ最古のパレスホテルである。

ヴィクトリア女王をはじめ、世界各国の王侯貴族や芸術家、作家などがここを利用し、一九三〇年代のココ・シャネルの豪華なパーティーや、一九五〇年代から三十年間もの長い間ここを住まいとしていたサルバドール・ダリの愛したホテルでもあった。それにしては派手さは一切なく、落ち着いた格式あるたたずまいである。

ふたりは、玄関ドアから小さなレセプションを抜けて、ホール左のソファーに腰を下ろす。

「このホテルはね、第二次世界大戦中に、ドイツ軍のパリ司令部が置かれていたの。忘れもしない二一三号室よ」

と、ヤンがさも見てきたことのように話し出す。

「ドイツ軍の戦況が悪くなった末期、ヒトラーはひどい命令を出すわけ。〝もし、パリが陥落するような事態が訪れた場合には、パリ市街を爆破して廃墟にしてしまえ〟とね。ルーブル美術館、リュクサンブール宮殿、凱旋門、エッフェル塔、橋や地下水道、そしてホテル・ル・ムーリスやホテル・ド・クリヨンまで、パリの主要な建物すべてを破壊するよう命令を出したわけ。その命令を受けたドイツ軍のパリ占領司令官・コルティッツ将軍は、主要な建物に爆弾は設置したけれども、この美しいパリを焼け野原にするのは耐え難いとして、命令に背いて実行しないの。そして、連合軍によってパリは解放されるの。

投降したコルティッツ将軍のいた部屋、ホテル・ル・ムーリス二一三号室の電話の向こうから、ヒトラー総統のヒステリックな叫ぶ声が聞こえるの。〝パリは燃えているか！〟って」

「なんで、そんなに詳しく知ってるの？」と小次郎。

「あなた、そんなことも知らないの？　ルネ・クレマン監督の『パリは燃えているか』よ。ジャンポール・ベルモント、イヴ・モンタン、ゲルト・フレーベ、素敵だったわ……あっ、サナダだ」

ヤンはすぐさま、肘で小次郎に知らせる。

玄関サロンの奥のエレベーターホールから、例の日本人と、もう少し年配の日本人の男、それに、ブルネットの髪の女性代理人、国籍不明の男三人。

男二人は、やや大きめの黒いトランクを一つずつ重そうに持ち、もう一人は、同じトランクとあの絵が入っているとおぼしき絵画ケースを持っている。

「早く行ってタクシーを捕まえなくちゃ」

ヤンは小次郎の腕をとり、彼らより先に表に出る。

ホテルの玄関には、彼らのものと思われる黒塗りのベンツが二台停まっている。

ヤンは大急ぎでベンツの後方でタクシーを停め、先に乗り込んで運転手に前の黒塗りのベンツをつけるよう指示する。

「あんたがた、探偵か何か？　俺、こういうの憧れてたんだ。この車、わかるかい、プジョー四〇六だ。リュック・ベッソンの『タクシー』と同じ。そう言やぁ、あいつらメルセデス団みたいだな。映画そのままだぜ。任しときな。面白いことになってきた」

とタクシードライバーは、有頂天。

三人の男たちが荷物を車に積み込み、前のベンツに男たち、後ろのベンツにブルネットの代理人が助手席に、日本人二人が後部座席に乗り込んで、発進する。

小次郎とヤンの乗ったタクシーも、白い車を一台あいだにおいて、そのあとを追う。

車は、右に曲がり、キャスティリオーヌ通り、ヴァンドームを回って平和通り、そして、ラファイエット通りを北東へ進む。

ヤンが電話をかける。

「リシャール？　わたしよ、ヤン。愛人の声を忘れたの？　今、プティジルと一緒に、あの日本人たちのあとをつけてる。どうも大きな取引があるみたい」

「ヤン。今どこだ？」とリシャール。

「ラファイエット通りを北東へ走ってるわ。アイフォンのグーグル・ラティチュードを見ればわたしの現在位置はわかるでしょ。相手は、黒のベンツ二台。こないだの日本人と代理人らしいフランスの女、それに、もう一人日本人と、手下らしい三人の男よ」

「危ないことはするなよ」

「ウィー・ムッシュ」

そう答えて、ヤンは電話を切る。

「左が北駅、右が東駅、映画『ボーン・アイデンティティー』でマット・デイモンがミニクーパを路上駐車させたのが北駅の前。『アメリ』では、証明写真撮影機のシーンを北と東で撮っていたわ」とヤン。

こんな切迫した場合でも、自分のペースを崩さない。

「なんか、前の白い車も変だぜ。奴もベンツをつけているみたいだ」とドライバー。

車は、フォーブル・サンマルタン通りから運河沿いの道を進む。

午後の日差しを浴びて、運河が美しく輝いている。

ヤンの電話が鳴った。

「あっ、リシャール。どうしたの?」

「ジョルジュのところで、なにか大きな動きがあるみたいだ。気をつけろ! 俺もすぐそっちへ向かうが、グーグル・ラティチュードでお前の位置検索を見ると、今、クリメ通りのあたりだな?」

「ライトコーンのすぐ横を、運河沿いに通りすぎたわ」

「とすると、ラ・ヴィレット公園の方へ向かっているってことだな。もし、やばいことがあったら、ライトコーンのエマヌエルに電話しろ」

「わかったわ」

ライトコーンとは、三十年も昔からジャン・コクトーやマルセル・デュシャンなどの実験映画をコレクションし、上映している作家グループである。リシャールも昔手伝っていた仲間で、『ベティ・ブルー』のそばのシネマテックで上映会があるときは、必ず店に寄っては、朝まで騒いでいる。

2

二台のベンツが、工場跡の倉庫のような大きな建物の前で停車した。前を行く白い車は、通り過ぎた先の細い路地に車を入れて、停車するのが見える。小次郎とヤンのタクシーは、さらにそのまま通り過ぎて、次の交差点を右折して停める。

「ねえ、これ渡しとくからちょっと待ってて」

と二十ユーロ札をドライバーに渡し、ヤンは車を降りる。

「了解！」

とドライバー、エンジンを停める。

小次郎も慌てて降りる。

建物の陰から覗き見ると、倉庫の扉が開いて、日本人グループの六人が中へと入り、再びドアが閉まった。

小次郎が出て行こうとするのを、ヤンが袖をつかんで引き止める。その時、小道から四人の男たちが手に手に銃を持って、倉庫の方に向かうのが見えた。

ヤンは、急いで物陰から電話をかける。

「リシャール、日本人グループ六人は、倉庫みたいなところに入ったわ。それに、もうひと組、四人組が銃を持ってそのあとをつけているわ」

「わかった、あと十五分はかかるな。俺が到着するまで、危ないから動くんじゃないぞ！」

しばらく建物の陰から覗いているが、何事も起こらない。

タクシードライバーが、俺も仲間だといわんばかりに、一緒になって覗きこむ。

「どうだ。何も変化はないか？」

とその時、突然、銃の撃ち合う音。

倉庫の扉が開いて、男が二人転げ出てくる。

二人の男が倒れ、その一人が持ち出そうとしていた絵画ケースが路上に落とされる。それを、後ろから来た例の若い日本人が拾い上げ、黒のベンツのドアを開け、中へ押し込む。

そのあとから、年長の日本人とブルネットの女代理人、それを守るように三人の手下が黒いトランクを運びながら、ベンツの方へ急いで戻ってくる。

一番後ろにいた手下の一人が撃たれる。持っていたトランクが投げ出され、ふたが開くと、中から数冊の札束が転がり出る。

「あっ、あの子だ」小次郎がつぶやく。

倉庫と脇の物置小屋のような崩れかけた納屋の間に、あの地下鉄の少女が潜んでいるのが見える。彼女は何か絵画ケースのようなものを抱えている。

日本人側の手下二人が倉庫の敵に応戦しながら札束をかき集めているどさくさの間に、少女は、絵画ケースを持って飛び出してくる。思わず小次郎も助けに飛び出す。

「早く、こっちに」

「あっ、あなたは……」と少女。

少女の手を引いてそのまま、突っ走る。

それを見た男の一人が追いかけてくる。

タクシーがタイヤを軋ませ、小次郎の目の前に停まる。

「坊主、早く乗れ！」

小次郎と少女が大急ぎで乗り込むと同時に、タクシーは急発進する。

追ってきた男を置いてきぼりにして、タクシーは次の角を曲がって、スピードを上げた。

「大丈夫だ、奴らもう追って来ないみたいだ。そりゃそうだよな、あっちでドンパチやってんだから、奴らだってそれどこじゃないやね」とドライバー。

「ヤンはどうしたの？」

「もう一人のお嬢さんかい？　あの娘は、もう少し隠れて様子を見るからと言って残ったよ。気丈な子だね」

「大丈夫かな……」と小次郎。

「あの子なら、一人でなんとかするだろ。ところで、どこへ行く？」とドライバー。

「ねえ、君はなぜあんなところにいたの？　どこに送ればいいの？」

小次郎は少女に話しかけた。

しかし少女は、下を向いているばかりで何も答えない。

小次郎は困って、とりあえず自分のアパルトマンに行くことにした。

「十八区のコルト通りにお願い」

「モンマルトルだな。ＯＫ！」

3

小次郎のアパルトマンでも、少女は黙ったままだった。

「日本のお茶だけど、どう？」

先日、友達から貰ったけど口に合わないからとリシャールがくれた緑茶を、ティーカップに入れて出してあげる。

少女はのどが渇いていたのか、恐る恐る飲んで、小さな声で、

「美味しい、ありがとう」と言った。

「君、名前は？」

「マノン。マノン・モジェスカ」

「僕は、コジロウ。みんなは、プティジルって呼ぶ」

その時、小次郎の携帯が鳴った。

「プティジルか？　リシャールだ。大丈夫か？」

「うん。僕は大丈夫。ヤンは？」

「ヤンは大丈夫だ。今、一緒に『ベティ・ブルー』に帰るところだ。お前は、どこだ？」

「今、僕のアパルトマンに帰ってきたところ。マノンという子が一緒」

「その子は、なんで取引の現場なんかにいたんだ？　お前とどういう関係なんだ？　それより、その子の持っていたのは、何なんだ？　絵なのか？」

「わからない。これから聞くところだよ」

「OK、OK、まあ、野暮な質問は、あとでな」

そのそばから、ヤンの声が聞こえた。

「プティジル、浮気したら承知しないよ！」

マノンは、窓から遠くの空を眺めている。

日差しは大きく傾いて、赤いレンガ色の家々や、そろそろ色づき始めたポプラの葉を一層赤く輝かせている。

「マノンはどこから来たの？」

「二年前に、おじいちゃんとポーランドのクラクフから……。おじいちゃん、大丈夫かな？」

「さっき、おじいちゃんと一緒だったの？」

小次郎が聞くと、マノンは少しずつ話し始めた。

「そう。この絵を持ってあそこに来るように言われて、おじいちゃんと行ったの。そしたら、クラクフで会ったことのある男の人や知らない人がいて、私たちが持ってきた絵を渡そうとしたら、それを持って裏口脇のロッカーの後ろに隠れているように言われたわ。

〝俺たちが良いと言ったら、それを持って出てこい。もし、なんかやばいことになったら、それを持って娘だけ裏口から逃げろ。その絵をなくすんじゃないぞ。なくしたらお前たちがどうなるか、わかってるな〟って……」

そこまで話すと、あらためて怖さがよみがえったのだろう、マノンは涙ぐんで言葉に詰まった。

やっと小次郎が聞き出したその後の顚末は、次のようなものだった。

彼らも、マノンの持っていた黒い絵画ケースと同じものを持っていた。ちゃんと取引ができるまではと、偽物も用意していたのだろう。

しばらくして日本人に率いられた連中がやって来た。日本人は、持ってきたトランクの一つを開けて、中を見せた。なんと、中は札束でいっぱいだ。日本人の仲間の一人が、「こちらは、これと同じトランクを他に二つ用意している。引き換えに、私たちが持っている絵と同じ絵を渡せ」と言って、黒い絵画ケースを指し示した。

クラクフ側の一人が、老人に本物の黒い絵画ケースを持って来させようとしたとき、裏口から、突然二人の男が拳銃を持って入ってきた。クラクフ側でも日本人側でもない連中だ。裏口にいた見張りはすでに彼らに始末されていた。

そいつらが「全員手を上げろ！」と怒鳴ると同時に、入り口の方からも二人の男が飛び込んできた。裏口から入った男の一人が、クラクフの男が持っていた絵画ケースを奪い取って、入り口の方の男に投げ渡すと、誰かの銃が発射されたのをきっかけに、撃ち合いになった。それでも、入り口から入ってきた二人組は、絵画ケースを持って入り口から逃げようとした。しかし、日本人の一人が何かしたのか、二人とも倒れた。

「その日本人は、銃は持っていなかったし、ナイフを投げたようにも見えなかったから、不思議だったわ。すると、おじいちゃんが、〝絵を持って裏口からすぐに逃げろ〟と言ったの。〝おじいちゃんも一緒に〟と言ったら、〝二人とも逃げたら、何をされるかわからない。それから、今日はアパルトマンに帰らない方がいい〟と言って二十ユーロ札を渡してくれて、私だけを裏口から逃がしたの。あとは、どうなったかわからない」

マノンは涙ぐみながらそう話した。

こんな時、どうしたらいいのだろう。吸いこまれるように深く青い瞳がうるんで、遠い異国の湖のほとりにたったひとりで放り出されてしまったような孤独感。それは、小次郎にとって、甘く悲しい霧の中の風景だった。

「その絵を見せてもらってもいい？」

「うん。でも大切なものだから、丁寧にね」

小次郎は、黒い絵画ケースのジッパーを開けた。柔らかいベージュ色の布の袋が現れ、中には、額入りの絵画が入っているようだ。袋から絵画を取り出すと、そこには、岸壁の上に立つ美しい建物の絵があった。

「これは、おじいちゃんが描いたクラクフのティニエツ修道院よ」とマノン。

ところが、小次郎はびっくりした。その絵の額が、自分のところにあったあの額とそっくりだったからだ。

「この額、どうしたの？」

「クラクフからパリに来る時、おじいちゃんの絵をこの額に入れて渡されたの。パリまで持って行けって」

「おじいさんは画家なの？　アコーデオン弾きかと思った」

「アコーデオンは、ただの道楽。でも、アコーデオンを弾いている時が一番楽しそう。おじいちゃんは、今日はアパルトマンに帰らない方がいいって言ったけど、おじいちゃんが心配だから帰る」

「ちょっと待って。あんなことがあったんだ。おじいさんが言うとおり、今日は帰らない方がいいと思う。アパルトマンは何処？」

「ポルト・ディヴリーっていうところ」

「なんだ、サンシェのちょっと先だね。ちょっと待って」

小次郎は、リシャールに電話をする。

「リシャール、僕だよ。小次郎」

「どうした、プティジル。何かわかったか？　絵はどうだった？」

「絵は、彼女のおじいさんが描いた修道院の絵だった。そのおじいさんも、あの場所にいたんだ。あのあと、おじいさんがどうなったか心配してる。住んでるアパルトマンは、ポルト・ディヴリーらしいんだ。帰るべきかどうか迷ってる」

「どんないきさつか知らないが、あんなことがあったんだ。先に俺たちが調べた方がいい。飯は食ったか？」

「まだだけど……」

「じゃあ、その子と『ベティ・ブルー』まで来い。ポルト・ディヴリーまで近いし、とりあえずここに集まって食事をしながら相談しよう」

「わかった。すぐ行くよ」

そう言って、小次郎は電話を切った。

「これから、友達のところに行って食事をしながら相談しよう。そこなら、君のアパートも近いし、二階にだったら泊まれるから」

小次郎は、半分ほっとしながらも、何か少し残念な気もした。

4

絵は預かってほしいと言うので、ベッドの下に置いて家を出た。

コルト通りの坂を下りるころから、マノンは、僕の手をしっかり握って離さない。まるで、この手を離したが最後、一生独りになってしまうような必死さが、手のひらを伝って感じる。ラビニャン通りからエミール・グドー広場に来た時、突然、彼女は止まった。手を引っ張られて、僕も思わず立ち止まり、彼女の方に身体を向けた時、「ありがとう、小次郎」と言って、抱きついてきた。そして堰を切ったように身体を震わせて泣きだした。

きっと、これまでどれほどに緊張した日々を過ごしたのだろう。どれほどに、寂しい思いをしてきたのだろう。そう思うと、いじらしくて抱き締めないではいられなかった。

今にも折れてしまいそうに細くやわらかいマノンの身体が、僕の胸の中にすっぽりと納まっていると、強く抱きしめたい衝動に駆られるが、なんとか抑制して彼女を優しく包み込んであげた。

しばらくそうしていると、やがて泣きやんだ。

涙のたまった目にチュッと軽く口づけすると、彼女は、ふわっと笑った。ほほ笑みのかけらが、初秋の柔らかな風に乗って飛んでいった。

「さあ、お腹もすいただろ。行こう」

小次郎が言うと、マノンは、こくんとうなずいた。

地下鉄に乗っている間もずっと、彼女は手を離さなかった。

サンシェの駅を出て、『ベティ・ブルー』がすぐそこに見えたころ、さすがに小次郎は、そっと手を離した。マノンは、一瞬、不安げな動作をしたが、下を向いてついてきた。

『ベティ・ブルー』に入ると、美味しそうな肉の脂の焦げるにおいが漂っている。

「今日は特別なものは仕入れてなかったから、ステークフリット〈註2〉でいいだろ。今、焼けたところだ」

リシャールが、ステーキに山盛りのポテトフライの皿をテーブルに運んできた。

情報屋のマチューも来ている。すでに一本目のワインは空いてしまい、二本目に取り掛かっている。

〈註2〉＝ステーキにフレンチフライを添えたもの。フランスの定番定食。

5

食事をしながら、まず小次郎が、これまでマノンから聞いたあらましを話した。

次にヤンが、あのあと起こったことを話した。

「プティジルたちがタクシーで逃げたあと、男たちが怒鳴り合っていた。その話し具合では、どうも取引の最中に邪魔が入って、それをきっかけに撃ち合いになってしまったらしいの。でも、お互いに真相がわかったらしく、〝今日の取引は中止して日を改めよう〟となったみたい。〝邪魔をした四人は、全員消したから、死体の始末と落とし前はTRAでつける〟って言ってたわ」

「TRAか、やっぱりな」

リシャールが口を挟む。

「ベンツ二台が先にその場からいなくなり、その後、男たちがまたたくまに死体を運び、何もなかったかのようにその場を元通りにして、建物の後ろにいたらしい車二台で出発して行ったわ。それから、私たちがベンツをつけていた時私たちの前にいた白い車は、もう一人運転手が残っていたみたいで、一部始終が終わったあとに現場を立ち去ったの。あれが、どうも、取引を邪魔したグループみたい」

「そのあとに、俺が到着したってわけか」と、リシャール。

「俺とほとんど同時に警察も来たんだが、奴らも何も発見できなかったみたいで事件なんかあったのだろうかみたいにうろうろしていたから、面倒になるとやばいから、ヤンを乗せてバイクで帰って来ちまったんだ」

そこで、情報屋のマチューが俺の番だとばかりに口を挟む。

「その白い車の連中ってのは、ジョルジュ一家のところの奴らに違いねぇ。奴ら、今日は大仕事だって言ってた。そこに、トランク三個分の札束が登場したとすると、ヤクにしても大きすぎる。当然、五百ユーロ札の束とすると、一束が百枚で五万ユーロ。一トランクに入る束は、約五百束だ。トランク三個で千五百束。七千五百万ユーロ（約百億円）ってことになるな。これは、ひょっとすると例のフェルメールの絵の本物の取引じゃないのかい？　しかし、わかんないな。オークションで競り落としたのもジャポネなら、大金を持ってきたのもジャポネだ。そして撃ち合いの時、ＴＲＡの持っていた絵のケースを持ち帰ったのもジャポネだろ、金も持ち帰って……」

すると、ヤンが口を挟む。

「忘れてたわ。〝取引は日を改めよう〟って奥の男が言ったら、日本人の女代理人が〝でも、絵画もこっちの手にあるわ〟って言った時、奥の男が、〝そいつはブラフで、本物はこっちにある。そいつは、ただの女の裸の絵だ。クリニャンクールの蚤の市にでも行って叩き売ってくれ。まあ、まだあんたらを信用できなかったから悪く思うなよ〟って言ってたわ。ところで、ＴＲＡって何？」

するとリシャールが、

「ＴＲＡってのはな、世界規模の地下芸術作品の流通シンジケートだ。もともと、どこの国にも美術品の地下組織があった。それぞれの国に闇市場が存在し、盗難品や盗掘品が売買されていた。そして、中には保険会社と取引する場合もあった。すなわち、一億ドルの絵画が盗まれたとする。美術館が一億ドルの保険に入っていた場合、保険会社はその絵画が出てこなければ一億ドルを美術館に支払う義務が生じる。しかし、二千万ドルで絵画が戻ってくるとしたらどうだろう。保険会社は残りの八千万ドルを払わずに済む」

「そいつは便利なシステムだな」とマチューが口を挟む。

「世界には、ある美術品に対してなら、どれだけの金を払っても欲しいというマニアが沢山いる。そんな経済原理から世界的な闇市場が必要になった。最初に考えたのは、ニューヨークのマフィア、ラッキー・ルチアーノの右腕として活躍したユダヤ系ポーランド移民のマイヤー・ランスキーだと言われている。イタリア系マフィア、ロシア系マフィア、フランスのユニオン・コルス、日本のヤクザ、中国蛇頭などの闇組織が連合して、国際的な美術・芸術品の一大地下流通シンジケートを作った。それが、ＴＲＡだ。ＴＲＡを逆さに読むとＡＲＴになるのも笑わせる。もし、ＴＲＡが絡んでいるとしたら、結構大ごとだな。その子が持ってきた絵というのが、どう見ても本物のフェルメールだと思えるんだが、プティジル、本当に違うのか？」

「違ったよ。おじいさんが描いたというクラクフの修道院の絵だった。ねえ、マノン」

「そう、あれは、おじいちゃんが描いた絵よ」

「そうだ。ひとつ気になることがあった。額が、僕の家にあったのと全く同じだったんだ」と、小次郎。

「そりゃ、変だな。あとで、もう一度その絵を確かめに行こう。ところで、マノンはなぜ、パリに来たんだい?」と、リシャール。

「私とおじいちゃんは、二年前にあの絵を運ぶよう言付かってパリに来たの。その半年前くらいから、おじいちゃんはあの絵を描いていたわ。〝今度の絵は大事な絵だから絶対に触っちゃだめだよ〟と言われていて、仕事場も覗けなかった」

「マノンの家族は、おじいさんだけなの?」と、小次郎が恐る恐る聞く。

「七年前に父さんが、博打がもとで殺されて、母さんはその借金の形に連れて行かれた。その母さんもパリにいるって聞いたから会えるかもしれないと思って……。指示があるまでその絵を大切に保管して連絡を待つように言われて、ずっとパリにいたの。地下鉄で歌を歌いながら……。だけど、二年もの間、何もなかった。昨日、突然におじいちゃんに指示が来て、今日、絵を届けたんだけど、こんなことになっちゃったの」

　マノンは、また泣きそうになる。

　その時、情報屋の電話が鳴った。

「ああマチューだ。どうだった?　ジョルジュんところは。そうか……やっぱり……。そんなに大騒ぎか……うん……うん……うん。じゃ、もう少し相手のことも調べてくれ。ありがとう」

そう言ってマチューは電話を切ると、

「今日のその白い車に乗っていた連中は、やっぱりジョルジュんとこの若い奴らだった。結構、腕の立つ奴らで、五人出て行って、帰ってきたのは運転手の一人だけだ。殺った奴らを皆殺しだと息巻いているようだ」

「だいたい筋書きが読めてきた」とリシャール。

「本物のフェルメールの『合奏』は、盗品だから表には出せない。アングラマーケットじゃ、誰もが欲しいが、危なくて手が出せない」

「なぜ、いけないの？」とヤンがすかさず尋ねた。

「盗品だと知っていながら取引するのは、犯罪なんだ。ユネスコ条約、つまり〈文化財の不法な輸入、輸出及び所有権移転を禁止し及び防止する手段に関する条約〉というのがあって、結局、持ち主に返さないといけないんだ。こんな有名な絵だから、盗品だと知らなかったじゃ、なかなか済まないんだよ。しかし、なんとか表に出せないものか。そこで、考えた。オークションお墨付きのよくできた贋作を買って、本物とすりかえる。税関だって、オークションの売約書があれば本物とは思わない」

「なんで、税関が関係するの？」とヤンは執拗に聞く。

「貴重な美術品は、許可証がないと国外へは持ち出せないんだ。だが、贋作ならば持ち出せる。

権威あるオークションが、贋作であるとの証明をしてくれるんだ。持ち出した絵を贋作として保有していて、ほとぼりが冷めた頃、再チェックしたら本物だったとすれば、善意の第三者となり、盗品だからといって返品する必要はない。ここで問題なのは、贋作と言っても、技術検査や科学検査を通過するほどの高度な出来栄えの贋作でなくてはいけない。最初の検査で二十世紀の顔料が発見されたりしては、あとで再チェックしたら本物だったとはとても言えない。ところで、何故かプティジジルの母さんは、フェルメールの『合奏』の凄い出来栄えの贋作を持っていた。技術検査でも科学検査でも本物と鑑定されるような高度な贋作だ」

「何故なの、小次郎。あんた知らない？」とヤン。

小次郎は、首を横に振る。

「どうしてTRAの奴らがそれを知ったかわからないが、それをプティジルから手に入れて、オークションに出した。本当の狙いは、裏取引する相手にこの贋作を競り落とさせて、そいつに本物を売りつけることだったんだ。そうすれば競り落とした奴は、贋作だと言って本物を国外に持ち出せるし、大きな顔をして所有権を主張できる。みんなの前で、偽物だと思って買ったんだが、あとで調べたら本物だったってね。ところが何を間違ったか、TRAが二股かけちまった。そこで、日本ヤクザとジョルジュのとことTRAがドンパチよ。ということはプティジル、もうわかっただろ。お前のアパルトマンには、今、世間相場では時価一億五千万ユーロ（約二百億円）を下らないフェルメールの真筆があるってことさ。さあ、すぐ確かめに行こう」

第六章

「やり方は三つしかない。正しいやり方。間違ったやり方。俺のやり方だ」

―映画『カジノ』より―

1

リシャールはヤンを後ろに乗せて愛用のホンダで、小次郎とマノンと情報屋のマチューはタクシーを飛ばして、小次郎のアパルトマンへ向かった。

サンシェからモンマルトルの丘の上までは、ほぼパリを縦断する。夜のパリのドライブも、とても素敵だ。特にセーヌ川を渡るときは、ライトアップされたノートルダム寺院が、きらきらと輝く川の上にぼんやりと浮かび上がって幻想的だ。

左手の遠くには、エッフェル塔の電飾が光っている。建物という建物は、総じて赤みがかった照明によって優しく柔らかく包まれている。

クリシー通りに差し掛かると、青みがかった明かりに照らされて神秘的にそびえたつサクレクール寺院が見えてくる。それを大きく左から右へ回り込み、ほぼ一周して頂上の寺院までたどり着く。寺院の真ん前を通って裏手に回り、左手の小道に入ったところが、コルト通りの小次郎のアパルトマンである。

小次郎たちが到着してタクシーを降りた時には、すでにリシャールとヤンは入り口のドアに寄りかかって待っていた。

外玄関の解錠コードを押して皆で中へ入る。

専用エレベーターは、アンティークな蛇腹式ドアのついた木製で、三人乗りのため小次郎とリシャールが階段を上った。部屋は三階にある。

鍵を開けようとして、すでに開いていることに気がついた。中に入ると、部屋は、めちゃめちゃに荒らされている。タンスの引き出しという引き出しは開けられて中のものは放り出され、ベッドもカバーが引きはがされ、本棚の本はばらばらと投げ出されている。キッチンの食器棚も開け放たれ、洗濯機までが動かされて、ありとあらゆるところを家捜し(やさが)した感がある。そしてもちろん、ベッドの下に押し込んだはずの黒い絵画ケースは、影も形もなくなっていた。

浴室の方で、ヤンの叫び声が聞こえた。

皆、一斉に駆けつけると、浴槽の中に顔をぼこぼこにされ血みどろになった、昼間のタクシードライバーがいた。

「おゾウさん……あんダは、やっバり、ダよりになる……ヒーヒーヒッ……」

折れた歯の隙間から、血と息が一緒に漏れだすように気味悪く笑った。

「あダまにギたから、いジばんなぐっダやヅのさいふをぬギドってやっダ……ヒーヒーヒッ……」

と、ズボンのポケットから、分厚い財布を差し出した。

ドライバーをベッドに寝かせて手当てをしてやりながら、リシャールは財布の中身を調べ始める。

「名前は、トマ・ブリュメ。知ってるか？」とリシャール。

情報屋がびっくりした声でしゃべりだす。

「知ってるも何も、有名な奴だ。〝小さなマムシのトマ〟。もとは、コルシカの出身で、北コルシカのマフィア、ラ・ブリーズ・ド・メール（海からの爽やかな風）という粋な名前だが、最高にタチの悪いヤクザグループにいた奴だ。今は、ジョルジュの右腕だが、大変なワルで凶暴な奴だ。お前、命があっただけ有り難いと思え」

情報屋のマチューは、ベッドでヤンの手当てを受けながらヒーヒー痛がっているタクシードライバーに声をかける。

「おじょうはん、あんダ、その、ちいザなまブしのドまドかいうやヅより、あらっボいなーーー。もうズこし、やザしくできねーかー、ヒーヒーヒッ……」

と、ドライバーは口が減らない。

これなら大丈夫と、ヤンはピシャリとドライバーを叩く。

「いジィーーーーー、ヒーヒーヒッ……」

どうやら、ジョルジュのところの白い車の運転手が、小次郎とマノンが逃げたタクシーのナンバーを記憶していて、彼を無線で呼び出し、小次郎のアパルトマンまで案内させたようだ。

「この荒らし様を見ると、ここに来た奴らは、あの絵は見つけたが、それが目指すものではなかったと思って、あちこち探したらしいな」

そう言いながら、リシャールは何かを見つけた。

「おやおや、大した代物が出てきたぜ」

マムシのトマの大きな財布のポケットから、小さなビニール袋に小分けされた白い粉が五、六袋出てきた。それに、現金が約千八百ユーロも入っている。銀行カードやIDカード、スーパーの割引券、それらに交じって小さく折りたたんだ紙切れがある。

リシャールは広げて中を見た。

「この書付けは、何やら怪しい顧客名簿だな。

アンナ・バレル 八月三日 三ケ 六十ユーロ 06 62 20 27 24、クリスチャン・デュバル 八月三日 八ケ 百六十ユーロ 06 83 82 40 63、ミレイユ・コワルスキ 八月四日 六ケ 百二十ユーロ 06 32 48 63 54……。

こりゃ、どうみてもこの白い風邪薬の売上明細と顧客リストだ。それにしても、奴は、相当困ってるんじゃないか。どこで落としたんだろうって……。ってことは、もしかしたらここにまた探しにやってくるかもな。だとしたら、罠を仕掛けてみるのも悪くないか」

リシャールは、大急ぎで映画クリエイター集団のライトコーンに電話をかける。

「エマヌエルか、俺だ。監督のリシャールだ。なんて、ふざけてる場合じゃないんだが、美術小道具を大至急頼めないか。事情はあとで話す。警官と刑事、それぞれ一人分ずつの衣装、警察手帳、ワッパ、拳銃などすべてだ。それからお前も、もう一人分の警官の恰好で来てくれ。それから、非常用パトライトが使える警察用車両で来てくれ。場所は、十八区コルト通りの小次郎のアパルトマンだ。知ってるだろ！」

2

全員部屋を引き払って、外へ出た。

タクシードライバーは、もう運転できるというので、彼の車でヤンとマノンを『ベティ・ブルー』に送り届けるよう頼んだ。

ヤンは残ると言い張ったが、リシャールが「お前がいないと、店が心配だ」と言ったら、何となく納得した。

リシャールと小次郎と情報屋のマチューの三人は、サクレクール寺院裏手にある小次郎のアパルトマンの玄関が見渡せるコルト通り入り口付近の物陰に身をひそめて、待ち伏せることにした。そこからだと、エマヌエルの車が来たときにも、手前で停めることができる。


しばらくすると、サクレクール寺院の脇を登って、例の見覚えのある白い車がやって来た。車は、小次郎たちが潜んでいる目の前を通り過ぎて左に曲がり、コルト通りの坂を十メートルほど下ったところで停まった。小次郎のアパルトマンの入り口を数メートル越えた位置である。

車からは、いかにもフランスのあんちゃんといった感じの赤シャツの運転手と、やや体のがっしりとした黒ずくめの背広を着たサングラスの男、そして、こいつが〝小さなマムシのトマ〟だなと一目でわかる、身長が百六十センチ足らずの、小柄で、しかし爬虫類のように冷たい目をした、白の上着に白ズボン、黒シャツと、いかにもこの筋の定番の恰好をした男が降り立った。

運転手が、あたりの道路をきょろきょろと探すような仕草をしている。おそらく、ここではないと思いながらも、マムシのトマの手前、財布を探しているポーズをとっているような素振りだ。

サングラスの男が外玄関の解錠コードを押して、アパルトマンの玄関ドアを開ける。小次郎は、彼がなぜ解錠コードを知っているのか不思議に思った。おそらく郵便配達員を脅して、聞きだしたんだろう。

三人の男たちは、あたりを窺いながら、素早く建物の中に入る。

リシャールがエマヌエルに電話をかけた。

「今、どこだ？　ＯＫ、あと五分だな。それじゃ、事情をかいつまんで話すから、聞きながらそのまま急いでくれ。コルト通りの入り口で待っている」

と、いきさつを説明する。

程なく、エマヌエルの乗る撮影用の警察パトカーが、サクレクール寺院の横の道を登ってくるのが見える。

「ＯＫ、見えた。なんだ、パトカーで来ちまったのかよ」

リシャールは電話を切り、小次郎と情報屋を促して、パトカーをコルト通り手前の道路わきに停めさせた。

「この車しか空いてなかったんだ」

エマヌエルは車から出てきてそう言いながら、ナンバーを撮影用の本物そっくりのものに付け換える。

「さあ情報屋、大急ぎで着換えろ。お前は、警官だ」

「えっ、俺が刑事じゃないのかい？」

マチューは不満げに、それでもなんだかまるで映画出演のように嬉しそうに、水色の警官のシャツを着る。

エマヌエルは、すっかり板についていて、もういつでも出動ＯＫだ。

リシャールは、お定まりの、流行遅れのネクタイによれよれの背広、薄汚れたトレンチコートだ。〝映画の衣装というとこれだから、どの映画の刑事も同じになっちゃうんだ〟と小次郎は思った。

パトカーをさっきの白い車の後ろにぴったりと付けて、〈リシャール刑事は、警官二名を従え、家宅侵入者がいるとの通報を受け現場に向かう……〉、これが、今回のお芝居の設定だ。

三階まで足音を忍ばせて上がり、小次郎の部屋のドアの前で聞き耳を立てる。

「トマ兄貴、どうもありませんね」

「ベッドの下はどうだ」

そんな会話が聞こえてくる。リシャールと警官二名は、ドアの前で態勢をとり、一、二、三で一気に飛び込んだ。

「警察だ！　手を上げて腹ばいになれ！」

赤シャツの男は、びっくりして後ずさりした拍子にソファーの足につまずいてひっくり返った。

サングラスの男は、慌てて腹ばいになろうとして、サングラスがずり落ちてしまい、赤ん坊のようにかわいらしい人懐こい目が顔を出した。

小さなマムシのトマだけは、一瞬、凶暴な目線を送ったが、すぐにうすら笑いを浮かべながら、

「警察の旦那方ですかい。ご苦労さんでございます。私ら、ちょっと探し物をしていたもんです

から……。日頃、うちのジョルジュ親分もお宅のベルリー署長とは懇意にさせていただいて、先日の消防パレードでもご一緒してお話ししたとか言ってましたぜ。なんでしたら、あなたのお名前をお聞きして、大変素晴らしいお仕事をされていると申し上げておきますが」

「ところで、探し物ってのは何なんだい？」と、刑事リシャール。

「ひとつは、ちっぽけな財布でしてね」

「その財布ってのは、これかい？」

と、刑事リシャールは財布を出して見せた。マムシのトマは、一瞬ぎょっとしたが、

「ああ、それです、それです。大したものは入っていないんですがね」

「じゃあ、お前のものかどうか調べさせてもらおう。トマ・ブリュメ。これは、お前の名前か？」

と、ＩＤカードを出して見せた。

「そうです。そうです。なあ、お前たち」

二人の子分も、慌てて相槌を打つ。

「それから現金が……」

そう刑事リシャールが言いかけると、トマが、

「あっしは現金を持ち歩かない主義なんで、現金は空っぽなはずですぜ。一銭もないはずだ。あるとしたら、それは、あっしのじゃない」

「しかし、これは何なんだろう？」

そう言って、刑事リシャールが百ユーロ札十数枚をひっぱり出すと、

「旦那も奇特なお人だね。あっしの財布に現金が一ユーロもないもんだから、そんなに沢山の金を恵んでくれようとしなすったんですかい。それには及ばねえ。どうぞ、お返ししますんで、引き取ってくだせぇ」

「そういうことか。それじゃ、遠慮なく返してもらうぜ」

と刑事リシャールは、現金全部を財布から引っ張り出すと、自分のポケットに仕舞い込んだ。

「ところで、これは何だ。これもお前のか？」

続いて刑事リシャールは、白い粉の入ったビニール袋をちらつかせる。

「あっ、それは胃薬でさぁ。あっしも何かと気遣い性なもんで、ストレスが溜まって胃にくるんでさぁ」

そう言って、マムシのトマは苦い顔をした。

「俺はまた、風邪薬かと思ったぜ」

と、刑事リシャールが言うと、マムシのトマは、ニヤッと笑った。

「旦那は鋭いや。すっかりお見通しだ。実はそいつは風邪にも効くんですぜぇ」

「じゃあこれは何だい？」

次に、刑事リシャールは、例の顧客メモを出す。

トマは、一瞬、マズイといった表情を浮かべるが、

「ああ、それは、あっしのマブダチと愛人の連絡先でさあ」

「ずいぶんと多いんだな」

「おかげさんで、モテるもんですから」

「この、名前の後ろの数字はなんだ？」

「あっしに貢いでくれた日にちと金額ですよ」

リシャールは、そろそろトマをいたぶるお遊びはこんなところでお仕舞いにしようと思った。薬の密売なんかには、もともと興味はない。ただ、プティジルの部屋がメチャメチャにされたのが気に食わないので、少しいたぶってやろうかと思っただけだが、千八百ユーロもあれば、プティジルの部屋を元通りにしてもお釣りがくる。

それよりも、本題の絵の話だ。

「よしわかった。財布はお前のだ。返してやる」

そう言って、刑事リシャールは、カードや白い粉の袋、顧客メモの紙などを財布に戻して、それをトマに投げ返した。

「ありがとうよ。旦那」

トマは、少しほっとした表情をする。

そこで、刑事リシャールは切り出した。

「ところで、あんたら、この子が大事にしている絵を持ち去ったそうじゃないか。そりゃいけないね。それがあんたらの、もうひとつの探しもんかい？」

「いや、違うんだ。あっしらが探してんのは、あんな風景画じゃない。この坊やと、この子の友達の女の子が、ある取引現場から絵を持ち出しましてね。状況から見てこの子らが持ち出した絵が、あっしらが探してる絵なんでして。あれをどうしたかこの坊やに聞いてほしいんで。その絵がすんなり出てくるんなら、旦那、あんたにさっきの金の倍は払ってもいいんですぜ」

「おい、坊や。このトマさんが言うように、君は他人の絵をどこかに隠してるのかい？　私は警察だから大丈夫だ、言ってごらん」

リシャールは、小次郎に向かって、まるで刑事が少年に尋問するときのような芝居で質問した。

小次郎は、事前の打ち合わせ通りに答える。

「僕は、昨日の夜、カフェ・ド・モンマルトルであの子に初めて会ったんだ。そこで、知らないおじさんに頼まれた。ひとり百ユーロずつやるから、簡単な仕事を頼まれてくれって。ただ、荷物を女の子に渡すから、タクシーで持ち帰ってくれって。簡単で割のいい仕事と思ったんだよ。だから、言われた場所に行ってタクシーで待ってて、彼女が絵画ケースを運んできたから、それをタクシーで一緒に持って帰った。そのあと、手はず通りに僕の部屋に男の人がやってきて、〝ご苦労さん〟ってまた百ユーロずつくれて、絵画ケースを持って帰ったよ。そして、僕が出かけて戻ってきたら部屋がこんなありさまで、鞄に入れていた僕の絵がない。これじゃ、割に合わないよ。なんで、部屋がこんなことになって、おまけに僕の大事な絵まで持ってかれなきゃならないんだ。あんなのと同じ鞄、どこにでも売ってるよ。アダム画材店に行ったら山積みさ」

「わかった、わかった。悪かったな。絵は明日返すから、その女の子の居所を教えてくれないか」と、トマ。

「そんなの知らないよ。昨日の夜、カフェ・ド・モンマルトルで初めて会った子だもの。ちょっとかわいい子だったからさ。そしたらその男に仕事頼まれたのさ。名前は、確か……アンナだった」

「わかった、坊や。旦那、今日は、このへんで失礼させてもらってよろしいですかね」と、トマ。

「坊主、調書を取らなきゃいけないから、署まで付き合ってもらえないかな」

刑事リシャールが小次郎に告げる。警察で調書を取ったことにすれば、いかにトマでも、このあとそう簡単には小次郎に手出しすることはないだろう、そうリシャールは思った。

やり取りが済むと、全員、小次郎のアパルトマンを出た。トマたちはさっさと白い車に乗り込み、先に坂道を下っていった。

3

車の中でトマは思った。

なんという偶然だろう。

忘れもしない、このコルト通りの坂道を出たところだ。そこは、T字路になっていて、左に上るソール通りの坂道がちょっとあって、クレマン広場、すぐラビニャン通りへとつながり、アベス駅へと下りていく道だ。

三年前、俺は、このソール通りの坂道の物陰に車を停めて待っていた。朝の七時二十五分、いつもの通りに、女は出勤のため落ち着いたワンピースに高めのハイヒールを履いて、石畳の坂道をやや歩きにくそうに上ってくるところだった。

女は、あの少年の母親。

俺は、自慢だった黒のベンツを急発進させて、ソール通りの坂を猛スピードで走り下りた。

女は、何の恐怖も感じてないような、信じられないといった表情で顔を傾(かし)げた。

そのまま、フワッと宙に浮いて、俺の車を飛び越え、バックミラーの中で二、三回転した。

俺はそのまま、ヴィンセント通りを下って、ラマルクへ抜け、組へ帰った。

あとで、女が死んだことを知った。

あのときの女の目は、今会った少年の目だ。殺さなくてもよかったんだ。病院行きにして収入の道が途切れれば、絵を売るだろうという狙いだった。

結果としては同じで、うちの仲間があの子を丸めこんで、絵を手に入れた。

これは、ジョルジュ親分の命令だった。親分は〝あのジャポネーズが！　こっちが下手に出ているうちにあの絵を売ってりゃあ、こんなことにゃならなかったんだから、自業自得だ！〟と言っているけど、所詮はどこかの組織から頼まれて、いくばくかのマージン目当ての仕事だから、ここまでしなくても良かったと思う。

俺は、〝マムシのトマ〟なんて呼ばれているけど、実際は気が小さいし、真面目な男なんだ。こんな、白の上下に黒シャツなんて、いかにもヤクザな恰好をしているが、本当は、コム・デ・ギャルソンの服が着たいんだ。こんな恰好でもしてないと、自分の役を演じられないんだ。小さい頃から編み物好きで、今でも自分のセーターを編んでるし、食前のお祈りだって、欠かさずしてる。

それにしても、なんて言う偶然なんだ。よりによって、あの女の息子がまた、今度の仕事に絡んできたなんて……。

それとも、偶然じゃないんだろうか……。

4

少し遅れて、リシャールたちのパトカーも出発した。リシャールは、安全のために、一応、十八区を統括するクリニャンクール署に立ち寄った。尾行されていて、自分たちが警察官でないことがバレたら、小次郎も自分たちもただじゃすまない。

クリニャンクール署には、モンマルトルやクリニャンクールでの撮影許可などで便宜を図ってもらっているペルノー警部がいるのだが、もう時間が遅いからいないだろう。署の駐車スペースに車を停めていると、警官が近づいてきた。

「この車、うちのじゃないだろう。君たちは何処の署？」

「あっ、すみません、撮影車です。近くで撮影があったものですから。ペルノー警部がいらっしゃればご挨拶しようと思って……」と、エマヌエルが答える。

「シャルルならまだいたよ。それより、ちゃんとナンバーを元に戻しとかなきゃだめだよ」と警官。

「はい、すぐ戻します。じゃあ、警部に挨拶してきますから、ちょっとの間、置かしておいてください」

そう言って、エマヌエルは、署の建物に入って行った。

リシャールは、大急ぎでナンバープレートを付け替える。

そこへエマヌエルが警部と一緒に出て来た。

「ペルノー警部、こんばんは。こんな遅くまで、よく働きますね」

リシャールが愛想よく挨拶する。

「やあ、リシャール。元気そうだな。ニュースでもう知ってると思うが、今日は大変だったんだよ。夕方から夜にかけて、最初に十四区のモンパルナス墓地のスーチンの墓にもたれかかるように男の射殺死体が発見された。次に、二十区のペール・ラシェーズ墓地のモジリアニの墓と、十六区のパッシー墓地のマネの墓で男の死体。他人事かと思っていたら、夜になって、うちの十八区管内のモンマルトルの丘のサン・ヴァンサン墓地にあるユトリロの墓に、男の死体が横たわっているのを、シャンソン酒場ラパン・アジルへ行く客が見つけたんだ。どの墓も画家の墓であることと、もうひとつ、どの死体も、ジョルジュ一家のところの手の者だということが共通点だ。どれも、目立ったところにこれ見よがしに置かれていることから、ジョルジュに対する何かの見せしめとしか考えられない。最近、ジョルジュのところは、アラブ系や中国系、それに韓国系の組織とも手を組んでうまくやっていたから、それほどの抗争事件は起こらなかったんだがな。いずれにしても、大きなどこかの組織との対立としか考えられないんだ」

それらの死体は、ヤンが言っていた例の殺された四人で、これはＴＲＡの仕業に違いないとリシャールは確信した。

「ところで、モンパルナスとペール・ラシェーズの死体は、数発の銃弾を撃ち込まれて明らかな射殺死体なんだが、パッシーとうちの管内の死体は、何処にも傷がないし、扼殺(やくさつ)や薬の跡もない。鑑識でも頭を悩ましてるところだ。今日は女房の誕生日だったんだが、おかげでまた帰ってから大変だよ」

「そりゃ、大変でしたね、ペルノー警部。それじゃ、あんまり長居するとお邪魔でしょうから、今日はこれで失礼します」

とリシャールは、エマヌエルを促す。

「ああ、近くに行ったら『ベティ・ブルー』にも顔をだすよ。それから、また何か映画の話があったら出演させてよ。こないだの『パリ二十四時間』は子供たちに大受けで、〝お父さんの撃たれ方はかっこよかったよ〟なんて言われて、家族で二度も見ちゃったよ」

ペルノーは先日、エキストラで映画出演したのだ。

「ええ、もちろんですとも。警官役はペルノー警部と決まったもんですから。それじゃお邪魔しました」

エマヌエルとリシャールたちは、クリニャンクール署を出た。

「エマヌエル、悪いが、俺とプティジルをモンマルトルまでもう一度送ってくれないか。俺のホンダが置いてあるんだ」

OK、と言ってエマヌエルは、もと来た道を戻り、コルト通りに着いた。

「エマヌエル、ありがとうよ。これは、今日の美術費とギャラだ」

リシャールはそう言って、さっきマムシのトマから巻き上げた金のうちから三百ユーロを渡す。

「情報屋は大した役じゃなかったから、エキストラ代、百ユーロだ」

「今度は、もうちょっと活躍する役をくれよな」

と情報屋のマチューも、それでも満足げに百ユーロを受け取る。

「情報屋、ジョルジュのところと、TRA、日本人のグループがどんな動きをするのか調べといてくれ」

「わかった。またな」

情報屋マチューとエマヌエルを乗せた車は、コルト通りの坂を下って行った。

「プティジル、今日は『ベティ・ブルー』に泊まるか?」

リシャールが気遣って尋ねる。

「部屋を片付けなきゃいけないし、リシャールがさんざん脅かしてくれたから、今日は、奴ら来ないだろう。家に帰るよ」

小次郎は、何となくひとりになりたかった。

「じゃ、これがお前の今日の稼ぎと部屋の整理代だ」

と、リシャールは、さっきのトマの金の残りから千ユーロを渡す。

「えっ、こんなにいいよ」

小次郎が遠慮するのを、

「いいからとっとけ。残りは、『ベティ・ブルー』に一足先に戻った連中と俺で分けるから。ところで、明日、奴らがすんなり絵を返しにくるとは思わないが、もし動きがあったら、すぐに知らせろ。気をつけろよ」

リシャールはそう言って、ホンダのエンジンをかけた。

第七章

「人生の半分はトラブルで、あとの半分はそれを乗り越えるためにある」

――映画『八月の鯨』より――

1

小次郎は、荒れ放題になったままの部屋のベッドに寝転んで、天井を眺めながら考えた。

いったい、自分に何が起こっているのだろう。

母が死んで、うちにあった絵が高額で買われた。それが、有名な盗まれたフェルメールの絵の贋作だった。その絵をオークションで日本人が高値で競り落として、日本人たちをつけると、何やら大きな組織の取引現場に遭遇し、ポーランドから来た美少女を助けることになった。

その少女が持っていた絵をうちに置いておいたら、地元のヤクザがうちを家捜しした挙げ句、略奪していった。どうも、美術品取引の地下シンジケートと、地下に眠る時価一億五千万ユーロもするフェルメールの絵が絡んでいるらしい。ああ、何が何だかさっぱりわからない……。

そんなことを考えているうちに、いつの間にかそのまま寝てしまった。

2

リシャールが『ベティ・ブルー』に戻ると、ヤンもマノンもタクシーの運転手までが、リシャールの帰りを待っていた。

「ねえ、どうだった？」と、ヤンが飛びつくように聞いてきた。

「うん。まあまあの出来だ。映画で言えば、フレンチ・コネクション程度かな。これは、今日の売り上げだ」

リシャールは、トマから巻き上げた金の残りの四百ユーロを出して、ヤンとマノンに百ユーロずつ、タクシードライバーには、「治療費込みだ」と二百ユーロを渡して、小次郎の部屋での経緯とクリニャンクール署での話をかいつまんで話した。

「あの絵は、明日には返してくれるでしょうか？」

マノンが心配そうに尋ねる。

「そうすんなりは帰ってこないかもな。向こうも、半信半疑だ。爺さんの描いた風景画が目的の絵でないことは確かだけれど、あの絵に何か隠されているんじゃないかとの疑いも拭えていないと思う。地下シンジケートTRAがなぜこの絵にこだわって、マノンたちにわざわざ運ばせたか……。マノンは、他に何か知らないかい？」

マノンは、首を横に振る。

「あの絵がないと、何をされるかわからないの……」

「誰から？」

「わからない。おじいちゃんに絵を描かせた人……。クラクフの……」

「ところで、あんたなんて名前？　巻き込んじまって悪かったな」

リシャールが、タクシードライバーに話しかけた。

「俺は、ジャン・ミッシェル。よろしく。でも、なんだかわくわくしたぜ。奴らには、大事なことは何にも洩らしちゃいねえぜ。ちょっと痛かったけどな」

3

小次郎は、夢を見た。

母が、ベッド脇の窓辺で、背をこちらに向けて、キャンバスに絵を描いている。母は、絵なんて描いたことがなかったのに……。

「お母さん、何の絵を描いてるの？」

母は何も答えず、一生懸命に筆を動かしている。

ところが、母が懸命に描こうとしているキャンバスには、何一つ描かれてはいない。絵筆は、真っ白いキャンバスの上を、何度も行ったり来たりしているのに、なんの色も形も現れてこない。

「母さん、何も描けていないよ」

母は、突然に小次郎の方を振り向いた。それは、母ではなくマムシのトマだった。

トマは、小次郎を見てにやりと笑った……。


小次郎は、大きな叫び声を上げた。

その声で、小次郎は飛び起きた。もう、部屋は明るく、時計の針は昼近くを指していた。窓辺には、母親も、トマも、そしてキャンバスも、跡形もなく消えてしまっていた。

その時、小次郎は、ドアの下になにやら白い紙が差し込まれているのに気がついた。広告のビラなら下のメールボックスに普通入れてくれるはずなのに……。

拾い上げてみると、そこにはボールペンで描かれた細い神経質そうな字が並んでいた。

『坊主へ
昨日は、部屋を荒らしてすまなかったな。

今日、お前の絵を返しに来るはずだったが、もう少し預かっておく。

まだ腑に落ちないので、もうちょっと調べたいんだ。

昨日の夜、うちの組の連中にとんでもない事件が起きて、絵にかかわっている場合ではなくなったから、ちょっと時間がかかるかもしれない。

この絵が本当におまえのものなら、安心しろ、必ず返してやる。

トマ』

「いつ来たんだろう？」

小次郎は、今見た夢の続きを見ているような恐ろしい感覚に身震いした。

すぐに、リシャールに電話をかける。

「リシャール？　小次郎だよ」

「なんだ、プティジルか。もう何時だ」

電話の向こうから眠そうな声が聞こえてきた。

「もう、昼だよ。うちにマムシのトマが来たらしいんだ」

「来たらしいって、お前いなかったのか？　それで、絵は返ってきたのか？」

「いたんだけど、寝てる間にドアの隙間から手紙が入っていた。マムシのトマからだ。絵は、まだしばらく返せないって。もうちょっと調べたいけど、とんでもない事件が起きたんでそれどころじゃないって。きっと、昨日のペルノー警部の言っていた死体遺棄事件のことだよね。ジョルジュ一家の手下が殺されたらしいから」

「とりあえず、お前に危害を加えなかったところを見ると、昨日の一芝居の効果はそれなりにあったってことだな。しかし、ジョルジュは、手下を殺したのがＴＲＡと日本のヤクザ連中であることは、とっくにわかってるだろうから、近いうちにもう一騒動起こることは間違いないな。その前に、マノンの爺さんを早いとこ見つけ出さないと心配だ。まず、マノンと爺さんの住んでいたアパルトマンに行ってみよう」

4

電話で住所を聞いた小次郎は、バスでポルト・ディヴリーにあるマノンのアパルトマンに向かった。

モンマルトルからは、北から南の端までパリを縦断することになる。バスは、パリの中心を縦断するから好きだ。モンマルトルの丘を下って、キャバレー・ムーランルージュが目の前の、ブランシュのバス停から六十八番のバスに乗る。バスは、トリニテから昔のオペラ座前を通って、ロイヤル橋からセーヌ川を渡る。オルセー美術館を右手にしてスノッブな連中の住む高級アパルトマンの建ち並ぶルー・ド・バックを抜け、セーブル・バビロンでバスを乗り換える。パリでは、一時間半以内であれば、五回まで乗り換え可能だ。八十三番のバスに乗りかえて、ルクサンブール公園を右手に、新ソルボンヌ大学の地区を抜けると、やがて、周辺の様子が新興地域の風情をなしてくる。

バスがポルト・ディヴリーに到着した。地図を見てイヴリー大通りに入ると、道行く人の半分以上がアジア人になってくる。中国、ベトナム、タイなどの店が建ち並び、漢字の看板が目につく。大きな中国系のスーパーマーケットを中心にして、このあたりは、アジア系住民や移民の人たちが多く住んでいる。

マノンのアパルトマンは、そのマーケットを過ぎた古い集合住宅の二階にあった。

マノンに連れられて、すでにリシャールとヤンは到着していた。マノンの部屋は、ステュディオと呼ばれる狭い作りである。病院の簡易ベッドのようなベッドがひとつと、寝るために使っているらしいソファーがぎちぎちに置かれ、壁際に塗料が剥げ壊れかけた戸棚と古い小さな木製の丸テーブル、水道とガスコンロひとつの申し訳程度のキッチンの向こうには、カーテンで仕切ったシャワーと便器がある。戸棚の脇には老人のものと思われるアコーデオンと、折りたたんだイーゼルなどの画材用具が置かれている。老人は、帰ってきていないようだ。

「昨日、私たちが出て行った時、入り口に置いてあった手提げがベッドの下にあるから、誰かが来たんだわ。私が、帰りに買い物しようと思って、手提げを持っていこうとしたら、おじいちゃんが、〝今日は、そんなものは置いて行きなさい〟って言ったの。だから、そのまま入り口に置いて行ったわ。おじいちゃんだったら、ベッドの上に置くか戸棚に入れるから、誰か知らない人よ。それに、ベッドも戸棚も少し動いているみたい。何かを探しに来たのよ。きっと、あの絵だわ。おじいちゃん大丈夫かしら？　何かあったんじゃないかしら？」

「マノンとプティジルが持って帰った絵を探しているとすると、それは、ＴＲＡに違いない。ジョルジュ一家のところは、彼ら自身がその絵を確保しているし、マノンの居場所など知らないはずだ。日本のヤクザは、君が何者かすら知らない。この絵をおじいさんが君に持ち帰らせたから、当然、ここに君が帰ったと思って、ＴＲＡの奴らが取りに来たんだよ。まだ絵が彼らに渡っていないうちは、おじいさんは無事だよ」と、リシャール。

「そうだといいんだけど……」

心配そうに、マノンはうつむいた。

「いずれにしても、ここは危ないから、『ベティ・ブルー』の二階にヤンとしばらく一緒にいたらいい。着替えを少し持っていったら」

「はい」

マノンは、戸棚から着替えの下着などを出し、さっきの手提げに入れ始めた。

小次郎がぼんやりとその様子を眺めていると、

「プティジル、女の子の下着を覗くんじゃないよ。ほんとに、男ってのはいやらしいんだから」

と、ヤンが睨む。

「あっ、僕そんなつもりじゃなくて……」

小次郎が真っ赤になるのを、

「冗談よ、冗談。プティジルは、ほんとにからかい甲斐があるわね。ふふふ、ほんとにかわいいんだから」

そう言って小次郎にウインクしたヤンは、相変わらずマイペースだ。

第八章

「偶然はつねに美しい」

――寺山修司――

1

マノンが『ベティ・ブルー』に移り住んで、お店もいつも通りに再開し、二日が過ぎた。

小次郎の部屋もやっと元のように片付き、その生活も元に戻った。

朝、八時半。小次郎は、いつものように、『ベティ・ブルー』に出勤するため、コルト通りから洗濯船（バトー・ラヴォワール）の方へ下っていた。

その時、ノルヴァン通りの方から、以前見たことのある碧い（あお）色の犬が、のろのろと歩いてくる。

この犬は、なぜこんな色をしているのだろう？

小次郎は立ち止まってしゃがみ込み、手を伸ばして犬を呼んだ。犬は、人懐こそうに尻尾を振りながら小次郎に寄ってきて、その手を舐め、顔をこすりつける。その後ろから、奇妙ななりの気難しそうな老人がやってきた。老人は、髪の毛が長く真っ白で、髭は伸び放題、着ている服はといえば、まるでキリストがゴルゴダの丘に十字架を背負って登って行く時のような、長い衣装にサンダル履き、衣服にはあちこちにいろいろな色の塗料が飛び跳ねている。

「ヨハネス！　ヨハネス！」

犬の名前は、ヨハネスと云うらしい。

ヨハネスは、ご主人様には従わないわけにはいかないといった風情で、小次郎を名残惜しそうに振り返りながら、老人の方へ身体を向けた。

「珍しいなあ、ヨハネスが子供に懐くなんて。ヨハネス、この子が好きか？」

ヨハネスと呼ばれた犬は、クーンと甘えたように鼻を鳴らす。

「そうか、そうか。君の名前は、なんと言うんだい？」

老人は見かけによらず優しい口調で、小次郎に話しかけた。

「こんにちは。僕は、小次郎と言います。すぐそこのコルト通りに住んでいます」

小次郎はそう答え、逆に質問を返した。

「それにしても、不思議な色の犬ですね。ヨハネスは……」

「はっはっは、こんな色の犬がいるとでも思うかい？」と、老人。

「だから、聞いたんですよ。この間もこの犬をこの下のエミール・グドー広場で見かけて、友達に話したら、すっかりバカにされたんですから……」

「じゃ、なぜヨハネスがこんな色をしているか話してあげるから、うちにお茶でも飲みに来るかい？　すぐそこの、『壁抜け男』の彫刻があるマルセル・エメ広場の手前の『芸術家アパルトマン』だよ。知ってるかい？」

「そのアパルトマンは知らないけど、マルセル・エメ広場の『壁抜け男』の彫刻は知ってます。突然、壁を自由に抜けられるようになった男の悲しい恋の物語なんでしょ。お母さんが話してくれました。最後にその男は、壁を抜けようとした瞬間に抜けられなくなって、壁に閉じ込められてしまったんでしょ。その様子を、作者のエメをモデルにして、ジャン・マレーが彫刻したんだって」

「よく知ってるね。君のお母さんは、素敵なお母さんだね。『壁抜け男』の彫刻は、ちょうど我々の住んでる『芸術家アパルトマン』から広場に抜けようとして抜けられなくなった男の彫刻だ。つまり、芸術の世界から現実の世界に抜け出ようとして抜けられなくなった男の悲しいお話さ。ところで、お茶はどうだい？」

「ごめんなさい。これから仕事なんだ。明日の日曜日なら休みだけど」

「じゃ、明日の三時はどうだ？」

「ありがとうございます。明日、伺います」

小次郎は老人とヨハネスに別れを告げて、『ベティ・ブルー』に向かった。

2

「今日も、碧い犬を見たんだ」

『ベティ・ブルー』に着くやいなや、小次郎はヤンに報告した。

「嘘じゃないんだから。明日、その犬の飼い主にお茶に呼ばれて行ってくるんだから……」

「あらあら、とうとうプティジルは、寝ぼけどころか、妄想まで始まっちゃったか」と、ヤンが茶化す。

「えっ、碧い犬ですって？　そんな犬がいるんですか？」

マノンがびっくりしたように聞き返す。

「ほんとなんだ。碧というより、藍色に近いんだ」

と、小次郎が話す横から、ヤンが茶々を入れる。

「マノン、真に受けちゃだめよ。プティジルの妄想が始まると、何言いだすかわかんないんだから。それに嘘つきだから、どんな甘いこと言われても騙されちゃだめよ」

「ヤン、やめてよ。マノンが本気にしちゃうじゃないか」

リシャールが、調理場から出てきて、

「どうしたんだ？　何もめてるんだ？　ひとりの少年を間にして、美少女二人が恋の駆け引きか？　よおよお、プティジル。隅に置けないね」

と、彼までが小次郎をからかう。

ちょうどそこに情報屋のマチューがやって来た。

「リシャール、いろいろなことがわかったぜ」

マチューの調べ上げた情報は、かなり核心に迫っていた。

「まず、一九九〇年に『合奏』がボストンの美術館から盗まれたのち、もう翌年にはＴＲＡを通して、地下組織での売却の打診が世界中を飛び交ったようだ。欲しがる美術館、マニアは沢山いたんだが、盗品であるため皆二の足を踏んでいた。盗難した文化財の返還に関するユネスコ条約に批准していない国家が、国を挙げて手に入れようとする動きもあったがうまく運ばなかった。そこでＴＲＡは、リシャールが推察した通り、高品質な贋作を描ける作家を血眼になって探した。贋作を使って、美術品ロンダリングをするためだ。贋作としてオークションにかけ、贋作のお墨付きを貰ってから本物とすり替え、堂々と海外に持ち出そうってわけだ」

リシャールがしたり顔でみんなを見回す。

「そしてついに、若いがフェルメールについての科学的知識、技術、芸術的素養が極めて高く、彼をおいては右に出るものがいないという人物を見つけ出した。そして彼に、本物のフェルメールを貸してやるから、それと瓜二つの絵を製作してみないかと持ちかけたんだ。フェルメールの絵を真近で見て触れられ、フェルメールそのままが描ける……。おそらくそいつは、芸術家魂を揺さぶられ、一生に二度とないチャンスだと思ったのだろう。描くことを引き受けた。その絵を完成させるのに二年もかかった。そして、完成した……はずだった。ところが、完成したはずの絵とその画家は、隙を見て忽然と姿を消した。TRAは、予想だにしていなかった。完成した贋作は、かなり高い価格で買い取る約束をしていたから、当然、そうするものと思っていた。まさか、描き終わった絵を売らずに持ち去ってしまって、高額な報酬を棒に振るとは考えてもみなかったんだ。慌てたTRAは、大急ぎでこの画家を、あらゆるルートを通じて捜し回った。しかし、皆目手掛かりもつかめなかった。それでもTRAは、執拗に捜した。しかし、十年もの間、画家と贋作の名画は、見つからなかった……」

「その贋作の絵がうちにあった絵だというの？」と小次郎。

「まあ、急ぐなプティジル」と情報屋のマチューが続ける。

「十年後のある時、ひょんなことからその所在が判明した。画家じゃなく、絵の方がだ。マティニョン通りの画廊に勤める女性が、極めて本物に近いフェルメールの『合奏』を所有しているらしいというんだ。彼女の友人がたまたま彼女を家に送って部屋に入った時、本当にさりげなく飾ってあった絵が、まさに見事な『合奏』だった。彼女の友人もまた、絵の素養があり、美術館の学芸員も務めた人物だったので、信頼性のある噂として流れ、TRAの情報網に引っかかった」

「それって、母さんのことだよ。絶対！」と小次郎。

「TRAは、何度も接触を試みたがうまくいかず、地元のジョルジュ一家のところに、どんな手を使ってもいいからこの絵を手に入れてほしいと依頼した。ジョルジュは、TRAの依頼通りこの絵を手に入れることに成功した。そこでTRAは、マノンと爺さんに本物の絵を運ばせ、日本のヤクザと取引する計画だったが、美味しい話が裏にあることをジョルジュが嗅ぎつけ、TRAと日本のヤクザとの取引に割り込んだというわけだ。そして、ドンパチやらかしたってわけ。これが、大まかな事の次第だ」

と、情報屋マチューはしたり顔で語った。

「ということは、やはりマノンとプティジルが運んだ絵が本物なのか？」とリシャール。

「TRAは、少なくともそう思っている。だから、そいつがマノンとともに消えたもんだから大騒ぎだ。日本人との取引も延期されている。しかし、ジョルジュのところは、実はあれが本物の『合奏』だとはまだ確信していない。どんな仕掛けがあるか知らんが、キャンバスを二枚重ねてあるわけでもなく、ただの風景画になっちまったんだからな」と、マチュー。

「すなわち、日本人ヤクザは、贋作を買って大金も用意し、裏取引で本物を手に入れるつもりが、肝心の取引ができない。TRAは、取引しようにも本物が手元にない。ジョルジュんとこは、手に入れたと思った本物の絵らしきものが、ただの風景画に変わっちまっている。しかも、身内を四人もやられた上、これ見よがしに死体を墓地に捨てられたから、メンツの上でも黙ってるわけにはいかない。まあ、言ってみれば三つ巴のがんじがらめか。奴らの間で、何が起こってもおかしくないいな」と、リシャール。

「そうなんだよ！」

　待ってましたとばかりに、マチューが乗り出す。

「一昨日の早朝、まず、パリのはずれ、デファンスのヌイイ・シュール・セーヌ墓地のカンジンスキーの墓に、男の死体があった。どうも、ＴＲＡのパリ支部の奴らしい。鋭利な刃物で、のどを掻き切られていた。とすれば、ジョルジュのところの仕業だろう。その夕方、今度は、ペール・ラシェーズ墓地のマリー・ローランサンの墓に女の死体があった。この死体の身元は不明だ。やはり鋭利な刃物でやられたのが死因だ。そして昨日の夜、モンマルトル墓地のドガの墓に男の死体があるのを見回りの夜警が発見した。これも鋭利な刃物による刺殺で、やはりＴＲＡの連中の一人だった。ところで、もうひとつ関連すると思われる事件があった。昨日の昼間、チュイルリー公園でベンチに並んで座ったまま死んでいる男二人の死体が見つかった。この二人は、どちらもジョルジュのところの奴らだった。不思議なことに、この二人の死因がわからない。何処にも傷がないいし、扼殺（やくさつ）や薬の跡もない。ペルノー警部の言ってた、例のパッシー墓地とサン・ヴァンサン墓地の死体とおんなじだ」

　すると、ヤンが口を挟んだ。

「それって、日本人の仕業じゃない？　あの取引の現場で、二人の男が絵の入ったケースを持って逃げようとしたとき、日本人の一人が何かしたら二人とも倒れたわ。銃もナイフも使っていなかったのに。不思議だったわ。きっとそれよ」

「そうか、チュイルリー公園といえば、奴らの泊まっているホテル・ル・ムーリスの向かい側だ。その二人がジョルジュの手のものだとしたら、日本人に報復しようとして逆に殺られたんだ」と、リシャール。

小次郎には大きな疑問が生じていた。

「さっきマチューが言った、マティニョン通りの画廊に勤める女性って言うのは、絶対、母さんのことだよね。なぜ、そんないわくつきの絵を、うちの母さんが持っていたんだと思う?」

リシャールが答える。

「それは、おそらく、あゆさんは画廊にいたから、誰かお客さんが持ち込んだか何かして、偶然、手に入れたんだと思うよ。あの絵は、フェルメールの贋作だと知らなければ、やはりとても良い絵だと思うからね」

リシャールの答え方には、余計な疑いや不安を感じさせないようにという、あゆと小次郎を気遣う優しさに溢れていた。

第九章

「俺たちのまわりには二種類の人間がいる。敵か味方かだ」

――映画『民衆の敵』より――

1

TRAのパリオフィスは、ヴァンドーム広場にある。

高級ブティックや宝石、時計店が建ち並ぶ一角の二階のアパルトマンに居を構えているが、オフィスといっても顧客が出入りするわけではなく、コンピュータ三台が、世界中のアンダーグラウンドネットワークと繋がれていて、ニューヨークの本部に集まった闇の芸術作品リストの情報を、ヨーロッパ圏内のこれはという顧客に流す仕事が主である。今回のように、大きな取引が成立する場合は、ユニオン・コルス（コルシカのヤクザ組織）や東欧マフィア、イタリアの支部と連携あるいは応援を頼みながら、取引を実行する。今回の場合、ブツがポーランドに収蔵されていたため、プルシクフ組織のヤンケル・ポランスキー、通称禿のヤンケルが派遣されていた。支局長のアル・デイリーは、七年前、アメリカ・デトロイト支部から赴任してきた。学生時代、パリ大学に留学して経済学を学んだ経験がものをいった。

オフィスには五人のスタッフが常駐し、アルは通常の場合、気の向いた時間にしか顔を出さないのだが、五人のスタッフのうちの三人がジョルジュの組織の報復で殺された直後とあって、その日は、朝から緊急対策会議を招集していた。コンピュータの設置されたオフィスルームからドア一つ隔てた応接室は、ゆったりとした茶色の革張りのソファー、大理石のマントルピースが設置され、豪華なシャンデリアが輝いている。

真ん中にアル、その横に禿のヤンケルとアルの秘書であり愛人のジャンヌ、スタッフのフランソワ、部屋の隅っこの椅子にマノンの祖父のユゼフ爺さんが身を小さくして座っている。現在の危険な状況を考慮してのことだろうか、大急ぎで雇った二人のボディガードが、ドアを挟んで立っている。

「なんてこったい。事もあろうに、ジョルジュのところとこんな形で揉めるとは」

アルはため息交じりに愚痴をこぼす。

それもそのはず、デトロイト時代のアルは、ヤクザとは名ばかりで、麻薬密売を仕切ったり、売春組織を束ねる裁量もなく、盛り場の店からの上納金を集計する経理担当で、うだつの上がらない下っ端だったのだ。しかし、ちょっとばかり目端が利いたので、上納金の一部をちょろまかして兄貴分に融通したのが功を奏し、また一応はパリ留学のインテリヤクザという触れ込みでフランス語が喋れることから、TRAヨーロッパ局長兼パリ支局長に抜擢されたのだった。

2

ついているときはそういうもので、就任して間もなくTRAの懸案事項の筆頭であった「フェルメールの『合奏』プロジェクト」の要である『合奏』の贋作の所在に関する情報が、ひょんなことから入ってきた。シャガールの贋作版画を横流しした業者から接待を受けて行った酒場で、たまたま来ていたその業者の画廊仲間のグループと意気投合し話をしているうちに、その中のひとりが、「知り合いの画廊で働いている女性の家にあった絵が、極めて良くできた『合奏』だった」と言ったのである。「自分もそれなりに目が肥えているが、あれほど良くできた贋作は、これまで見たことがない」とも言った。

『合奏』プロジェクトについては、パリに赴任する時、本部に呼ばれて、重要案件として耳にタコができるほどレクチャーされた。つまり、その十五年ほど前、盗難事件の直後に、『合奏』の盗品がTRAに回ってきた。その五年後、パリでその裏取引のために質の高い贋作を製作させ、オークションを通してそれをロンダリングし、時期が来たら本物を世間に出すというプロジェクトが立ち上がった。ところが、贋作が出来上がった時、その絵は作家とともに消えてしまい、以来計画はとん挫している。それからもう九年が経つ。

「その贋作を見つけ出して取引ができれば、お前は一躍本部の幹部だぞ」と言われた。

話半分としても、他になんの仕事もないので、ここらで仕事をしているポーズをとろうと軽い気持ちで本部に報告すると、

「でかした！　すぐに確認しろ！　我々が一九九六年に描かせた贋作と同一のものであれば、それこそ大手柄だ。よしんばそうでなかったにしろ、本当にそれが、プロが見ても良く描かれた贋作だったとすれば、それを手に入れれば七、八千万ユーロの利益を生み出せる取引がすぐにでも成立する。フェルメールの本物を堂々と手にできるのなら、買い手は腐るほどいるからな」

と、思わぬ反応だった。

とりあえずその女に接触してみたが、女は「そんな絵は家にはありません」と言う。確かめるため、手下のフランソワを花屋の配達員に仕立てて、女の家を訪問させた。フランソワは、「お花のお届けです」と言って部屋に入り、隠しカメラで撮影して検証した。その結果、ベッド脇に掛けてある絵が『合奏』らしいことがわかった。

その後一年がかりであの手この手で女に接触したが、ガードが堅くらちが明かない。そこで、地元を仕切るヤクザのジョルジュに連絡してみた。

ジョルジュとは、腐れ縁だ。

こっちに赴任した時、地元の顔だというのでとりあえず挨拶に出かけ、それなりに気が合い、それ以来、利用したり利用されたり、やばい仕事も美味しい仕事も分け合った。秘書のジャンヌも、実はジョルジュに紹介された女である。隠れ蓑(みの)のつもりで秘書にしていたのだが、かえって女房にバレてしまい、女房はデトロイトに帰ってしまった。それ以来、ジャンヌは女房気取りだ。結構金使いが荒く、TRAの事務所経費をごまかすのに骨が折れる。

フェルメールの贋作を女から手に入れる仕事を、ジョルジュは二つ返事で請け負って、かなり強引な手を使ったらしい。人ひとり消したからと言って、約束の二倍を請求しやがった。

しかも、どこでどう嗅ぎつけたのか、『合奏』プロジェクトについて知ったらしく、自分も取引の大もとに噛ませてくれと言ってきた。なんでも、フランスの大きな企業を買い取ったアラブの大金持ちが、何が何でも欲しがっているという。

「すでに本部と日本の得意先の間で取引の話は付いているので、それはできない」と言うと、

「じゃあオークションで勝手に競り落とさせてもらう。こちらが競り落としたら、〝予定外の奴が競り落としてしまったから、そいつと話をさせてくれ〟と、本部に掛け合ってくれ。礼ははずむから」

そう言って、案の定、オークションでちょっかいを出してきた。結局、日本人が競り落として、元の筋書きに落ち着いたと思ったんだが、ジョルジュの奴、力ずくで仕掛けてきやが

った。なんてこったい！　しかも、本物の絵まで娘と一緒に消えちまった。こんなことが本部に知れたら、それこそどんな懲罰が待っているか……。

3

「おい爺さん！　娘は絵と一緒に何処に消えちまったんだ！　心当たりは、ねえのか！　何日か前、うちの者にお前のアパルトマンに捜しに行かせたが、あの絵はお前の娘と一緒に消えちまってるじゃねえか」

「いいえ、見当もつきません。何処へも行く当てなどないはずなのですが……」

「もしあの絵がジョルジュのところへ渡っていたら、あれが、本物の『合奏』だとわかっちまわねえか？　カモフラージュは、本当にうまくいくのか？」

「あれは、ちょっとやそっとでは見抜けません。まさかX線透視まではやらんでしょう。わしらが長年かかって考えた方法です。しかも、わしがやらなければ誰も復元できません。あんな世界遺産クラスの絵の上に、直接ほかの絵が描かれているなんて誰も考えないでしょう。しかも、下の絵を全く損傷させることなくですよ。復元にも特殊なノウハウと技術が要ります。今や、あの絵画とわしが一体となって初めて、あれをもとの『合奏』に戻せるんです」

4

この方法は、わしの一族に代々伝わる秘伝の手法に、わしが試行錯誤の末編み出した技術を応用してできたやり方だ。

元の絵にまずカチオンなどを含むイミダゾリウム型イオンアクア系の被膜塗料を塗る。その上に、液体吸収型セルロースを粉末状にしたものと特殊なゲル状溶剤を塗り乾かせば、もう普通のキャンバスの感覚で油性絵の具を使って絵を描けばいい。

しかし、この絵を復元させるのには、それなりの技術と修練が必要だ。まずは、丁寧に上に描いた絵を洗い落とす。これには有機溶剤を使用するが、あくまでもセルロース繊維膜に到達する前でやめておく。そこから、セルロース膜を固形化して分離する特殊液を塗る。一定時間を置くと、セルロース部分だけまるで皮膚を一枚はぎ取るように、きれいに剥ぎ取れるんじゃ。そのあとは、もう絵画洗浄に使うイオン液の被膜だから、同じイオン液を使って拭き取ればいい。

これで、元の絵画は、そのままの形で現れる。いや、元よりも洗浄されて表面のごみや汚れが洗い落ちて、きれいになって甦る。これは、奴らのためだけにやるのではない。奴らから自分の身を守る手段でもあるんだ。わしがいなければカモフラージュ絵画を作ることもできないし、いったん作ったら、元の形に戻すのは、わししかできないのだから……。

5

「デイリー支局長、どうしてくれるんです。ＴＲＡが二十年間にわたってできなかった取引を、なんとこの俺様が担当者のひとりとしてその場に立ち会えると喜んでポーランドからやって来たのはいいが、その絵を盗まれちまったじゃ、それこそ孫子の代までの笑い草になっちまいますぜ。支局長だって、セーヌ川に浮かぶくらいじゃ収まりませんぜ」

禿のヤンケルが、不貞腐れたように愚痴る。

アルはフランソワに尋ねる。

「おい。ムッシュ・バンダイたちジャポネは、どうしてる?」

「あちらは、現物は我々の手元にあると思っていますから、なぜすぐ取引を行わないのかと、やいやいせっついてきています。もしかしたら、他の買い手が現れて、そこと両てんびんにかけているんじゃないかと疑い始めています。〝もしそうなら仁義にもとる。本部に訴えるぞ!〟と息巻いています」

「弱ったな……」と、アルは再び深いため息をついた。

アル・デイリーは、このあとどう対処したら良いかの名案も浮かばず、自分の不甲斐なさもあって、ただただ思い悩むばかりだった。

第十章

「人と出会ったおかげで、自分とも出会った」

――谷川俊太郎――

1

翌日の日曜日は、とてもよく晴れた暖かい日だった。

小次郎は、昼過ぎに買っておいたサンザシのゼリーをお土産に持って、三時前に家を出た。初秋の日差しが木々の間から石畳の坂道をゆらゆらとうごめいた。ここ一週間の出来事が嘘のようだった。

ノルヴァン通りに差し掛かると、一瞬、小次郎の脳裏にあの夕暮れ時の出来事がまるでさっきのことのようにはっきりと浮かんだ。

マノンはこの坂を僕の手をきつく握りしめて下りて行った。そして、このすぐ下のエミール・グドー広場まで来た時、突然立ち止まって、ぼくの胸の中で泣いたんだ……。

あのときの手のぬくもり、柔らかく折れてしまいそうな身体。その感触が、小次郎の両腕に甦る。

小次郎は、その一瞬の思いを慌てて振りはらって、ノルヴァン通りを右に進んだ。ほんの百メートルも行かないうちに、芸術家アパルトマンは右手にあった。すぐ先には、『壁抜け男』の彫刻がある。

芸術家アパルトマンには鉄格子の門があり、格子越しに中を覗くと、中は雑草がうっそうとしていて、そのずっと先に、古い大きな建物があった。鉄格子の横に番人小屋が建っているが、番人などもう何年も住んでいないのだろう。中にいた野良猫が、初めて見る訪問者にびっくりして、壊れて傾いた戸の隙間へ、慌てて飛び込んで行った。

「どなたかいらっしゃいますか？」

一応声をかけてみたが返事はない。

鉄格子の扉には内側から閂(かんぬき)が掛かっていたが、格子から手を入れるとすぐに開けることができた。中に入ると、こんな場所がパリにあるのだろうかと思われるほど、草も木も、自然のまま伸び放題になっている。その真ん中を、申し訳程度の幅の獣道(けものみち)のような道が二十メートルほど続いて、その先に二階建ての大きな古びた建物がある。

道を半分ほど行った時、建物の方からクウクウと鳴きながら、あの碧(あお)い犬が尻尾を振って早足でやってきた。

「ヨハネス！」

小次郎が呼ぶと、嬉しそうに身体をこすりつけてくる。

建物の奥から例の老人が、笑みを浮かべながら現れた。

「やはりヨハネスは、君のことが好きなんじゃな。コジロウだったかな」

一見不愛想そうな老人の笑みは、ひときわ小次郎の緊張を解きほぐしてくれた。

「こんにちは、ムッシュ……えーと、お名前をお聞きしてませんでした」

「わしは、アンリ、アンリ・コルディ。よろしく」

と、老人は、小次郎を建物の中に迎え入れた。

老人の部屋は、仕切り壁をぶち抜いて二部屋分をひとつにした広いアトリエだった。

小次郎は、部屋に一歩足を踏み入れた瞬間、なにか懐かしい揮発性の匂いに包まれた。

仕切り壁にはぶち抜いた跡が残り、あちこちにセメントのかけらが転がっている。周囲の壁や床は、もともと白とグリーンが基調だったようだが、いたるところに絵の具が塗りたくられ、ところどころに絵の断片と思われるものが描かれている。それはまるで、思いついた構想を忘れないうちにその辺の紙っぺらにメモ書きするような雰囲気で、壁や床に無造作に描かれていた。イーゼル、描きかけの絵、絵の具、絵筆、すり鉢のようなものや、何かの入った袋や瓶や缶、小次郎が見たこともない道具、素材があちこちに置かれている。

　何だろうこの匂いは……昔嗅いだことがある。

「ここは、アトリエだ。二階に寝室や居間があるんだが、ここは嫌かい？」

　老人が聞いてきた。

「いいえ、ここはとても落ち着きます。ぼく、好きです」

　小次郎は答える。

「じゃ、お茶を淹れてくるから、そこの椅子にでも掛けて待っていてくれ」

「あ、コルディさん、これ」

　と持ってきたサンザシのゼリーを渡す。

「こりゃあどうも。人から贈り物を貰うのなんて何年ぶりだろう。それから、ムッシュ・コルディじゃなく、アンリって呼んでくれ。友達だから名前で呼んでもらいたいのもあるが、事情があってコルディは人から貰った苗字なんだ。どうもしっくりこない。アンリは、もとからアンリなもんでな」

　そう言って、老人は二階にお茶を淹れに行った。

　小次郎は、見るものすべてが珍しかった。大きなブラシから、絵筆、それに母がよく墨で日本語の字を書くときに使っていたのとそっくりの筆まで……沢山の種類の道具があった。いろいろな色の石や瓶に入った粉末が並んでいる。様々な大きさのキャンバスが無造作に立てかけたり、重ねられたり、イーゼルに掛けてあったりしている。

二つの大きな窓を通して、午後の日差しがきらきらと庭の草花や木々を輝かせているのが見えた。咲き乱れる黄色い花は、なんという花だろう？　きっと雑草に違いない。

小次郎は、これほど自由に奔放に植物が伸び、呼吸し、揺れ動いている様を初めて見た。二つの大きな窓はまるで、大きな額に嵌められたジャングルの絵に見える。どこかで見た……そうだ、母に連れられて見に行った、アンリ・ルソーの絵に似ている。ああ、あの人もアンリだったと思い当たって、小次郎はひとり笑いをした。

「何を笑ってるんだい？」

老人がいつの間にかお茶のトレイを持ってそこに立っていた。

「いえ、ここから見る庭が、とても綺麗なものですから」と、小次郎。

「さあ、お茶にしよう」

老人はそう言って、部屋の片隅に置かれた塗料の剥げた、しかし懐かしいぬくもりを感じる木製のテーブルにお茶の入ったカップを置いた。

「今日は、ちょっと変わったお茶にしたよ。気持ちが落ち着いて、イマジネーションが湧くお茶なんだ。最初はとっつきにくいかもしれないが、きっと好きになるよ」

老人が淹れてくれたお茶は、少しミントの香りと、少しオレンジの香り、そして風邪のときに母が飲ませてくれた中国の薬の匂いがした。口に入れると、それは決して美味しいとはいえない独特の苦みと酸味が口いっぱいに広がったが、飲み込んでみると、そのあとの口当たりは、なんとも爽やかなものだった。

「せっかく持ってきてくれたお菓子だ。一緒に食べよう」

と、小次郎が手土産にしたさんざしのゼリーを、薄いブルーのガラスの皿に盛って出してくれた。老人は、最初に自分からひとつ取って口に入れ、

「ああ、懐かしいなあ、これはサンザシだ」

そう言って、もう一つ口に放り込んだ。

そこが自分の決まった居場所なんだろう、さっきからヨハネスは、部屋の右奥の床の上に寝転んで、ずっとこちらを気にしている。それは、いつ呼んでくれるか、いつ呼んでくれるかと待ち望んでいるが、なかなか呼んでくれないので気をもんでいるようだった。

「ヨハネス！」

名前を呼んでやると、待ってましたとばかりに飛んできた。

サンザシのゼリーを一つやると、ご主人である老人の顔を窺う。老人が笑って「いいよ」と言うと、喜んでほおばった。

「ところでアンリさん、ヨハネスの色の秘密っていうのを教えてください」

小次郎が尋ねると、

「あそこを見てごらん」

　老人が隣部屋の方を指差す。

　行ってみると、床に碧いシミが一面できている。

「もしかして、これは塗料ですか。ヨハネスを塗っちゃったんですか？」

「こいつは、自分で好きで塗料をかぶっちゃったんだよ。それも、一番高い顔料をだ。こいつは、もともと白のパピヨン犬だ。チビの頃から、ラピスラズリの石の玉が好きで、遊んでいた。だからこいつには、ラピスラズリの首輪を作ってやったんだ。ところがこいつは、それでは飽き足らないで、わしが丹念にラピスラズリでこしらえた天然ウルトラマリンの顔料を全部かぶっちまった。だから、わしが塗り残った部分も全部塗っちまったよ。まあ、その代わり首輪のラピスラズリは、わしの絵の顔料に頂いちまったけどな。これでわかったかい、碧い犬の理由が……」

　そう言うと、老人は笑った。

「ラピスラズリって、知ってます。フェルメールが絵を描くときによく使った顔料の石ですよね」

「そうそう、よく知ってるね」

　老人は立ち上がって、近くにある戸棚からこぶし大の碧い石を取り出した。

「これが、原石だよ。見たことがあるかい」と、その石を小次郎に渡す。

「いいえ、つい最近、ひょんなことで聞いたばかりなんです。実はそのことで、大変な事件に巻き込まれちゃってるんですが……」と、石を見て、息を呑む。

何と表現したらいいんだろう。深い海の底から見上げると、太陽の光がやっと届いたときの碧さはこんなだろうか。その神秘的な碧さの中に、幾筋かの金色の斑点が輝いて、僕たちの祖先は遠い昔ここから生まれ出てきたのではないかと小次郎は思った。

「どうだい、綺麗だろ」

「ええ、本当に吸いこまれるように不思議な碧さですね」

「ポンペイの大噴火の時に、船団を率いてポンペイの人々を助けに行き偉大な死を遂げたプリニウスという有名なローマの軍人で博物学者がおるんだが、彼はこの石を『星のきらめく天空の破片』と表現したんだよ。言い得て妙だろ。この石自体が、そのまま宇宙の破片のようだろ」

「じゃヨハネスは、宇宙の欠片(かけら)なんだ」

と言って、二人で笑い合った。

「ところで、気になることを聞いてしまったんだが、このラピスラズリに纏(まつ)わることで、大変な事件に巻き込まれたとか言ったが、いったいどうしたんだい。もし、良かったら話してくれないか？　力になれたらなってあげられないでもないよ」

老人が、急に真顔になって小次郎に問いかけた。その目はとても優しく、小次郎の悩みを受け入れてくれるあたたかさに満ちていた。

「実は、四年前に母が死にました。交通事故でした。でも、最近のいろいろな事件を考えると、事故ではなかったのではないかとも感じています。それはともかく、母の死のあと、家にあった絵を欲しいと言う人がやって来て……」

と、これまでのいきさつを順を追って話した。今日初めてお茶を一緒に飲んだ素性も知れない人に、そんなことまで話してしまっても、小次郎はなぜか不思議にそうすることで、この老人への心強さと安らぎを感じていた。

老人は、ラピスラズリの石を持ったままじっと考え込んでいた。

それから、ひと言、ひと言、言葉を選びながらかみしめるように語り始めた。

「まず、大事なことから話そう。君は、決して君のお母さんを疑ってはいけない。いいかい。君のお母さんは、お金のためや、犯罪に絡んでその絵を持っていたのではない。贋作とはいえ、その絵を描いた人の思いや感情、こころの揺らめきを感じ、それと同じように彼女の心が揺らめいたから、その絵を所有していたんだよ。それは確かなことだ」

「本当ですか？　僕もそう信じてます。でも、あなたは、何故……？」

「ラピスラズリは不思議な石でね。これをいじっていると、時々語りかけてくるんだよ。何が真実かをね。それから、これは、あまり他人には言わない方がいいけれども、君と少女が持ち帰った絵は、おそらく本物だ。風景画は、取引が終わるまでの安全のためのカモフラージュなんだ。おそらく、本当の絵の上から、その風景画は描かれたものだろう。この手法は、世界中でもある一族にのみ代々伝わる手法を応用したものだ。きっと、少女のお爺さんという人が施したんだろう。君が言うように、それを持ち帰ったのがジョルジュという連中の組織ならば、彼らはこの絵をどうすることもできない。たとえ、これが本物だと知っていてもだ。そのお爺さんとこの絵が一対で初めて価値が生まれる。君の話だと、ジョルジュの連中はその秘密を探るため、マノンという少女を手に入れようとするはずだ。彼女は何も知らなくても、彼らにとっては唯一の手がかりだからね。彼女は、安全なのかい?」

「きっとそのはずです。『ベティ・ブルー』という友達のカフェにいるはずですから」

「ああいう奴らは、いろんなところに情報網を張り巡らしている。注意するに越したことはないよ」

「わかりました」と、小次郎は、リシャールに電話を入れる。

「リシャール、マノンはどうしてる?」

「アパルトマンに着替えを取りに行ってる。ヤンが一緒だ」

「大丈夫かな?」

「俺も、やめろと言ったんだが、女には女の都合があるからと、ヤンと二人がかりで説得されて、一緒に出掛けちまったよ。それにしても遅いな」

「今からそっちに行っていい? 大事な情報があるんだ。マノンが持っていた風景画のことで」

と電話を切った。

「アンリさん、今日は、これで失礼します。ちょっと、マノンのことが心配なので。ありがとうございました」

「そうかい。良かったら、毎週日曜日にこうしてお茶をしたいものだな。どうだい?」

と、老人は小次郎の顔を窺う。

「ええ、僕こそ嬉しいです。ひとりでいるよりずっといいです」

そう言うと、小次郎は老人に別れを告げた。ヨハネスは中庭の道をずっとついてきたが、鉄格子の門の手前で止まり、去って行く小次郎の後ろ姿を名残惜しそうに見ていた。

第十一章

「考えるな、感じろ」

——ブルース・リー——

1

『ベティ・ブルー』に着くと、ヤンとマノンはまだ帰っていなかった。

リシャールも落ち着かない様子で小次郎を迎えた。

「プティジル、今からマノンのアパルトマンに行ってみようと思うんだが、一緒に行くか？」

小次郎は、「うん」と答えた。

小次郎を乗せたリシャールのホンダバイクは、十五分ほどでマノンのアパルトマンに到着した。

二階に駆け上がると、マノンの部屋のドアは、半開きになっていた。部屋に入ると、簡易ベッドの上にマノンの白と緑のゼブラ模様のビニール製の手提げが無造作に置かれ、中からピンク色のカーディガンが覗いている。その横には、マノンのかわいらしいクマの刺繍のついたベージュのバッグが転がっている。

壁際の古い小さな木製の丸テーブルの上には、サンジェルマンの手作り小物の店で、ヤンがお気に入りだったジャックファットの古いシルクのスカーフをアレンジして作ってもらって、いつも持ち歩いているバッグが置かれたままになっている。

「最悪の事態だ。これが置き去りにされてるってことは、どうも、拉致されたに違いない」

と、リシャールはヤンのお気に入りバッグを手に取った。

「あっ、何か小さな紙があるよ」

小次郎は、リシャールが持ち上げたバッグの下に、手帳か何かの切れ端のような紙を見留めて指差した。リシャールは、それを手にとって、

「これは、口紅か何かで書いたんだな。〝3〟と〝トマ〟と書いてある。きっとあのマムシのトマが、三人でやって来たんだ。機転がきくヤンのことだから、誰かがトマの名前を呼んだんで、このあいだ俺たちが話していたトマだと知らせようと書いて置いてくれたんだ。TRAの仕業かと思ったんだが、ジョルジュ一家のところがどうも先回りしたらしい。こいつは、まずいことになったな」

「そういえば、トマたちが持って行った絵だけど、どうも本物らしいよ。うちの近所の例の碧い犬の飼い主がそういうことに詳しい画家なんだけど、その人が言うには、ある一族にのみ伝わる、

絵の上から絵を描いてまた元に戻す手法があるらしいんだ。マノンのお爺さんはそれができる人じゃないかって言うんだ。とすると、ジョルジュのところは、本物を持ってるってことだよ」

「ジョルジュやマムシのトマがすでにそのことを知っているかどうかわからないが、知るのはいずれ時間の問題だ。とすれば、マノンを人質に、爺さんをおびき出して、絵を復元させるだろう。絵を復元させせたら、マノンも爺さんもヤンも秘密を知っている邪魔ものだから、まずいことになる。その前に助け出さなきゃ」

「ジョルジュ一家のアジトはどこ?」

「情報屋からは、ベルビルだと聞いている。なんでも奴は、ナポレオン三世時代にベルビルをパリに統合したジョルジュ・オスマン男爵にちなんで、ベルビルのジョルジュと名乗っているらしい。もともとは、ベルビルのギャンゲット（大衆キャバレー）の元締め一家だそうだ。すぐ行ってみよう」

　リシャールは、情報屋マチューに電話してアジトの住所を聞くと、小次郎を愛用のホンダに乗せて、ベルビルへ向かった。

2

ベルビルは、パリの十九区と二十区にまたがり、モンマルトルに次いで二番目に高い丘の上にある。美しい眺めからか、ベルビル（美しい街）と名付けられた。かつては、採石労働者やワイン生産者が暮らす土地で、パリ市の外だったためパリの税金が掛からず、安いワインが提供され、ダンスホールやギャンゲット、飲食店などが丘のふもとにできて、パリからやってくる人々で人気の場所だった。一八五九年、ナポレオン三世の時代、パリ改造計画の一環として、ここの県知事だったジョルジュ・オスマン男爵がここをパリ市に統合し、パリの一角となったのである。

そのころからギャンゲットやダンスホールの元締めであったジョルジュ・モロー一家は、男爵とは全く関係のない間柄であったが、その長子はすべてジョルジュを名乗るようになり、貸金業、売春、賭博、麻薬などで、パリ北部東部地域に着々と勢力を広げた。〝ベルビルのジョルジュ〟としてパリ闇組織の一大勢力となったのである。コルシカのフレンチマフィア〈ユニオン・コルス〉とも親交を持ち、ベルビルにアラブ系組織が入りこもうとしたとき、いち早く中華系と手を組み、中国人街を作り上げたのは、先代のジョルジュであった。

今、このベルビルは、まさに中華街である。そのことが、今のジョルジュは気に食わなかった。何につけても、「先代は偉大だった」と人々の口に上れば上るほど、彼は、先代と違う路線を模索した。

3

先代は、単に、クスクスよりも北京ダックが好きだったに過ぎないのだ。俺は、昔ながらのステークフリットを出し、ベルビル生まれのエディット・ピアフの音楽を流してくれるバールが好きなんだ。俺たちはフランス人、それも生粋のパリっ子だ。

この絵の一件にしたってそうだ。もともと、先代がフェルメールの贋作を描ける作家を見つけて、TRAにこのプロジェクトのアイデアを持ち込んだと聞いている。TRAは、フレンチマフィアのユニオン・コルスからの紹介だったらしいが、だからと言って、それほど尻尾を振る必要はないんだ。さっさと本物の絵を頂いちまって、パリのアラブ商人にでも売りつけちまえばよかったんだ。俺の代になった時、TRAにもあの能無しのアルが赴任してきて、たまたまその贋作を見つけたらしいが、結局、自分では手に入れることができなくて、俺に頼んできたじゃないか。俺は、仕方なくマムシのトマを差し向けてあの女から贋作の絵を手に入れてやったが、みすみすアルなんかに渡してやるんじゃなかった。だいたいトマもトマだ。あんなことで女を殺すなよ。俺たちの流儀からいったら、もっと仁義にのっとったやり方があるだろう。女は従わせるものだ。殺すのはいかん。遠くから見守ってやる生き物なんだ。

俺は、ジャン・ギャバンにはなれないが、彼がやった役にはなれる。『望郷』のペペにも、『現金(げんなま)に手を出すな』のマックスにもだ。男は何かのためにいつか死ぬんだ。それが、良いことのためでも、悪いことのためでも。死ぬときには、はっきりとした価値観が必要だ。

煙草ひとつとっても、そうだ。吸うべき煙草は、ゴロワーズかジタンヌ〈註3〉かだ。つまり、ゴールの尻軽女が好きか、ジプシー女が好きかだ。

俺は、当然ゴロワーズ派だ。ジャンみたいにかっこよくは吸えないが、とにかくゴロワーズを吸う自分を想像しただけで、ぞくぞくする。ジタンヌなんぞは、アラン・ドロンにでも吸わせておけばいい。もちろん、アメリカ製のフィルター付きなんてのは、冗談じゃない。


〈註3〉＝1947年に発売されたフランスの煙草。日本では「ジタン」と表記されるが正しくは「ジタンヌ」。ゴロワーズと人気を二分する。

4

いつしかジョルジュは、エディット・ピアフの『Non,je ne regrette rien（いいえ、決して後悔なんかしない）』〈註4〉を口ずさんでいた。いつもそうだ。何か考え事があったり、悩み事があったりすると、かならずジョルジュはこの歌を口ずさむ。そして、ゴロワーズのカポラル（伍長）を一口吸うのがいつものやり方だ。ただ、今まで、カポラルと呼んでいたこの煙草が、ブルーネットなんて甘い名前に変わってしまったのも、ジョルジュの不満を増大させていた。

「親分、あの娘っ子たちは、どうもこの絵の秘密を、本当になんにも知らないようですぜ」と、マムシのトマが隣の部屋から出てきた。

「あの、じじいがすべて知っているようです。ブロンドの方はジジイの孫で、もう一人のアジア系の娘は、ただのダチですね。ブロンドは、じじいと二年前にポーランドからあの絵を運んでパリへ来たようです。どうもＴＲＡに脅かされてきたみたいで、あの風景画はじじいが描いたものだと言っています。だとすると、じじいがすべてを知っている。奴をここへ連れてくる以外ないですね」

「それじゃあ、ＴＲＡと全面戦争になるかもな。トマ、ユニオン・コルスの方はお前で抑えられるか？」

「ええ、今のユニオン・コルスの上の奴らは、あっしがあそこにいた時のダチばかりですから、全く心配いりやせんぜ。すでに、手は打ってありますから、うちがアルたちと事を構えても、一緒に手を貸してくれるか、悪くても見て見ぬふりをしてくれるはずです。コルスの連中も、バカじゃありませんから、今、どちら側と手を組んだ方が得か、考えればすぐわかることです。それに、奴らも根はフランス人ですから、アメリカ野郎は大嫌いです」

「娘っ子たちはどうしている？　あまり、手荒な真似はするんじゃないぞ」

「わかってます。今、隣の部屋に監禁してあります。ただ、爺さんを連れてきてあの絵の秘密を吐かせるには大事な人質ですし、面が割れているので簡単に解放してやるわけにもいきませんから」

「そうか」

と、ジョルジュは、再びゴロワーズに火をつけた。

〈註4〉＝1960年に発表されたシャンソンの名曲。邦題は「水に流して」。

5

ジョルジュのアジトは、ベルビル大通りからちょっと入ったランポノー通りにあった。

リシャールと小次郎は、ひとすじ裏手の道にホンダを停めて、様子を窺った。

建物の一階には『ジョルジュ・モロー商会』と書いた看板が掲げられ、隣には、『G・M両替店』が並んでいる。入り口の表には三人の、一見してその筋のお兄さん方とわかる若い男たちが、たむろしている。

「いいか、おそらく中にヤンとマノンは連れ込まれているに違いない。トマもいるだろうから、おまえも俺も顔を知られちまってる。もう一度刑事になりすまして俺が中に入るから、プティジルはここで見張っていて、何かあったら警察に連絡しろ」

「今、警察に来てもらったら？」

「警察は、証拠もないのに動いちゃくれないよ。よしんば来ても、令状もなしでは何もできないさ。通り一遍の訪問だけだろうから、かえってヤンたちが危険になる。とりあえず、中の様子だけでも探ってこよう」

と、『ジョルジュ・モロー商会』のある建物へと向かった。


「おじさん、何か用かい？」

リシャールが建物に入ろうとするのを、ひとりの若いのが邪魔するように道を塞(ふさ)ぐ。

「ああ、悪いがトマさんいるかい？　いたら、先日トマさんの財布を拾った刑事が会いに来たと、取り次いでくれないかい」

刑事と聞いて、若いのは慌てふためいて、

「ちょっと待っててください」

と、大急ぎで建物に入ってゆく。

しばらくして若いのが帰ってきた。さっきとは全く違う媚びへつらうような腰の低さで、

「トマさんがお待ちですから、どうぞこちらへ」

と、建物の中へ招き入れる。

入り口を入ると、玄関ホールの左手は事務所のようで、開いた扉の間から、事務机に座ってコンピュータを操作する事務員然とした男女と、これはどう見てもヤクザ者と思われる数人の男たちが、所在なさげにソファーで煙草をふかしている。

「こちらです」

さっきの若いのが、玄関ホール右手の階段から二階へ案内する。二階には、ドアが二つあり、その片方をノックすると、「入れ」と中から声が返ってきた。

部屋にはマムシのトマともう一人。おそらくこれがジョルジュだろうとリシャールは思った。時代物の猫足の机と揃いの椅子にふんぞり返って、ゴロワーズをくわえている。

「十八管区の刑事でヴリンクスと言います」

手を差し出すと、

「私は、ジョルジュだ。まあ、名前ぐらいは知っているだろうが」

と、握手をしてきた。

「先日、トマさんの財布を取得したのでお返しした際に、トマさんが何か近頃の事件についての情報をお探しだったようなので……」

刑事が言うと、二人は一瞬顔を見合わせた。

「いえなに、大したことじゃないんですが、なんでもお知らせしといた方がいいんじゃないかと思いまして……」

「ああ、せっかくサツの旦那にご足労頂いたんだ。なんでもいいから教えてくださいな。ねえ親分」

マムシのトマがジョルジュに同意を求めた。

「そうだが、こちとらも忙しい身だ。あまりろくでもない情報を持ってこられても、あんたが期待しているようなものはあげられないぜ。しかし、まあ、話してみてくれ」

ジョルジュは予防線を張りながら促した。

「お知らせする中には、もうご存じのネタもあると思いますが、まず、そちらのお身内であちこちの墓で亡くなられた四人のうち二人の死因と、チュイルリー公園で発見されたお身内二人の死因がどうも特定できないんです。どちらも外傷も何もないんです。そちら様は、お身内ではないと関係を否定されたようですが、一応お知らせしときます」

と言って、刑事リシャールはジョルジュとマムシのトマの様子を窺う。

ジョルジュは、身動き一つせずに目をつぶって聞いており、ゴロワーズの燃えさしの灰が落ちそうになっている。トマは、一瞬ジョルジュを見て、またリシャールに目を移し、

「やつらは、司法解剖されたのか?」と聞く。

「はい、されたようですが、死因は定かではなく、心不全として処理されたようです。外傷も全

く見当たらず、打撲のようなものもなく、心臓発作のような症状だったそうです。それから、これはご存じと思いますが、こちらのお身内を殺ったのは、たぶんＴＲＡと日本ヤクザの連中ですよね。それをご存じだから、報復のため両方に刺客を送ったんでしょうが、ＴＲＡの方は成功したものの、日本ヤクザの方は逆に返り討ちに遭っちまって、チュイルリー公園に捨てられた。何しろ、日本のヤクザはすぐ近くのホテル・ル・ムーリスに宿をとってますから。とすると、日本ヤクザに殺られた連中が、どうやって死んだか謎なんです」

刑事リシャールは一息つくと、二人の様子を窺った。

ジョルジュとマムシのトマは、互いに顔を見合わせてから、それぞれが少しの間自分の中で考えを整理しているようだった。

「まず、一つ目に聞いておきたい点は、サツは殺しの構図をどこまで詳しく知っているのか？その証拠や、動機についてはどうなんだ？」

ジョルジュがまず口を開いた。

「今、お話しした構図について本署では、ジョルジュさんのお身内が殺られたことや、ＴＲＡが噛んでいるようなところはおおよそ察しがついていますが、日本のヤクザがらみは、俺の線でしかわかってません。証拠なんて何にも出てませんよ。ですから、その動機についても、ＴＲＡが派手な死体の捨て方をしたんで、本署でもどうも絵画に関係した事件だろうとまでは感づいてますが、それ以上のことはまだわかってません。ですが俺は、先日のフェルメールの贋作騒ぎが関係していると睨んでます。オークションで競り落としたのが、日本のヤクザだったということまでは、調べがついてますから」

「ＴＲＡのアルのバカが、恰好つけたことしやがるから、事が面倒になっちまったんじゃねえか。全くあの野郎は、仕事のしの字もわかっちゃいねえ。

ところで、もう一つ知りてえんだが、実は、俺たちもお前さんが睨んだ通り、日本の野郎に殺られちまった仕返しに、実はもう一人送りこんだんだ。ところが、そいつがリヴォリ通りで心臓麻痺を起こしやがって。病院に担ぎ込まれたが、逝っちまった。ただの病死だと言われたんだが、どうも合点がいかなかった。なぜなら、あいつは人一倍元気で、病気一つしたことがなかったんだ。それに、リヴォリ通りといやあ、ホテル・ル・ムーリスと目と鼻の先だ。しかし、今の話で思ったんだが、あいつ、日本の野郎の使うおかしな術で殺られたんじゃないかと……。お前さんは、どう思う？」

と、ジョルジュは真顔で聞いた。

「そうですか。そいつは、俺の耳にも届いていなかった。でも、もしかしたら、それも日本ヤクザの仕業かもしれませんね」

と、刑事リシャール。頃合いを見計らって、マムシのトマに、

「ところで、例のモンマルトルの坊主のうちから持ち出した絵っていうのは、どうだったんです？」と尋ねた。

トマは、ちょっと苦笑いのような困惑した表情を浮かべながらこう言った。

「それが、どうもわからねえんだ。どう見たって風景画が描かれていて、旦那のお見立てのようなフェルメールの絵は、どこにも見当たらねぇんだ。ところが、あれを持ってきた娘というのかから聞きだしたんだが、あれは、その娘の爺さんが描いた絵で、それを二年前にポーランドから後生大事に運んできているんだ。なんでそんな絵をＴＲＡの連中が目の色変えて後生大事に保管してるんだ？　しかも、ＴＲＡのポーランド支部からも護衛がひとり派遣されてきている。もちろん、フェルメールの真作をあんな奴が運んでくれれば、国境を越えるのは難しいが、あんな絵なら、奴が運んでくればことが済むのに、わざわざ爺さんと娘に運ばせて、まだ爺さんはＴＲＡに大事に保護されている。と言うことは、爺さんが鍵を握っているとしか思えねぇんだ。もちろん、専門家を呼んで絵を見せて、トリックを暴こうとしたんだが、どいつも、あの絵の下に違う絵が描かれているとしたら、もうその絵は元には戻らないでしょう、とはっきり断言するんだ」

「トマさん、その娘って言う奴、ここにいるんですか。ちょっとだけでいいんだ、俺に話をさせてくれないかな？」

と刑事のリシャール。

「おっと、そうはいかねえ。旦那をそこまでまだ信用しているわけじゃねえんだ。娘がここにいるなんてこと、ほんのこれっぽっちも言っちゃいないぜ。よしんばいたにしても、爺さんを呼び寄せるための大事な人質だ。そう簡単にサツの旦那に、手の内をお見せするわけにはいかねえ」

リシャールは、ヤンとマノンがここに拉致されていることを確信した。

「それじゃあ、今日のところは、俺はこの辺で……」と、リシャールは立ち上がる。

ジョルジュは懐から分厚い財布を取り出して、数枚の百ユーロ札を取り出しリシャールに差し出した。

「まあとっとけ」

「ありがとうさんです。少しはお役に立ったんですか？」

貰った金を財布にしまいながら、財布の中にあった映画『ベティ・ブルー』の小さなシールを手に忍ばせる。

「また、なんかよもやま話があったらいつでも訪ねてこい」

「わかりました。それでは」

と、リシャールは出て行こうとして、急に振り向き、

「すいません。お手洗いをちょっとお借りしてもいいですか？」

「ああ、この部屋を出たところの右だ」と、トマ。

「じゃ、お借りします」

と部屋を出て右手のトイレのところで、素早くシールをドアの隅に貼りつけた。

トイレの中に入ると、左側に男性の小便器、右に扉があり、個室トイレがある。個室トイレに入ったリシャールは素早く内側から鍵を閉め、財布からもう一枚『ベティ・ブルー』のシールを

取り出すと、水洗タンクの脇に貼った。それから、タンクの陶器のふたを開け、その内側に、財布から取り出した細い金属でできた二種類の折れ曲がった針金状のものを貼りつけた。これがあればヤンは大抵の鍵を開けられる。昔、ヤンはこの特技でパンを口にすることができていた。リシャールはタンクのふたを元へ戻すと、あたかも用を足したかのように水を流し、個室から出て手を洗い、トイレの外へ出た。外の廊下にはトマが待っていた。

「それじゃトマさん、ここで失礼します……」

刑事リシャールはそう挨拶をして、隣の部屋のドアをちらっと見ると、向き直って階段を急ぎ足で下りる。

監禁されているとしたら、十中八九この部屋だろう。ジョルジュの部屋では、それなりに大きな声で話したつもりだ。

ヤンたちが隣の部屋に監禁されているとすれば、俺の声は聞き分けられているはずだ。俺が来たことさえわかれば、聡明なヤンのことだから、俺が何か細工をしたに違いないと思うだろう。そうすれば、方法はひとつしかない。トイレだ。

ヤンはトイレに行きたいと言って……。

さすがは俺さまだ。でかした。良い芝居だった。俺は映画監督よりも俳優に向いていたかもしれない。

そう思うと、リシャールはひとりでに笑みがこぼれた。

6

ヤンとマノンは隣の部屋にいた。

特に縛られているわけでも、猿ぐつわをはめられているわけでもなかったが、見張りの男がひとりいて、いつも監視されていた。こいつ一人ぐらいなら噛みついて、その間にマノンを逃がすくらいのことはできるんだがとヤンは考えたが、マノンがトロそうで、せっかくそうしても徒労に終わりそうなので実行には移せなかった。

その時、隣の部屋で物音がした。誰かがやって来たようだ。

「トマさん、刑事が来ました。財布を拾った刑事だって言えばわかるって」

「そうか。親分、ちょっと鼻薬を嗅(か)がせた刑事が、なんかネタを売りに来たんだと思いますが、どうします?」

「いいだろう。通してやれ」

しばらくして足音とともにドアの開閉が聞こえた。

刑事なんかが、どんな情報を持って来たんだろう？

ヤンは、興味深く聴覚を隣の部屋に集中させた。

男の声を聞いてヤンは、おやっ？　と思った。聞き覚えのある声だ。刑事だと名乗った男らしい。


そうか、リシャールだ。リシャールは小次郎のアパートでマムシのトマと遇ったとき、刑事だと名乗っていた。だから、刑事のふりをして探りに来たんだわ。

それにしても、ヴリンクス刑事なんて、笑っちゃうわ。だって、あたしとプティジルと三人で観に行った映画『あるいは裏切りという名の犬』に出てきた刑事の名前じゃない。まるで自分が、ダニエル・オートゥイユにでもなったつもりかしら。ちょっと臭すぎるし、あんなに恰好良くはないわね。まあ、どちらかというと、ジェラール・ドパルデューがやったクラン刑事の方が合ってるかしら。

それにしても、あたしたちが知っていることをネタに、うまく取り入っている。さすがは、リシャールだわ！　おや、そろそろお帰りかしら？　なんか、お金も貰ったみたいだから、あとで分け前を貰わなくちゃ。

リシャールの「すいません。お手洗いをちょっとお借りします」という声が聞こえる。そうか、トイレに何か細工をしていくんだ……。

しばらくして、

「それじゃトマさん、ここで失礼します……」

というリシャールの声とともに、階段を下りる足音が遠ざかっていった。

「ねえ、お兄さん。おしっこがしたくなっちゃったんだけど……」

ヤンは、甘えた声で見張りの男に声をかけた。

男は、しょうがねえな、という顔をして、

「おまえは？」

と、マノンに問いかける。マノンは、かなり打ちひしがれた様子で、首を横に振った。

「大丈夫だよマノン。元気出しな」

ヤンはマノンを力づけて、見張りの男についてゆく。

「おまえは、おとなしく待っているんだぞ！」

男はマノンに声をかけながら、部屋のドアに外から鍵をして、右側のトイレを指差し、

「そこだ」

と、ヤンを促す。ヤンがトイレのドアを開けようとしたとき、扉の隅に『ベティ・ブルー』のシールが貼ってあるのを見つけた。見張りがいるから剥がすわけにもいかないが、まあ、リシャ

ールも派手なことをするわと、苦笑い。

トイレに入ると、水洗タンクの脇に貼ってある『ベティ・ブルー』のシールを見つけた。タンクの下や、脇、便器を調べ、水タンクの陶器のふたを開けると、やはり、リシャールが置いていってくれたと思われる自分が得意の錠前開けの金具が二つ貼りつけてある。

これさえあれば、あたしはどんな錠前だってあけられるわ。

ヤンは、すぐさまそれを取ると、靴の中に隠した。それから、タンクの脇に貼ってある『ベティ・ブルー』のシールを剥がして便器に投げ込み、水洗のボタンを押した。

水がザーッと流れて、シールを瞬く間に吸い込んでいった。

第十二章

「人間は、この宇宙の不良少年である」

―ジェームス・オッペンハイム―

1

「しかし、このまま放置するわけにはいきませんね」

真田は、万代のおおよそ白の陣地とみられる右隅に、黒石を打ち込んだ。

「なるほど、真田君は相変わらず攻撃的ですね」

万代は、その黒石を牽制するように、自分の白石に並べて打つ。

万代と真田は、ホテル・ル・ムーリスの万代の部屋で囲碁を打っていた。彼らは広い部屋の真ん中の絨毯(じゅうたん)の上に正座している。相対する二人の真ん中に、何処で調達したのか立派な碁盤が置かれて、シャンデリアの下に奇妙な風景を醸(かも)し出している。

「厄介なものは、早いうちに取り払わなければいけません。のうのうとしていると、いつの間にか手が出せなくなってしまいます。その前に殺す者は殺しておかないと」

真田はそう言いながら、もう一石、白の中に黒石を投ずる。

「そう言って、あなたはすでに五子も殺している」

と笑いながら、万代はその黒石に対してきっぱりと白石で応える。真田の手元には、すでに上げられた五子の白石が、碁笥（ごけ）のふたの上に並べられている。

「真田君、囲碁というものは、私は戦争ではなくて占星術だと思っている。碁盤に縦横引かれた線の交点で、黒丸のついた交点が真ん中と周囲に八個あるだろ。その九個の交点を星と呼ぶね。そして、真ん中の星は、特別に天元と呼ぶだろう。天元、すなわち天の中心なんだ。つまり、動かない星、北極星なんだよ。季節が移り変わって、天の星の位置が回っても、動かない星。それが北極星なんだ。四隅の星は四季を表し、八つの星は八つの方位、広がりを表す。盤上の交点は、三百六十一点、黒石の数百八十一石と白石の数百八十石の和に等しく、これは、一年三百六十五日にほぼ等しい。では、失われた四日間は何処に行ったのか？　私は、それを求めて碁を打っているんだよ」

「万代先生……」

真田は万代を先生と呼ぶ。いつからかは、わからない。いつの間にかそうなった。

万代は、先生と呼ばれることを嫌がった。真田をまるで息子のようには思っているが、教え子としたことはない、ましてや、自分は他人に先生と呼ばれるほどの器量も英知も備わっていないと思っている。

「万代先生、先生のおっしゃりたいことは理解しますが、その考えは、理想主義的過ぎます。現在、経済学や情報工学、或いは社会学、政治学、軍事科学に応用されている『ゲーム理論』の根幹的なモデルサンプルは、囲碁だと思うからです。その『ゲーム理論』というのは、戦略的な状況における未来の行動を予測したり、過去の行動を客観的に評価することを目的としています。第二次世界大戦の時には、この理論によって、最小限の損害で実施できる戦略爆撃の計画を米国は導き出しているんですよ」

「真田君、君は『ビューティフル・マインド』という映画を見たことがあるかね？　ロン・ハワード監督だよ。ラッセル・クロウが演ずるジョン・ナッシュという主人公の天才数学者は、まさにその『ゲーム理論』を発見してノーベル賞を受賞した実在の人物だ。彼はその後、その類まれな頭脳を軍に利用されて、軍事戦略に巻き込まれ、精神を破壊されてしまうんだ。こんなことが、囲碁を打っている先にあると思うと、悲しいじゃないか……おや？」

万代がふと手を止める。これまで、リズミカルに打っていたふたりのリズムがここで途切れた。

「ここは、劫（こう）〈註5〉になってしまったな。永久に取ったり取られたりで、勝負がつかないか」

ふたりは、顔を見合わせて笑った。

その時、ドアがノックされた。

万代が、ウィと言う間もなく、背の高いブルネットの美女が入ってきた。

「ムッシュ・バンダイ、東京からお電話です」

万代は、「ありがとう」と言って、女性から携帯電話を受け取る。

「はい、私だ。まだ、ちょっと埒が明かない。そうだ。ＴＲＡは、ちょっとした都合でと言って、取引を引き延ばしているが、私の見立てでは、ブツは彼らの手元にないいんじゃないかと思っている。そうじゃなければ、こんなバカな待たされ方はしない。どうも、地元の組織とゴタゴタがあるらしいんだ。あまり、その中に巻き込まれるのもなんだから静観を決め込んでいるが、そろそろこちらから仕掛ける頃合いかと思う。何かあったらこちらから連絡する。それじゃ」

そう言うと、万代は電話を切った。

「真田君、そろそろこちらからも仕掛けようかと思うが、どうかね」

「はい、一刻も早く取引をしてしまいたいのはＴＲＡの方なのに、こうも引き延ばしているところを見ると、どうも本物は、ＴＲＡの手元にないということでしょう。そうすると、ちょっかいを出してきたジョルジュとかいう地元ヤクザの手に渡ったという可能性が高いと思われます。ところが、どうもすっきりしません。もしも、オークションで競り落とした贋作を使って絵画ロンダリングをすることを考えれば、まず贋作を公に競り落とした我々に接触してくるのが当たり前です。我々と取引をするのが一番簡単でしょう。

現に、オークションの時、我々に張り合って競り落とそうとしたのも彼らでしたから。先日からそのジョルジュの事務所を張らせていますが、例の取引の現場から本物らしき絵画を持ち去った少女らしき娘が、今日、事務所に拉致されて来たようです。と言うことは、現場から少女たちが持ち去った絵は、本物のフェルメールとは断定できない何か疑問点があるのかと思います。

　そこで、少女が絵をすり替えたのかどうか、少女はこの絵とどう関係しているのか、或いは、その絵に隠された秘密か何かがあるのか……。そもそも、この絵は、ＴＲＡが言っているポーランドから運ばれてきた現物そのものなのかどうか、それを尋問しているのではないでしょうか？」

「ということは、我々がジョルジュに直接取引を申し込んでみるというのはどうだろうか？　囲碁で言う〈先手の打ち込み〉だ。唐突だから面白い。ジョルジュとしては、受けざるを得ない。そうすれば、ジョルジュが今握っているカードの価値を品定めできる。どうだい、『ゲーム理論』の戦略家としては？」

　と、万代が同意を求めるように真田に問いかけた。

「それがいいと思います。さっそく、ジョルジュ側とコンタクトを取ってみます」

　そう言って、真田は立ち上がった。

〈註5〉＝囲碁のルールの一つで、お互いが交互に相手の石を取り、無限に続きうる形。

2

「ジョルジュ親分、例の日本のヤクザ、明石屋佐兵衛商会と名乗って、連絡をしてきましたぜ。電話に出ますか？」

マムシのトマが、ジョルジュの部屋にノックもせずに飛び込んできた。

ジョルジュの前の電話機の二番のセレクトボタンが点滅している。

「わかった。出よう」

ジョルジュは、二番のセレクトボタンを押して受話器を上げた。

「もしもし、私はジョルジュと言うもんだが、何のご用でしょうか？」

ジョルジュの耳に、若い女性の流暢なフランス語が返ってきた。

「ジョルジュさんですね。私は、日本の明石屋佐兵衛商会の万代の代理の者ですが、万代に代わります」

「その日本の方が、私どもにどんなご用件でしょう？」

ジョルジュも慇懃（いんぎん）に言葉を返す。

「はい実は、先日のオークションでフェルメールの贋作を競り落とした者と申し上げれば、用件の方はおわかりいただけるかと思いますが」

今度は、男の流暢なフランス語が返ってきた。

「なるほど、そういうことですか。ＴＲＡの方がどうもすんなりいかないから、こちらでブツを押さえていると推察されたんですな。ご明察です。ブツと思しきものは、こちらで押さえています。こちらからもできるだけ早くそちらにご連絡して、お取引いただこうかと思っていたところなんですよ。ですが、実はややこしいことが起きていて、もう少しお待ちいただけませんか？　こちらとしても、このブツを早いとこお宅に買っていただくようにしますんで。なにしろ、お宅の所で持っている贋作がないと、海外にも持ち出せませんし、捌（さば）くこともできやしませんから」

「わかりました。どういう障害があるのかわかりませんが、その件が片付くまでお待ちしましょう。ですが、あまり長いことはお待ちできません。そうですね、一週間という期限を切りましょう。いかがですか？」

「わかりやした。それまでにこちらから連絡します。ホテル・ル・ムーリスのムッシュ・バンダイさんで宜しいですか？」

「良くご存じで」

「実は最近、ホテル・ル・ムーリスの近くでうちの若いもんがおかしな死に方をしてまして。それで調べましたら、たまたまお宅らがホテル・ル・ムーリスにお泊まりだと知りましてね。いや、別にあんたらがやったと申し上げてるんじゃございませんぜ」

「ええ、もちろんですとも。私どもは、そんな他人様を殺（あや）めるなんていう物騒なことをいたす団体ではございませんから。ですが、私ども明石屋佐兵衛商会と申しますのは、日本が江戸から明治という時期に生きた任侠・明石屋万吉、本名小林佐兵衛のゆかりのものがつくりました団体でして、その明石屋万吉は、堺事件のときに、切腹した十一人の土佐藩士を甚（いた）く不憫に思い、篤（あつ）く弔った人物です。ですから、切腹した侍たちの怨霊が私どもと共にフランスにやって来たのでしょうか。

あっ、すみません、堺事件をご存じないでしょうね。堺事件というのは、一八六八年、すなわち、日本が江戸という侍の時代から、明治という新しい時代に生まれ変わる時まで、日本人が久しく持っていた美意識の象徴的な事件です。この年、フランス海軍のコルベット艦デュプレクス号が堺港に来航。上陸したフランス水兵が土佐藩守備隊の隊旗を持って逃げたため、その者を殺傷。それを機に銃撃戦となり、フランス水兵十一人を殺害しました。

日本の政府は外国に対しての対応が弱腰で、フランス側からの申し出をすべて受諾し、その時発砲した兵卒二十名の処刑と十五万ドルの慰謝料の支払いを受け入れました。発砲したと名乗り出た兵卒二十九名のうち、二十名をくじ引きで決め、その二十名は切腹と決まりました。フランス軍艦長デュプティ・トゥアールやフランス兵二十数名、日本側の外交関係の重鎮が居並ぶ中で、腹を切ったのです。その時、一人ひとりが、〝フランス人どももよく聴け。己（おのれ）は汝等（うぬら）のためには死なぬ。わが国のためにのみ死ぬる。日本男子の切腹をよく見て置け〟と言って、切腹の流儀にのっとり、短刀を左脇腹へ深く突き立て、三寸切り下げ、右へ引き回して、また三寸切り上げて、右手で腸を引き出し、腹に一物もないことを見せてから、フランス人たちを睨んで、短刀を座右において両手をつき、〝介錯頼む〟と言って首を落とされたそうです。

あまりの凄惨さにデュプティ・トゥアールは、死んだフランス兵と同じ十一名のところで中止を申し入れ、九名の命が助かりました。本人の日誌によれば、侍への同情も感じましたが、逆に侍が英雄視されることを恐れたようです。日本のハラキリを間近に見た初めての外国人は、フランス人です。そして、罪人であっても、彼らを手厚く葬ったのが、明石屋万吉でした。

明石屋万吉は、ヤクザではありましたが、決していわゆる右翼、国粋主義者というわけではありませんし、物事を損得で考えることもなく、武士にしてやると言われても断ったくらいです。『気の毒な人間がいれば勤皇だろうが、佐幕派だろうが関係ない。助ける』と言って、両方を助けています。

彼のモットーは〝往来安全〟でした。皆が安全に暮らせることが第一でした。ですから、彼ら堺事件で腹を切って死んだ土佐藩の侍たちのことも、人間としての美意識や信条に打たれて、手厚く弔ったのでしょう。その怨霊が、もしや私どもと共にやって来て、そちら様の方々を殺めたとしたら、本当に申し訳ありませんでした」

ジョルジュは、なぜか今聞いたばかりで知りもしない明石屋万吉という渡世人に、愛するジャン・ギャバンを重ね合わせ、親しみと好感を抱かざるを得なかった。

3

ジョルジュは考えた。

日本のヤクザも、ＴＲＡのアルでは事は解決しないとみて、俺に近づいて来た。どんなもんだい。しかし、このあと、どう解決したらいいんだろう。ひとつは、ＴＲＡを襲撃して、秘密の鍵を握ると思われる娘の爺さんを連れてくることだ。だが、それは危険すぎる。撃ち合いになるだろうし、爺さんが死んだら元も子もない。

もうひとつは、ＴＲＡのアル・デイリーに連携を申し込んで、こちらがブツを出す代わりに、あの絵の秘密を聞き出す。山分けはいいとして、アルの奴がまた偉そうな口を利くのは嫌なこった。

待てよ、こちらには、娘という人質がある。もうひとつの手段として、連携すると見せかけ、見極めがついたところで裏切るってのはどうだ。娘が人質なら爺さんは、こちとらに協力するはずだ。そうすれば、日本の奴らともコネはついているし、直接取引すりゃあいいんだ。

ジョルジュはすぐにＴＲＡのアル・デイリーに電話をいれた。

「アル・デイリーさんですか？　どうも、ご無沙汰してます。ジョルジュですよ。今回は、どうもしっくり行きませんでしたね」

「ジョルジュ、何なんだ！　何故、邪魔ばかりするんだ！」

「別に、邪魔をしようと思ってるわけじゃないんですよ。前に申し上げた通り、ネタになる贋作を手に入れたのもうちらですし、今回ばかりは、大本の取引に噛ませてもらおうと思いましてね。使い走りのような仕事には、もう飽き飽きしたんですよ。だいたいアルさん一人じゃ何にもできないじゃないですか」

「お前、ＴＲＡが怖くないのか？」

「あんたこそ、今回の失敗でＴＲＡからどんなお裁きを受けるか、知れたもんじゃないですぜ。それに、今までとは違うんだ。ユニオン・コルスの連中だって、俺たちと組まないことには、パリからのシノギが入ってこなくなっちまう。俺っちの組には、ユニオン・コルスから来てる奴もいて、あちらさんの上層部の連中とはガキのころからの盗人仲間なんだよ」

「わかった。何が欲しい。お前だって、手に入れたのが風景画じゃしょうがないだろうが」

「やはり、あの風景画に秘密があるんだな？　そう自白したようなもんだ。だから、あんたは甘いって言うんだよ。この仕事には向いてないんだ。ところで、あんたには悪い話じゃない提案をしようって言うんだから良く聞きな。俺にはあの絵がある。お前は、あの絵がなければ何にもできない。そこでだ。あの絵をどうやったら元のフェルメールに戻せるのか教えてくれ。そして、一緒にあのジャポネと取引する。そして、売上金は山分けだ。どうだ。悪い話じゃないだろ」

「あの風景画は、もともと我々ＴＲＡが所有していたものだ。それを、お前たちが横取りしたんじゃないか。しかも、苦労して風景画に変えたんだ。そう簡単には、山分けというわけにはいかない」

「なにバカなこと言ってんだ。今のあんたの状況と立場を考えろ。あの風景画がフェルメールだってことは、お前さんの方からゲロッてるじゃないか。俺たちが無理やり引っ剝がして、元の絵が台無しになったら、お互い元も子もないだろう。それにジャポネだって、俺たちと取引しようと持ちかけてきてるんだ。協力して取引を成功させようぜ」

アル・デイリーは、受話器を持ったまましばらく考えた。


このままでは、自分の手元に現物もなければ売却代金もない。こんなことがＴＲＡに知れたら大変なことになる。それより、予定の半分の三千七百五十万ユーロ（四十五億円）の現金でも手に入れれば、それはそれで大した手柄ではないか。昨年一年間のフランス支局の売り上げは、この五分の一にも満たない。

ここ十年の間、大した絵は組織には回ってきていない。ひとつには、電子防犯機器などが整備され、大きな絵画盗難事件が起こりにくいことにある。また、もうひとつには、ネット環境が発達して誰でもが裏の取引情報をやり取りできるようになって、ＴＲＡそのものの力が急速に衰えたこともある。

素人の売り手が、大胆にネット上で裏物件を公開し、素人の買い手が買う。この怖いもの知らずの大胆さは、プロの連中が舌を巻くほどだ。


「よし、決めた！　うちが四千万ユーロ、あんたの所が三千五百万ユーロでどうだ」

アルは電話口で大きな声を上げた。

「アルさんよ。俺の耳がどうかなっちまったのかね。逆じゃないかい」

ジョルジュは思わず言葉を返した。

本当は、そんなことはどうでも良かったのだ。ジョルジュとしては、どちらにしても最後にはすべての金を自分たちで戴くのだから。結局はこんな約束は反古にするつもりだった。ただ、アルがまだ自分より上の立場にあると思っている態度が気に入らなかっただけだ。

「わかったよ。それじゃ、三千七百五十万ずつということで手打ちにしてくれないか」

今度はアルが情けない声で嘆願した。

「しょうがねえな」

そう言いながら、ジョルジュは電話口でほくそ笑んだ。

その時、隣の部屋から監禁している少女の一人が歌っている悲しげな歌声が聞こえてきた。それを聞いていると、ジョルジュは、一瞬不思議な懐かしい感覚に襲われた。

なんだろう。昔、こんな感覚を味わったことがある。自分がまるで微粒子のように途方もなく小さな存在であるように感じられた遠い昔の記憶……。ゆらゆらと、ゆらゆらと……冷たくもなく、熱くもなく……そのとき、俺は胎児だった。

ほんのりと潮の香りのする羊水の中で、半ば浮き、半ば沈んだどっちつかずの状態で揺れていると、ひょっとしたら胎児のままで一生を終わってしまう方が幸せな気がした。

母の胎内で遊んでいる安心と、やがて生まれ出る不安と……。

人間は命の出発点に立ったときから、いつも何か二つのものの間で揺れている。

ジョルジュは、突然感じた思いに自ら戸惑いながら、それを吹っ切るようにして部屋を出ていった。

第十三章

「芸術とは、最も美しい嘘のことである」

―クロード・ドビュッシー―

1

ヤンとマノンは、ふたりきりで隣の部屋にいた。

夜の食事も、割に美味しい中華まんじゅうとスープが与えられた。マノンは、半分くらいしか食べられなかったが、ヤンは「美味しい、美味しい」と、自分の分は平らげ、マノンの残りも食べてしまった。

おそらく逃げられる心配はないとみたのだろう、部屋に鍵は掛けられていたが、見張りたちはみな、いなくなっていた。

「マノン、あんた歌が歌えたよね。何か歌ってくれない？　きっと、リシャールたちがそばにいるはずだ。あたしたちがいることを知らせるんだ。悲しい歌がいいね」

マノンは、「うん」と言ってちょっと考えてから、歌い出した。

冬が過ぎて、春も去り、やがて消えうせる
夏も過ぎ、さらに、さらに歳月が経る
けれど私は待っています、あなたの帰りを……
そうしたら、きっとあなたは見つけるでしょう、この私を……

イプセンの詩劇『ペール・ギュント』の劇中歌「ソルヴェーグの歌」である。

歌声は、決して大きな声ではなかったが、静かにひっそりと、建物中にそして建物の外にまで沁み入っていった。

一階で飲んでいた荒くれ男たちも、みな、突然、時が止まったように歌に聞き入った。そのうちの幾人かは、涙を流している自分に気づいて戸惑った。

外を歩く人も、一瞬足を止めて聞き入った。鳴いていた鳥たちまでが、鳴くのをやめて耳を傾けた。不思議なことに、この歌の届く世界は、すべて静止した世界になった。

この歌声は、近くの物陰に隠れているリシャールと小次郎の耳にも届いた。

「マノンだ！」

小次郎がリシャールに小声で告げた。

「しっ、今は歌を聞く時だ」

と、リシャールまでもが、じっと歌の世界に身を委ねていた。


ヤンは、マノンが歌っている間に、そーっと入り口のドアの鍵を、リシャールが残していってくれた解錠金具を使って器用にこじ開けた。カチャッ、と音がして鍵は、難なく開けられた。

ヤンは、ドアを僅かに開けて、廊下の様子を窺った。人のいる気配はない。マノンが歌い終わるのを待って、ヤンは手招きし、マノンに脱走の意思を伝えた。マノンはうなずいて、そーっと忍び足でヤンの後ろにぴったりと身を寄せた。

隣のドアが開いて、ジョルジュと思しき男の足音が階下へ降りて行った。

階下で人の声が聞こえる。マノンの歌声に魅せられていたジョルジュの組の連中が、いっきに緊張から解き放たれて、感傷に浸っていた照れくささを誤魔化すかのように、急に明るく振る舞う声が聞こえる。

「行ってらっしゃいまし！」

ジョルジュが出かけたようだ。

ヤンは、マノンを連れ廊下に出ると、トイレに入って窓を開ける。

街灯の明かりで、窓と一階との境目に足場となるひさし屋根があることを確認する。そこから建物の角まで一メートルほどひさし伝いに行けば、角には格好の飾り彫刻がある。その飾り彫刻は、地上まで七十〜八十センチおきに四ヶ所ついており、自分なら難なく下まで降りられるとヤンは思った。果たしてマノンが怖がらずに行けるだろうか？　どこかに、リシャールたちがいるはずだ。物陰は、夜の闇の中に埋もれて見えない。

「何処にいるの？　リシャール、小次郎！」

ヤンは心の中で叫んだ。その時、右の方の物陰から、ピカリとレーザーポインターのような光がヤンの顔を横切った。こちらは、街灯の明かりが当たっているから向こうからは見えたに違いない。きっと、リシャールたちだ。

ヤンは、マノンにトイレの中にいるように手で合図して、元の部屋に取って返した。最初連れてこられたときに縛られたロープがあったはずだ。果たして、ロープは床に投げ置かれていた。ヤンはそれを持ってトイレに戻ると、ロープをマノンの腰に回し、もう片方を手洗いの水道管に結わえつけた。長さは、ちょっと足りないくらいで、これなら落ちても下までは届かない。

マノンは、泣きそうな顔をして、ヤンを見た。ヤンは、大丈夫というふうに努めて笑顔を作り、ポンとマノンの肩をたたいた。

マノンは、恐る恐る窓枠を越えるが、なかなか一階のひさしに足が届かない。ヤンは、ロープで支えながら、マノンが掴んで離さない自分の肩の手をゆっくり離させた。マノンは、「キャッ」と言って数センチ落ち、ストンとひさしに乗っかった。こんな簡単なことで叫んでいたら、この先どうなる事かとヤンは気が滅入る。

これからが問題だ。片手で窓枠を掴み、五十センチほど身体を横にずらして、そのまた五十センチ先にある飾り彫刻にもう片方の手をかける。その手を支えにしながらひさし伝いにさらに五十センチほど身体を横にずらして、角の飾り彫刻伝いに地上へ降りるのである。

マノンは固まって動かない。

リシャールらしき人影が、マノンの降りようとする壁の下に近づく。小次郎も一緒だ。

ヤンは、マノンに声は出さずに口の動きだけで「大丈夫！」と告げて、下に仲間が来ていることを教える。マノンは、やっと精いっぱいの勇気を出して、窓枠を掴んだ右手を支えに、身体を五十センチほど左に動かして、一気に角の飾り彫刻に手をかけた。左手がうまく飾り彫刻を掴んだ。今度は、窓枠を掴んだ右手を離して、左手を支えに身体を左に動かすのだが、右手を離すことができない。マノンは、両手を広げて窓枠と飾り彫刻を掴んだまま、どうする事もできずに泣きそうな目をヤンに向けた。

ヤンが窓枠を掴んでいるマノンの右手をゆっくりとはずしてあげようとしたとき、突然、建物からジョルジュの若い者二人が話しながら出てきた。

「オイッ、お前らここで何してるんだ」

そのうちの一人が、リシャールに声をかけた。

「いや、別に」

とリシャールは応えて、注意を自分に引き付けるようにジタンヌの箱から煙草を取り出しながら、小次郎を促してマノンが壁にへばりついているのとは反対の方向へ歩き出した。

マノンとヤンはそのままの体勢で固まった。マノンの真下では、二人のジョルジュの手下が、反対方向へ歩いていくリシャールと小次郎をじっと見ている。彼らがちょっと振り向いて上を見上げれば、無様な姿で壁にへばりついている橙色の街灯の明かりに照らし出されたマノンの姿に気が付くだろう。

しかしジョルジュの手下たちは、リシャールと小次郎が向かった方向へ、まるで彼らのあとをつけるように歩き出した。リシャールと小次郎は、そのままゆっくり何処までも歩いていく。ジョルジュの手下たちもまた、あとを追うように暗闇に消えていった。

ヤンはマノンを促し、窓枠を掴んでいるマノンの右手をゆっくりはずし、そのまま握った手を伸ばしながら支えてやる。マノンは、ヤンの支えてくれた右手をゆっくり離し、両手で建物の角の一番上の飾り彫刻を掴んで、ひさし伝いに建物の角まで行って、なんとか一つ下の飾り彫刻に片足を掛けた。

「ここまでくれば安心だ。あとは下りるだけだ」

と、ヤンが思った瞬間、マノンは掛けた片足を滑らせて、再び「キャッ」という叫び声を上げながら落下した。ヤンは、思わず目をつぶった。

ザザッという音がして、水道管とマノンの腰に結わえつけたロープがピンと張った。見ると、マノンを吊るしたまま、ロープは地上から一メートルほどの所をブランコのように揺れている。

マノンは、あまりの恐怖とショックで泣くことも忘れて、ヤンを見上げた。別段怪我をしたふうでもない。ヤンは、大急ぎで窓を乗り越え、ひさし屋根をまるでいつもの道のように楽々と伝わって、建物角の飾り彫刻伝いに地上へ飛び降りた。

マノンの叫び声が聞こえたらしく、一階の事務所の方から、「おい、なんか叫び声が聞こえなかったか？」と言う声と、バタバタと二階に上がる足音が聞こえた。

ヤンは大急ぎで、マノンが吊られている腰のロープをはずしにかかった。ロープは、衝撃で固く結ばれ、なかなかほどけない。

その時、ボディが藍色でルーフがライトグリーンのシトロエンＤＳ３が、ヤンとマノンの横に滑り込んできた。車を急停車させるやいなや、口髭を生やした男が運転席から大急ぎで降りてきた。

「説明はあとだ。マノンとヤンだろ。君たちのことは知っている。君たちの味方だ。さあ、早くこの車に乗って！」

すると、二階の方で慌てた男の怒鳴り声が聞こえた。

「娘たちが逃げたぞ！」

声とともに、二階のトイレの窓からジョルジュの手下の一人が顔を出した。

「外だ！　早く追え！」

ほとんど同時に、ヤンは車の男の助けを借りてロープをはずし、マノンを地上に降ろした。

一階の事務所からバタバタと手下どもが出てくる。

ヤンとマノンがシトロエンＤＳ３に乗り込むと同時に、男は車を急発進させた。

「おい、待て！」

手下の一人が車の後部トランクを悔しそうに叩くのを尻目に、シトロエンは先の角を曲がって、暗闇に消えていった。

2

リシャールと小次郎は、ジョルジュの手下たちがあとをついてくるので、下手な動きができないまま、ランポノー通りを真っすぐ進み、ジュリアン通りを右に曲がり、奴らが反対方向に行ったのを背中で感じながら、右にセネガル通りへと入った。

すぐに物陰に隠れて、追ってこないことを確認する。どうも、彼らはたまたま同じ方向へ向かっていただけだったらしい。彼らがいないことを確認して、注意しながら再びランポノー通りのジョルジュのアジトへと引き返した。

注意深く近づいて、さっき隠れていた小道の陰から様子を窺うと、ジョルジュの事務所の周辺が騒然としている。事務所前には、数人の若い者が慌てふためいた様子で口々に、「親分になんて言うんだ！」とか「お前が見張りなはずだろう！」などと言い合っている。二階の窓からは先ほどヤンとマノンが使っていたロープが一本ダランと垂れ下がっており、窓から一人の男が下の男たちに何か話し掛けている。

「ヤンたちは、うまく逃げたらしいな。バイクで近辺を捜そう」

リシャールは小次郎を促し、バイクの置いてある場所へと急いだ。

3

ジョルジュは、レストランで、マムシのトマや数人の幹部と遅い食事を始めていた。

そこに手下から電話が入った。

「なんだと！　お前ら、娘っ子二人のお守もできないのか！　全員首を洗っとけ！」

ジョルジュの怒りは、報告の電話をしている手下の耳元で爆発した。

「今すぐそっちへ向かう。トマも一緒に来い！」

第十四章

「ＰＫを外すことができるのは、ＰＫを蹴る勇気を持った者だけだ」

―ロベルト・バッジョ―

1

「あなたは、いったい誰？」

シトロエンＤＳ３の後部座席から、ヤンは運転席の男に声を掛けた。男は、四十代後半から五十代前半くらいの男で、優しそうな目をバックミラーからヤンに向けた。

「私たちを、サンシェに送ってくださらないこと」

ヤンには、少なくともこの男がジョルジュの仲間ではないということの確信めいた直感が働いていた。

「ヤンさんだね。はじめまして。私の名前はメジュラン。それ以上のことはまだ話せないが、あなた方の味方であることは確かだ。信用しなさい。今、小次郎や君が働いている『ベティ・ブルー』に戻るのは大変危険だ。彼らは、君や小次郎には用はないが、マノンには大ありなんだよ。そして、小次郎の身元については奴らに筒抜けだから、『ベティ・ブルー』は見張られていると思っていい。とりあえず、わたしの郊外の家に隠れていたらどうだろう。パリから電車で三十分ちょっとの場所だよ。シャンティイというところだ」

「私、行ったことがあるわ。競馬場と綺麗なお城があるところでしょう。リシャールやプティジル、あっ、小次郎のことそう呼んでいるんだけど、三人で競馬を見に行ったことがあるの。それに、生クリームのことシャンティイって言うのも、そこが発祥の地だって聞いたわ。ところで、メジュランさんは、リシャールやプティジルのことも知っているの？」

「小次郎は、知っている。小次郎から、ヤン、君のことやリシャールのことも聞いているよ。それから、マノン、君は別のことでも知っている。詳しいことは、その時がきたら話してあげるから、とりあえず安心していなさい」

　三十分ほどすると、車は真っ暗な森を抜けて、一軒家に着いた。その家は、本当に森の中の一軒家といった感じで、お隣といってもだいぶ遠くに明かりが見えるくらいだ。入り口の開いたままの古い金属製の扉から百メートルくらいはあるだろうか、庭というよりもまるで荒れた草原のようなアプローチを抜けて、車は家の玄関の前で停まった。

　車のドアを開けると、森と草木の青い香りがいっぺんに流れ込んできた。あたりは、真っ暗闇である。男は何やらリモコンのようなものをポケットから取り出してスイッチを押したのだろう、玄関と家の中の明かりが点灯して、やっと、蔦の絡まった古い家の全貌が現れた。決して大きくはないが、落ち着いた趣のある家だ。

階段を数段上がって玄関を入ると、居間なのだろう、真ん中のガラステーブルを囲んで革のソファーがある。

「そこのソファーに掛けて休んでなさい。お茶を淹れよう」

男は奥のドアを開けた。

「すみませんが電話を借りていいですか？」

男の背中に、ヤンが声をかけた。

「ああ、そこの電話を使いなさい」

居間の隅の電話を指し示して、男は出て行った。

ヤンは男が出て行くのを待って、大急ぎで『ベティー・ブルー』に電話をかけた。

「あっ、リシャール？　わたし。ヤン」

「ヤン、無事か？　マノンはどうしてる？　捜したぞ！　今どこにいるんだ？」

矢継ぎ早に、リシャールは質問を浴びせた。

「リシャール、冷たいじゃないの！　あんたたちが逃げ出しちゃうもんだから、あたしたちは、もっといい男に助けてもらったわ」

相変わらずの調子で、ヤンが受け答える。

「マノンが足を滑らせて、奴らに気づかれてしまい捕まりそうになったところに、メジュランさんという白馬の騎士がシトロエンＤＳ３に乗って現れて、すんでのところで助けてもらったわ。リシャール、あなたメジュランさんて知ってる？　なんだか、プティジルのことは知ってたわ」

「俺は聞いたことない名前だな……。〃おい、プティジル。お前、メジュランっていう奴、知ってるか？〃」

電話口の向こうで、リシャールが小次郎に問いただすのが聞こえる。

「プティジルも知らないらしいぜ。なんか怪しい奴だな……。そいつ、どんな奴だ？」と、リシャール。

「口髭を生やしたクラーク・ゲーブルみたいな目をした人。苦み走った好い男よ」

「ますます怪しい……。注意だけは怠るな！　ところで、今、何処にいるんだ？」

「シャンティイ。前に、みんなで競馬場に行ったじゃない。あそこ。メジュランさんの家があるの」

「あっ、ちょっと待ってくれ。〃お客さん、今日はもう終わりなんで……あっ、あんたは……〃」

そこまで言って、電話がプツリと切れた。

「もしもし、もしもし……」

ヤンは、リシャールたちに何かあったのではないかと心配になった。

「どうしたんだい？」

メジュランが、お茶を持って入ってきた。

「なんだか、おかしいの。『ベティ・ブルー』のリシャールに電話してたら、誰かが来たみたいで、そしたら、突然切れちゃったの。もう一回掛けてみようかしら？」

「それは、よした方がいい。もしかしたら、君たちを追ってきた連中かもしれない。かえってリシャールや小次郎が危ない目に遭う。君たちは、ここにいなさい。ここは安全だ。『ベティ・ブルー』は、たしかサンシェだったね。住所を教えてくれれば、私が様子を見てくるよ。この時間なら、一時間もあれば行って帰ってこれるからね。二階に二人の寝る場所を用意するから、寝て待っていなさい」

まるで父親のような口ぶりでそう言って、お茶を置いて再び部屋を出て行った。

ヤンにとっても、マノンにとっても、そんな父親のような接し方をされるのが凄く嬉しかった。もう何年こんな言葉を聞いていないだろう。いや、それぞれの父親が生きていた時だって、こんな優しい言い方はされなかった。二人は、それぞれの気持ちの中でこの感慨を噛みしめていた。

しばらくするとメジュランが階段を下りてくる足音が聞こえた。

「二人とも、おいで」

ヤンとマノンが居間を出ると、隣は大きな仕事部屋のようなところで、大きなキャンバスやイーゼル、大小さまざまな缶や入れ物、壁の棚いっぱいにさまざまな道具が並べてある。

「この人も絵に関係する人らしいわ」とヤンは思った。

奥は、どうもキッチンらしい。

「散らかっているから、足元に気をつけてついて来なさい」

隣部屋の左手に階段があり、その数段上がったところからメジュランは声をかけた。

二階に上がると、廊下に二つのドアがあって、その手前のドアを開けて二人を招き入れた。部屋には大きなベッドが一つとクローゼット、そして小さなテーブルと椅子、そしてベッドの脇には、美しい真珠の首飾りをした東洋の女の人の肖像画が掛けられていた。

「狭いがここに二人で寝ていなさい。ベッドメイクは、自分たちでできるだろ。ふとんやシーツ、枕は、そこのクローゼットに入っているから。冷めないうちに先にお茶にしよう」

そう言うとメジュランは、二人を促して再び一階へと下りていく。

2

リシャールたちがジョルジュの事務所から『ベティ・ブルー』に帰ってきたのは、これより二十分くらい前のことであった。ジョルジュの事務所の様子からヤンとマノンが逃げたらしいことはわかっていたのだが、無事だったのかどうか……。

ベルビル近辺をバイクでくまなく捜したが見当たらず、先に『ベティ・ブルー』に帰っていてくれていたらと、一縷(いちる)の望みを託して帰ってみたのだが、二人の姿はどこにも見えない。まさか、拉致されたマノンのアパルトマンに帰るわけもなく、あとは小次郎のアパルトマンだが、ここもジョルジュ一家のマムシのトマに家捜しされた場所であるからして、あの聡明なヤンが帰るはずもない。十中八九『ベティ・ブルー』にいると思って帰ってきたのだが、帰っていないとすればどうしたんだろう。脱出に成功したとの喜びもつかの間、急速に不安が増大していった。

もしかしたら、TRAに拉致されたのか？

あるいは、あの日本ヤクザか？

リシャールと小次郎は、お互いの胸の内にある不安を口に出すこともできず、ただ黙って『ベティ・ブルー』の店の片隅のテーブル席に座っていた。その時である。電話が鳴った。リシャールは、座っている椅子を跳ね飛ばして急いで電話に出た。

「…シャンティィイ。前に、みんなで競馬場に行ったじゃない。あそこ。メジュランさんの家があるの……」

ヤンが電話の向こう側でしゃべっている時、その複数の人影はドアを開けてズカズカと入ってきた。

「あっ、ちょっと待ってくれ。〝お客さん、今日はもう終わりなんで……あっ、あんたは……〟」

リシャールはそこまで言って、慌てて電話を切った。

店に入ってきたのは、マムシのトマとその手下たちだった。

「お客さん……って、刑事さん、あんたいつから商売変えしたんだい？」

トマは残忍そうな薄笑いを浮かべながら、リシャールに近寄った。近寄るやいなや、トマの左アッパーがリシャールのみぞおち付近に突き刺さった。リシャールが前のめりに崩れかかったところを、今度は右膝で顔面を蹴り上げた。リシャールはもんどり打って、後ろのテーブルごとひっくり返った。

リシャールはほとんど立ち上がることもできず、顔面を血だらけにして横たわっていた。

「オイッ、娘たちを何処へやった！　ここへ戻ってきたんだろ？」

トマはしゃがみ込んで、リシャールの胸倉を左手で掴み、顔を寄せるようにして尋問した。

リシャールはただ、力なく首を横に振ることしかできなかった。その顔面に再びトマの右拳が振り下ろされた。

「ちゃんと口を利くんだよ。今、吐いちまわないと後悔するぜ。組に帰ると、その昔、軍隊でそれを専門にしてきた吐かせ屋がいるんだよ。そいつにかかったら、どんな奴でもひとたまりもない。ある奴は腕をへし折られたし、舌を切られた奴もいる。指の一本や二本失うことを覚悟するんだな！」

そう言って胸倉を掴んだ左手を離すと、リシャールはそのままのけぞるように背中から後ろに落ちた。

「おい、そこの小僧」

トマは、振り向きざま小次郎に声を掛けた。

「確か小次郎とか言ったな。よく会うじゃないか。お前は、娘たちの居場所を知ってるよな」

ややや穏やかに話しかけるマムシのトマがむしろ恐ろしくて、小次郎は手も足も口も硬直してしまっている自分を感じながら、首を横に振った。

「まあいいや。おまえにも一緒に来てもらおう」

そう言って手下たちに合図をすると、リシャールのところに二人の手下が行き、手荒く立ち上がらせて、引きずるようにして連れていく。小次郎のところには、一人の手下がやって来て、髪の毛を掴んで荒っぽく引き立てようとした。すると、

「そいつに手荒い真似をするんじゃねえ！　まだ、ガキじゃねえか」

トマが手下を怒鳴りつけた。

二人は外に停められた大型の白い車に乗せられ、ベルビルにあるジョルジュのアジトへと連行された。

3

メジュランがシャンティイの家を出たあと、ヤンは、メジュランの正体を暴こうと思った。ヤンの直感によれば、彼は決して自分たちにとって敵だとは思えなかったが、リシャールも小次郎も知らないと言っているのに、彼は、リシャールの名前も、小次郎も、ヤンやマノンのことまで知っている。自分でさえもマノンを知ったのは、ついこの間のことではないか。それを、みんな知っているというのだから、今回の事件に深く関係しているのではないかと、いよいよ疑惑が増してくる。

居間には、特に怪しいものはない。ガラステーブルと革のソファー、そして、今気が付いたのだが、二階の真珠の首飾りをした東洋の婦人と同じモデルの女の人が、東洋風の青い衣装を着て手紙を読んでいる肖像画が掛けてある。

ヤンとマノンは、隣の仕事部屋に行ってみる。オイルや塗料の匂いがして、よく見ると床や壁に塗料が付いている。どうみても、彼は絵を描く人に違いない。そこいらじゅうにキャンバスが立てかけてあり、そこには、同じ東洋の女性を主題にした一連の作品、ピアノの前に座ってほほ笑む女性、弦楽器を弾く女性、手紙を書く女性などが描かれていたり、描きかけの絵や、木炭で描かれたデッサン画があったりした。

「こんな感じの絵、どこかで見たことがある」と、ヤンは思った。

この事件が始まったきっかけとなった〝盗まれたフェルメールの『合奏』、発見か？〟という新聞記事を見て、「僕の家にあった絵だ」とプティジルが言ったあの日、私たちは、フェルメールの画集を買った。

よくは覚えていないが、たしか、その時に見たフェルメールの絵が、こんな感じだった気がする。

もちろん、フェルメールの絵に描かれていた女性はみな、西洋の女性だったけれども……。

4

メジュランが『ベティ・ブルー』に到着した時、店の明かりは点いたままだった。椅子やテーブルが倒れたままになっていて、何やら争った跡があり、点々と血痕が残っている。

メジュランは、急いで引き返した。

一時間少しして、メジュランはシャンティイの家に戻ってきた。

メジュランが帰ると、ヤンとマノンはまだ起きて居間で待っていた。メジュランは、リシャールと小次郎が『ベティ・ブルー』には見当たらなかったことだけを二人に伝えた。でも、争った跡や血痕のことについては話すことができなかった。

それでもヤンとマノンは心配になった。リシャールと小次郎はきっと、連れ去られたのではないか。自分たちの身代わりになったに違いない。そう思うと二人は、なかなか寝付けなかった。

第十五章

「悪党とつきあうのもいいものだ。自分の良さがわかる」

――映画『インカ王国の秘宝』より――

1

翌々日、ＴＲＡでは、異例の会議が開かれていた。急遽、ニューヨーク本部から財政担当エグゼクティブのルーカス・モーガンと保安担当部長のアダム・クローゼが来仏していた。彼らは、アルからの連絡で、当初予定していた七千五百万ユーロの取引が半分の売り上げになってしまうと聞いて慌てて飛んできたのだ。

「アル君、君もフランス支局長という立場にあるのだからわかっていると思うが、ＴＲＡは、今、極めて重要な局面にある。ここ十年の間、防犯カメラや警報装置、センサーなど情報関連機器の発達で、盗難美術品の数がめっきりと減少し、十五年前に比較して、扱い件数で十分の一、金額ベースにするとなんとＴＲＡに依頼された裏物件の作品の金額は、十六分の一、つまり六・二五パーセントに過ぎんのだよ。これは、二〇〇八年のリーマンショック以来、全く回復の兆しがないんだ」

ルーカスに言われるまでもなく、四半期ごとの売上報告をする度に、本部からやいのやいの言われていたから、アルは苦い顔をして目を伏せた。

「かつて、ＴＲＡに依頼すれば、ダヴィンチやレンブラントでも、ルノアールやピカソでも、何でも手に入った時代があった。ものによっては、依頼を受けてから盗難事件を起こすケースまで出てきた。それがすべて、ＴＲＡの仕業だとは言わないがね。でも、大方(おおかた)はそうだったみたいだ。ＴＲＡこそＡＲＴ、すなわち芸術そのものだったんだよ」

そう言って、ルーカスは、ポケットからマルボロ・メンソールを取り出してから、

「あっ、煙草を吸ってもいいかね」

と、返事も待たずに当たり前のように一本口にくわえ火をつけた。歳のころで言えば、もう、六十半ばを超えているだろうか。髪も口髭も白髪交じりだが、その精悍な眼差しは、かつてこの世界で場数を踏んできた凄みを感じさせた。彼は、煙をひと吐きしてから、またおもむろに話を続ける。

「その頃の、この市場でのＴＲＡの力は絶大だった。ところが、今ではなかなかそうはいかない。ＴＲＡが時代の流れの中で、かつてほどの力を持ち得ないこともあるし、もちろん、時代のニー

ズが変わってきたこともある。インターネットの普及により、ＴＲＡに依頼せずに裏サイトで取引してしまう連中がいても、ＴＲＡは手をこまねいているだけだ。ひと昔前だったら、そんな奴らは一晩のうちに行方不明になってしまうか、自動車事故に遭って大変なことになっていたんだが……」

アルは、四ヶ月前、裏サイトで盗品のシャガールを売った男を、ヤクザを差し向けてボコボコにしたことを思い浮かべて、俺もそれなりにやっているんだ、と心の中では思っていた。

「アル、君がどのくらい内情を知っているのか知らんが、ＴＲＡは、ここ七年の間、ずっと赤字決算なんだよ。普通の会社だったら、とっくの昔に倒産している。それでもなんとか持ちこたえているのは、これまでどれだけ銀行や保険会社に美味しい思いをさせ、その弱みを握っていたかなんだよ。でも、それもそろそろ限界だ。リーマンショック以来、銀行や保険会社はみな、役員を総入れ替えして、我々のことを知らない連中が動かしている。また、中には政府の資金援助を受け入れたために、帳簿をほとんど開けっぴろげにしなくてはならなくて、特別会計などの融資がし難くなった銀行もある。長々と回りくどい説明になったが、結局、ＴＲＡが解散しなければならないかどうかの瀬戸際なんだ」

そこまで話すと、モーガンは煙草の火をもみ消した。

「その救世主が、このフェルメールなんだよ。この取引さえ成功させれば、最近とみに増えてきた、ＴＲＡ解散を唱える中国蛇頭をはじめとした新興役員たちの声を封じることができるんだ。

経理的にも一気に黒字を計上できるし、地下美術取引市場においても、TRAのステイタスが再び回復して、今までの顧客が返ってくる。もしもTRAが解散することにでもなったら、わたしももうニューヨークには戻る席がないんだよ。君だってそうだろう。デトロイトに君の戻る場所なんかないよ。悪いが、ここ十二ヶ月のパリ支部の経理状況を調べさせてもらったよ。フランス支局パリ支部といえば、ヨーロッパ全体を統括する場所だね。それにしては、ここ数年間の売り上げは目を覆うばかりの惨憺たる有り様だ。にもかかわらず、営業経費や事務所経費については、なかなか立派な金額が計上されているね」

そう言ってモーガンは、手元の帳簿のコピーに目をやった。

「たとえば、昨年十二月の謝礼品の支出だがね、ロン・ポワン・デ・シャンゼリゼのシャルル・ペリエ氏に一万ユーロもするエルメス商品が送られているが、彼との取引額からすると、ずいぶんと過大な謝礼品のような気もするんだが……。もしや、ペリエ氏が妊娠してそのお腹を隠すためのケリー・バッグなんかじゃないだろうね」

モーガンの皮肉は、かつてモナコ王妃のグレース・ケリーが、カメラマンのシャッターから妊娠した腹部を隠すためにエルメスのバッグを使ったことから、ケリー・バッグと名付けられたという有名なエピソードを引き合いにした、ただの皮肉な冗談だった。

別にこの金額が、ケリー・バッグ購入代金だとこれっぽっちも思っていたわけではない。しかし、この冗談は、アルには痛烈なパンチとなった。というのも、アルにとってその指摘は、まさに彼が愛人のジャンヌにせがまれて買ってやったケリー・バッグそのものズバリだったから、冗談と受け取る余裕など全くないほどショックは大きかった。

「バレたか⁉」

アルは慌てて、会議室の脇で会議の議事経過をノートしているジャンヌをチラリと見た。ジャンヌは、そんなことはおくびにも出さずに、黙々と議事進行の様子をタイプしている。

「女はこんなとき、なんて度胸が据わっているんだろう……」

今更ながらジャンヌのしたたかさを思い知った。

「別に私は、経理監査に来たわけではないんだよ。昔のTRAならこのくらいのことは誰でもやっていたし、それほど問題じゃなかったんだ。しかし、今のTRAにとっては、そうは言っていられない。たしかフランスでは、画廊などが仕入れた絵が売れないで棚ざらしになっている状態を〝ブリュレ〟というそうじゃないか？」

「〝焦げついた〟という意味です」

と、アルがケリー・バッグの一件から逃れたい一心でへつらうように答える。

「クレームブリュレのブリュレと同じとは笑える話だね。私は、クレームブリュレが大好物なんだが、そのことを知ってから、縁起を担いでデザートにクレームブリュレは頼まないことにしたんだ。なぜかと言うと、フェルメールの『合奏』では、その状態が十五年も続いている。大焦げ付き状態だな。私がTRAの財政担当になってもう二十年になるが、その間で最大のブリュレだよ。しかし、今、そいつがやっと大きな利益をもたらそうとしている。私にとっては、お祝いに大好物のクレームブリュレを再び食べられる大チャンスだ。それをだ、むざむざと地元のヤクザに分けてあげられるほど、今のＴＲＡには余裕がないんだよ。そこで、今回の処理をここにいる保安担当部長、〝ゲリラ殺しのクローゼ〟ことアダム・クローゼ君に頼むことにした。アダム、君のプランを話してくれたまえ」

紹介されたゲリラ殺しのクローゼは、いかにも強面のがっちりした体格の持ち主である。それもそのはず、レーガン大統領時代に、彼はアメリカ陸軍の第三特殊部隊に所属し、エルサルバドル内戦において、左翼武装組織ファラブンド・マルティ民族解放戦線の掃討作戦に参加したという変わり種である。彼は、この種の仕事はお手の物といった感じで、薄笑いを浮かべながらゆっくりとしゃべり始めた。

「その、ジョルジュとかいう野郎は何様のつもりか知らないが、上等なことをやってくれるじゃないか。本来なら締め上げてこの世界にいられないようにしてやるところなんだが、肝心のブツが奴の手にあるから、そう迂闊に力ずくというわけにもいかないだろう。そこで、一応、アル支局長が奴らと話し合いを持った線を活かして、我々が指定する絵画工房で絵の復元を共同で行おう」

ゲリラ殺しのクローゼはそう言って、アルの方をニヤリと見た。アルは、射すくめられたようにひきつった会釈を返す。クローゼは満足げに、

「こちらは爺さんを連れていき、奴らは原画を持ってくる。当然、お互いの目の前で絵画の復元作業が行われることになる。あちらだってこちらを警戒してそれなりの護衛を連れてくるだろうから、油断はできないが、絵の復元にはそれなりの専門的な特殊設備が必要とかなんとか言って、その復元場所は必ずこちらが指定したい。つまり、その施設の主要な場所に我々の要員を配置しておいて、頃合いを見計らって原画を取り戻すという寸法だ。場所については、ベルシー・ヴィラージュに格好のアトリエがある。〝エスパス・サンテミリオン〟を仕事場としたい」

ベルシー地区は、十八世紀ころからセーヌ川の水運によるパリへのワインの集積地になっていた。一八五〇年代に鉄道が開業すると、この地域には貨物駅が置かれ、ワインの倉庫街として発展した。レンガ造りのワイン貯蔵庫が建ち並び、最盛期には、ボルドー、ブルゴーニュ、ローヌ川流域、プロヴァンスから、ワインの樽を満載した貨物列車が到着していた。ジャン＝ポール・ベルモンドが映画『大盗賊』で演じて有名な悪党、カルトゥーシュことルイ・ドミニク・ブルギニヨンが暗躍したのもこのあたりである。

しかし第二次大戦後、鉄道によるワイン輸送が衰退し、貨物駅や倉庫の跡地は、再開発によってショッピング街やレストラン、公園などに造り変えられた。ベルシー・ヴィラージュという名のショッピングアーケードは、今では映画館やショッピングモールが建ち並び、若者たちの街になっている。

ベルシーにあるアトリエ、エスパス・サンテミリヨオンは、そんな元ワイン倉庫跡の一角にある。かつて、免税ワインを求めて集まったアーティストたちのためのアトリエが、今でも残っている。ベージュグレイの石造りのお洒落な同じ形の建物が棟続きに四軒並んでおり、その中のひとつだ。ショッピングアーケードとは一筋違っただけで人通りもそれほど多くなく、貸しスタジオとしては悪くない環境であった。

ゲリラ殺しのクローゼは、したり顔で話を続けた。

「ここも元はワイン倉庫だった。ワイン倉庫は、常に新鮮な空気を外から取り込んで呼吸するワインを窒息させないようにするため、必ず通気孔を設けている。エスパス・サンテミリオンも、今ではアートスタジオだが、かつての名残で、人がくぐり抜けられるほどの通気孔が通っており、相手に知られず刺客を送り込むには絶好の場所だ。すでに、かつての私の部下でゲリラ掃討に長けた手練の者五名が、パリに到着して待機している。アル支局長には、ジョルジュとかいう奴との話し合いで、共同作業場はエスパス・サンテミリヨンにするよう仕向けてほしい。容易いことだろ」

そう言うと、クローゼ保安部長は、まるでアルを小馬鹿にするように再び薄笑いを浮かべて、話を終えた。

アルは、主導権がすでに自分にないことを嫌というほど噛みしめながら、従う以外に手立てはなかった。

第十六章

「時が癒す？　時が病気だったらどうするの？」

――映画『ベルリン・天使の詩』より――

1

　万代は、パッシーからトロカデロへ抜ける道を歩いていた。昔、何度となく歩いた道だ。彼は、学生時代にパリに留学していた。たまたま彼が在学していた東京の大学が、ユネスコの国際交換留学制度に加盟していて、パリのセントラル大学との交換留学だった。セントラル大学は、フランスではグランゼコールという超エリート校の一つである。そんな大学に留学できたことは、幸運以外の何物でもないと思っていた。その頃、万代の義理の伯父と伯母がパッシーに住んでおり、時々居候しては、トロカデロまで歩くのが好きだった。パッシーの高台の階段の多い小道を過ぎて、セーヌ川とエッフェル塔が突然に広がる景色は、何度見ても感動的であった。特に、夕刻の夕焼け空の下にイエナ橋ときらきら輝くセーヌ、その向こうにエッフェル塔を望む光景は、これが人の創ったものだろうかと疑うほどに身震いが起きた。

万代は、記憶の片隅に覚えのあるカフェを見つけて、通りに面した椅子に腰を下ろした。昼下がりの風が気持ち良い。

「ボンジュール・ムッシュ。何にしましょうか？」

早速、ギャルソンが注文を取りに来る。

「カフェを一杯頂こうか」

そう言って、万代は携帯電話を取り出した。東京はもう夜中になっている。しばらくコールの音がしてから相手が出た。

「もしもし、夜分恐れ入りますが、落合局長でいらっしゃいますでしょうか？」

「ああ、万代さんですか。そっちの具合はどうです？」

「はい、そろそろ大詰めかと思います。先日ご報告しましたが、前回はすんでのところで邪魔が入り、手に入れることができませんでした。現在、目的のものは、邪魔をした地元ヤクザの手元にあります。そことのコネクションもできておりますので、いずれにしても手に入るのは時間の問題かと思います。ただ、例のものに何か細工をしてあるようで、そのことが解決できていないとの情報があります。それについては、近々にご報告できるかと思います」

「わかりました。宜しくお願いします。総理も大統領への思わぬ手土産ができそうなことに、いたく喜んでおられますよ。多少の無理はなんとかしますから、宜しくお願いします」

「かしこまりました」

そう言って、万代は電話を切った。

電話の相手は、警察庁刑事局長の落合であった。落合は万代の後輩である。しかし、今の万代の立場からすると、刑事局長は自分の上司に相当する。だから、お互いに何か改まったおかしな言葉遣いになってしまう。七年前までは、刑事局長と警備局長が万代を管理する役目だったが、七年前から万代は刑事局長の指揮下に入った。と言っても、正式な所属場所があるというわけではない。

2

一九九〇年、フェルメールの『合奏』がイザベラ・スチュアート・ガードナー美術館から盗まれた当時、万代は警察庁警備局外事情報部所属のバリバリのエリートキャリアだった。翌年の一九九一年、アメリカ連邦警察からこの事件についての詳細な資料が送られてきて、国際的犯罪組織ＴＲＡを通じて日本にこの絵画が売り渡される可能性が大きいことを知った。

万代らは、単に対岸の火事のような受け止め方をしていたが、当時の海部内閣とアメリカのジョージ・H・W・ブッシュ大統領（パパブッシュ）間で何か特別な約束でもできたのか、警察庁上層部からの指令で、万代が所属し国際テロなどをつかさどる警備局外事情報部と、国際刑事警察機構（ICPO）—通称インターポールとの連絡などを担当する刑事局組織犯罪対策部との合同の対策本部がつくられた。

といっても、何もすることはない。絵画が盗難に遭ったのはアメリカのボストンであり、それが日本に運ばれた形跡があれば捜査のしようもあるのだが、そうではない。だからといって、ボストンやFBIにまで捜査のために出向くほどのことでもない。そんな最中、万代は上司に呼ばれたのである。呼んだのは警備局長だが、警備局長に連れられて行った先は、警察庁長官室だった。

「万代君、折り入って頼みがあるんだ。君、警察庁を辞めてもらえないだろうか？」

万代は一瞬、長官直々の辞職勧告に戸惑った。何かとんでもないミスを犯してしまったのだろうか？　しかしよく聞くと、それはむしろ、とんでもない申し出でだった。その理由についての説明はなかったが、前年のパームスプリングスにおける日米首脳会談以降、〝ブッシュ—海部〟の日米の関係は、それまでの〝ロン—ヤス〟関係を一掃するほど親密になった。そんな中での茶会でのちょっとした約束事だったのだろうか。盗難に遭ったフェルメールの名画が日本の協力で取り戻せるようなことがあれば、日米関係にとっても非常に有効であるという見解が外務省でも囁かれた。

そんな中で、警察庁はある秘策を考えた。すなわち、パイプのある組織の親分に内密に頼み込んで、そこに警察庁の人間を送り込み、そこからＴＲＡに繋いでフェルメールを買い戻すのである。しかも、そのことを利用して、ＴＲＡ自体を解体に追い込めないかというのが警察庁とアメリカ連邦警察の意図でもあった。よしんばうまくいかなくとも、警察庁が精いっぱい努力したことが日本政府およびアメリカ側に伝われば、それだけでも良いという単なる政治的事情もある。そして、そのなんとも情けない役目として、万代に白羽の矢が立ったというわけであった。おそらく万代が三十四歳過ぎてまで独り者であることも理由の一つだろう。そして、その役目を頼む相手の組織として挙がったのが、明石屋佐兵衛商会であった。

3

明石屋佐兵衛商会は明石屋万吉の流れを汲むと言われているが、実はそうではない。縁もゆかりもないのである。ただただ、この組を立ち上げた先代の小林捨吉が、同じ小林姓の小林佐兵衛、すなわち明石屋万吉の男ぶりに惚れて、自分もそうありたいと願ってつけた名前である。

しかし、その信条は立派で、ヤクザとはいいながら万吉を真似て〝往来安全〟をスローガンに、社会鍋〈註６〉、交通安全運動やホームレスへの食事支給、消防団による深夜のパトロールや未成年者の指導など、およそヤクザとは思えない弱者救済の助力を惜しまない。決して麻薬は扱わず、人入れ稼業、港湾業務、土建業と博打一筋で築き上げてきた。

その、小林捨吉のもとへ預けられて、国際地下組織のＴＲＡからフェルメールの『合奏』を購入するのが万代の使命である。だからと言って、警察庁から来ましたでは通らないから、この事情を知っているのは、長官と局長、そして小林捨吉親分だけということで、二、三年の辛抱だからと、捨吉親分の親友の息子という触れ込みで世話になることになった。

組に入ってみると、やることがいっぱいある。人入れ稼業も港湾業務も、博打にしたって旧態依然とした人海戦術でやっている。見るに見かねてコンピュータを導入させ、人員を登録制にして新システムを作ってやると、それだけで売り上げが倍増した。喜んだ捨吉親分は、万代にそれなりの重要なポストと権限を与えた。それがまたうまくいって……。もともと学識と能力があり、この手の才能にも恵まれていたのだろうか、数年のうちに万代は、組にはなくてはならない人物となってしまった。はじめのうちは非合法な賭博などについてはあまり積極的には手掛けなかったが、郷に入れば郷に従えとばかりに開き直ると、多彩なアイデアで新しい商品開拓を成し遂げて当てまくった。

ところで、フェルメールの方はというと、なかなか埒が明かない。そのうち、五年が経ち、十年が経ち、そして気がついてみれば二十年が経ってしまった。その間に、まず長官が代わり、局長が代わり、捨吉親分が急死して、一時は親分になってほしいとおかみさんや子分たちにせがまれたが、やらなくてはならない使命があるためそうはいかず、親分の息子の佐兵衛を二代目として支えることになった。佐兵衛といっても親分の晩年にできた初めての子で、まだ三十そこそこである。だいたい、佐兵衛という名前からして可哀想である。まだ右も左もわからない若造が、明石屋佐兵衛商会の創業者のような名前を背負って一家を支えていくなど、所詮、無理な話である。結局、何から何まで万代がやってやらなければならない。

そうしているうちに、七年前には警察庁の構造改革があり、万代を管理する部門が刑事局となった。長官と局長も何代か代わったが、その度に、この秘密指令の業務引き継ぎについては、内容や理由についてはわからずとも行われていたようである。いざという時に必要な百億円にも上る購入資金についても、どこかの金庫に帳簿には載らない金として蓄えられ、引き継がれていたらしい。それにしても、日本の官僚組織は立派である。何だかわからなくとも、業務として引き継がれていれば、何年経っても立派にその機能を果たす。

今回、取引が成立しそうである旨の連絡をとった途端に、何処からか、百億円もの購入資金が全額現金で組事務所に送られてきた。しかし、それも元はといえば、首脳会談の後のお茶会などのよもやま話で、アメリカ政府の関係者が献金元か支持者から陳情された与太話を日本の随行の政治家か何かにふと漏らしたことが、何の成果も示せない政治家のアリバイ作りとして利用されたに過ぎない。それから二十年も経って、首相も大統領も何代も代わったのに、ただ官僚的な業務として引き継がれてきたことなのだ。

万代は、それはそれで良いと思っている。警察庁にいたところで、所詮はたかが知れている人生だったに違いない。三十四歳過ぎるまで本当の恋一つすることがなかった。それが、こうしてなかなか普通では味わえない裏の世界を味わえたことも、また楽しかったと思っている。だから、なおさらのことフェルメールを取り戻す仕事は完遂させたい。できればTRAを解体させたい。インターポールを通じてアメリカFBIの古美術品捜査部や、リヨンの国際刑事警察機構の美術品盗難捜査室と連絡をとる一方、ロンドンの保険会社などが共同で行っている盗難美術品のデータ記録運営団体であるアート・ロス・レジスターとも話し合ってきた。

このことについては、もう日本の誰も知っている者はいないだろうし関心もないだろう。明石屋佐兵衛商会の連中も、ただ一人事情を知っていた捨吉親分も亡くなった今、誰一人自分の身分を知らない。ただ、捨吉親分に信頼され頼られていた万代のすることだから間違いはないと、組の連中すべての人間が思ってくれているだけなのだ。

〈註6〉＝生活困窮者のための街頭募金運動。鍋を吊るして募金を求めることからいう。

4

ただ、ひとつ心配なのは、真田慎太郎のことである。彼は、十二年前に悪質なゴロ巻きヤクザ五人を相手に喧嘩をしているところを、捨吉親分に拾われてきた。ある有名大学に籍を置いてはいたがほとんど出席せず、映画を見たり読書をしたりの生活をしていた。表向き父親はいないが、元芸者だった母とさる有名な歌舞伎俳優との間にできた子が真田慎太郎であった。大学入試まではしっかり勉強していたらしく、頭が良く、万代がコンピュータのことを少し教えただけですぐさま習得して、今では組の知能の中枢を支えている。顔は女形にしても良いくらいの美しい顔立ちだが、運動神経も発達していてかなりの武闘派である。万代を父親のように慕っていて、ちょっと知らない新しい何かの話をすると、すぐさまそれに関する文献を読み漁り、万代にそのことを話す。それについて少しばかり評論を加え褒めてやると、それはそれは嬉しそうにして、一層万代に対する畏敬の念を深くした。

ただ、慎太郎の最大の欠点は、悪いと思った人間に対しては相手を殺すことも何とも思わないところである。それも、自分にとっての損得ではなく、自分の愛する者に対する敵を排除するのだ。特に、万代に対して危害を加えたり、悪影響を及ぼしたりする人物に対しては、ほぼ例外なく殺意を抱く。いや、殺意だけではなく、実際殺してしまうのである。

捨吉親分の名代（みょうだい）で出席した慈善運動の会合で、普段はろくに出席もしない地方議員が、選挙に利用しようとして万代にきっぱり断られ、挙げ句の果てに悪態をついた翌日、死体で発見されたのが事の始まりだった。死因は心不全ということで片付いたが、万代は不審に思った。その後、万代に無理難題を吹っ掛けた他の組のヤクザ、万代を悪く書いたブラックジャーナリズムのゴロツキ記者など、万代を侮辱したり困らせたりした者たちが次々と変死した。そして、万代とともにその場に居合わせたのは、すべて真田だった。万代は、すぐに真田を呼んだ。

「真田君、これらの事件はどうも不思議なんだが、君は何か知らないかね？」

「ええ。よく知ってますよ。それは皆わたしがやったことですから」

真田は平然とそう答えた。万代は驚いて、自分の耳を疑った。しかし真田は、それについて当たり前のようにこう質問した。

「万代先生はいつか、フランソワーズ・サガンの『優しい関係』を貸してくださって、こう仰いましたよね。〝本当の愛のかたちというのは、こういうものかもしれないね。相手を愛してそのために相手を守り抜く気持ち。愛してもらおうなんて気持ちは一切なく、自分がどうなってしまうかも関係ない。それこそが究極の優しさかもしれないね〟って。ルイスという男が、愛するドロシーに少しでも嫌な思いをさせた奴らを次々と殺していく。その行為と僕のとった行動とがどう違っているんでしょうか？」

万代はその時こう思った。この子はなんて純粋で、なんて優しい子なんだろうと……。

真田の殺人の方法は、極めて特殊だった。吹き針である。

彼の母親は昔から着物の襟裏に縫い針を隠し止めていた。その細い針は、外出先での急な衣服のほころびを直すための道具として以外に、時として女ひとり生きていくためのいざという時に身を守る武器になったのである。母親は、幼い真田の着物の襟にもいつも縫い針を一本隠し止め、

「ひとりのときには、これを使って自分の身は自分で守るんだよ」と教えた。

そんなある日、真田は、とある中国人の爺さんから全く新しい針の使い方を教えてもらった。

〝針治療術〟と〝吹き針術・含み針術〟である。

もともと針治療術や吹き針術・含み針術の起源は、中国から渡来した氏族である呉服部（くれはっとり）、漢服部（あやはっとり）が伝えたといわれる。服部はその名の通り機織（はたおり）で、織物の技術を伝えた氏族である。針仕事をすると目が疲れ、肩が凝るので、自分たちの道具である針一本でそれらの疲れや、果ては病気までも治す術を誕生させた。それが〝針治療術〟で、縫い手の女性が身を守るための護身術として生まれたのが〝吹き針術・含み針術〟である。

その末裔が伊賀の服部一族、甲賀の服部党で、羽衣石宮門流鍼法（うえしきゅうもんりゅうしんぽう）は、針一本で多くの敵を倒す甲賀服部の恐るべき術として知られている。だから、吹き針、含み針というと忍者専門の必殺武器と思われがちだが、江戸時代の姉崎信濃守（あねがさきしなののかみ）の姉崎流含み針術は、れっきとした武術として発達した。

遠くの敵に対しては、吹き筒を使って遠くへ飛ばす吹き針術、近くの敵に対しては、針を直接口に含んで飛ばす含み針術が編み出され、訓練された武術家は、直接口に含んで三、四メートル向こうの的に命中させる技量を持っていたといわれる。

中国人の老人の教え方もさることながら、真田の場合は天賦の素質があった。吹き針、含み針はもちろん見事な腕前だが、針治療術における禁鍼穴（きんしんけつ）と呼ばれる針を打つことによって死に至らせるツボや、少林功夫における経絡の秘孔、針麻酔のツボなどを研究した結果、針一本で気を失わせ、視覚を奪い、聴覚を奪い、筋肉を弛緩あるいは硬直させ、やがて心筋梗塞や心不全の症状で死に至らしめる方法を会得した。

すなわち、真田慎太郎は聡明で優しく美しい殺人兵器であった。

真田は、実は万代が警察庁の所属であることなど、全く知らない。ある特命を帯びて明石屋佐兵衛商会に居候している身だとは、知る由もない。今更、捨吉親分も了解してのことなどと言っても誰が信じるだろうか？　おそらく、組の誰もが騙されたと思うだろう。真田に至っては、裏切られた気分でいっぱいになるに違いない。しかし、それが事実なのだから仕方のないことだと万代は思った。トロカデロの風があまりに爽やかで心地よいのが、万代にとっては妙に腹立たしかった。

第十七章

「運命がカードを混ぜ、我々が勝負する」

―ショーペンハウエル―

1

二日経って、リシャールの歯は三本折れていた。それでもリシャールは、知らないの一点張りで通した。なまじシャンティイだと答えても、誰と一緒にシャンティイの何処にいるのかも知らないのだから、かえって知らないで通した方が楽だった。おかげで歯を三本失ったが、指や耳でないだけ良しとしよう。

マムシのトマは、小次郎には決して乱暴を働かなかった。

そんな時、ジョルジュのところにＴＲＡのアルから電話が入った。ジョルジュはすぐに応対した。

「ああ、アルさんか。元気がないみたいだけど、どうしたんだい？」

「元気だよ。ジョルジュと共同で取引出来るんで、とっても元気さ。ところで、例の絵の復元作業だが、明後日でどうだろう？　どうしても必要な道具類を持ち込まなくてはならないので何処でも良いというわけにはいかないんだが、ベルシー・ヴィラージュに格好のアトリエがあるんだ。エスパス・サンテミリオンというアトリエなんだが、そこを仕事場としたいんだがどうかな？」

「わかった。復元作業はそちらが専門なんだから、とやかく言うまい。だが、立会人はお互いに五人ずつということにしようじゃないか。もちろん、お互いに銃は持ち込まないことだ。いいかな？」

「いいとも。場所の地図は後でメールで送るとしよう。私の方は立ち会いの五人以外に、復元作業をする爺さんを連れていくんで、そちらも肝心の絵をお忘れなく」

アルは、なんとか復元の現場をベルシー・ヴィラージュのエスパス・サンテミリオンというアトリエに決められたことでホッとした。

2

メジュランは、前の日もジョルジュの事務所を張って一日中遠くから偵察していたが、リシャールと小次郎の様子を知ることは全くできなかった。

次の日の朝、マノンが突然、メジュランとヤンに真面目な顔で話があるので聞いてくださいと言う。

「実は、おじいちゃんとわたしをパリに連れてきた、ＴＲＡとかいう人たちの事務所に行ったことがあるの。ほら、ヤンは情報屋から聞いたでしょ。情報屋によれば、盗んだ美術品を闇取引する地下組織だって言ってたわよね。だから、わたしＴＲＡに行ってみようと思うの。どうかしら？」

「場所は、何処だい？」と、メジュランが身を乗り出す。

「あれは、ヴァンドーム広場の、お店が並んでいる一角の二階のアパルトマンだったわ。おじいちゃんはきっとそこにいるわ。前におじいちゃんとそこに連れて行かれているから、わたしが行っても疑われないわ。そうすれば、おじいちゃんのことや小次郎やリシャールの様子もわかるかもしれないわ」

「それは、ちょっと危険だな」と、メジュランは少し難しい顔をした。

「でも、もともとマノンとおじいさんをポーランドから連れてきたのはあいつらなんだから、マノンが帰ってきたからといって、それほど不思議はないんじゃない？　少なくとも危害は加えないと思うけど……。何ならわたしも一緒に行ったらどうかしら？　わたしだったらマノンの友達ということで、相手も別に怪しいとは思わないんじゃないかしら？」と、ヤンが口を挟む。

「うーむ。なるほど。他に手はないか……。ヤンが行ってくれたら少しは安心だが、二人とも気をつけるんだよ。もし、何か危険なことが起きそうだったら、すぐ電話をして、どこかに隠れていなさい。いいかい。それじゃあ、携帯電話を手に入れて、ＴＲＡの事務所に行こう」

三人はメジュランのシトロエンＤＳ３に乗ってシャンティイの家を出た。途中メジュランは、携帯電話屋に寄ってプリペイド式の携帯電話を二台買い、自分の携帯番号を記憶させて、二人に渡した。

ヴァンドームに着いたのは、昼を少し回った頃だった。

3

ＴＲＡの事務所は、翌日の準備で騒然としていた。と言っても、アルは自分の椅子をニューヨーク本部のエグゼクティブ、ルーカス・モーガンに占領されてしまっていて、居場所がなくウロウロしていたし、ヤンケル・ポランスキーは自分のお株を保安担当部長のゲリラ殺しのクローゼに奪われて、不満げに遠くから眺めていた。そのゲリラ殺しのクローゼは、いかにも特殊部隊出身といった風情の三人の迷彩服の男たちに、エスパス・サンテミリオンの平面図を示しながら指示を与えている。ジャンヌは、特殊隊員のうち一番若い金髪の青年に媚を売りながら、彼らにコーヒーを淹れてやっている。フランソワは老人の指示のもとで、絵画の復元のための薬剤や道具を確認したり、道具箱に入れこんだりしている。

その時である。入り口のベルが鳴った。全員が一瞬静止して、予期せぬ訪問者に対する警戒の空気が一斉に漂った。ゲリラ殺しのクローゼの目配せで、アルが入り口の扉に近づき、覗き穴から外を見た。

「なんだ、娘じゃないか」

アルはホッとした声を上げて、ドアを開けた。

「マノン！」

老人がすぐさま気づいて、入り口の少女のもとへと飛び出していった。

「どうしたんだ。何処に行ってたんだ」

老人は、マノンをしっかりと抱きしめて聞いた。

「ここにいるヤンに助けてもらってヤンのところにいたんだけど、着替えを取りにアパルトマンへ戻ったら、待ち伏せていた変な人たちに捕まってしまって、連れていかれたの。あの絵のことをいろいろと聞かれたけど、おじいちゃんが描いた絵だとしか言えないから、そう言ってた。そして、隙を見てトイレからヤンと逃げ出してきたの……」

そう言うとマノンは、本当に怖かったことを思い出して泣き出した。

「その子は何なんだ？」

モーガンがいぶかしげに尋ねた。

「この子は、爺さんの孫で、クラクフから絵と一緒にやって来たんですよ。カモフラージュには打って付けだったもんですから」

ヤンケルが、ここぞとばかりに自分の手柄をアピールしようと話に加わった。

「じゃあ、そこのもう一人の娘はなんだ？」と、モーガンがヤンを見た。

「あたしは、マノンの友達。マノンと一緒にいたら変なことに巻き込まれちゃって大変だった」

相変わらずヤンは蓮っ葉な物言いをした。

「こうしてマノンが無事なのも、あたしのおかげだよ。ベルビルのジョルジュって奴らが絵のことについて根掘り葉掘り聞いてきたけど、あたしはもともと何にも知らないからいいんだけど、マノンは何か知っているだろうって、ずいぶんと脅かされたんだ。それに、最後は秘密の鍵は爺さんだから、孫を人質に取っておけば爺さんをなんとかできるって言ってたから、これは逃げないと大変だと思って、隙を見て鍵をこじ開けて逃げてきたんだ」

そう言うと、ヤンはモーガンたちの様子を窺った。

「そりゃご苦労だったな。孫が人質に取られているとなにかと厄介だったが、こうして逃げ帰ったとなりゃあ、ジョルジュも慌てているだろうよ。〝うちの身内の娘がとんだご厄介になりましたようで〟とかなんとか皮肉の一つも言ってやるのもいいかもな。奴らもとんだドジを踏んだもんだ。ハッハッハッ」

モーガンはご機嫌に笑った。

「ちょっとみんな、それじゃあ明日の段取りと重要事項をもう一度確認しておくからよく聞いてくれ」

ゲリラ殺しのクローゼが、エスパス・サンテミリオンの図面をボードに貼りながら説明を始めた。

「現場となるアトリエは、ベルシー通りのエスパス・サンテミリオンだ。ここに平面図がある。先方との約束の時間は十七時だから、ルーカス・モーガンさんとアル・デイリーさん、ユゼフ爺さん、フランソワは、十六時四十五分に正面入り口に来てくれ。俺は、未明から部下のグレッグ、リチャード、ボルトの三人を連れて仕込みをする。彼らは、隣の建屋から屋根伝いにこのアトリエの排気口に行き、そこに潜り込む。これは、昔のワイン貯蔵庫の換気孔の出口になっているので、人ひとり通れるくらいのダクトがアトリエの天井の吸気口に繋がっている。そこには、金属製の格子蓋(こうしぶた)がしてあるが、この留め金具は簡単に外れるので、彼らは即座に天井の吸気口より侵入可能である。わたしは、十六時四十五分に正面入り口で皆さんと落ち合うことになる。先方の五人が来たら、お互いに銃を持っていないことを確認して中に入る。爺さんとフランソワは、すぐにここらあたりに復元作業の仕事場を作ってくれ」

と、図面を鉛筆で指し示しながら場所をマークする。

「ここなら、吸気口から侵入する特殊隊員たちの侵入の妨げにならないし、彼らの自動小銃の弾が大事な絵画に当たらなくて済む。アクションの予定時刻は十七時三十分にしたいと思う。戦果の目標は、原画の確保と、ジョルジュ側五人全員の射殺だが、それまでに不測の事態、たとえば彼らが持ち込んだ絵画が偽物であるとかの場合は、ジョルジュのみ生きたままの確保、あるいはアクションの中止もあり得るから、指示を注意深く確認するように。以上！」

ゲリラ殺しのクローゼは、自分の一挙手一投足に酔いしれているかのように、満足げに説明を終えた。

「ユゼフ爺さん、そちらの絵画復元の準備は整っているのかね？」

モーガンが問いかけた。

「はい、こちらはすべての薬剤、塗料、道具が揃っています。あとは、わしが細工した原画と一時間ほどの時間があれば、いつでも名画が復元しますですよ、はい」

ユゼフは、誇らしげに言った。

「アル君、奴らとの約束では、復元作業を終えたあと、本来ならばどちらが原画を預かって、いつ頃日本人グループと取引をすることになっているのかね？」

モーガンは、アルに質問の矛先を向けた。

「いえ、特にまだ決めては居りません。それを言い出せば奴らも自分たちが預かると言ってきかないでしょうし。どうせ、明日決着がつくので、面倒な話は後回しにしようと思いまして……」

アルはどぎまぎと答える。それはアルも気になってはいたことであった。だが、それを言い出せば、ジョルジュだって引かないことはわかっている。そうなって、この取引がおジャンになれば、また自分の指導力のなさが問われることになるだろう……。

「君は、本当に馬鹿だね。こちらがそれを言い出さなかったってことは、こちらが独り占めしようと何か裏の手を考えていると、あちらさんに思われてもおかしくないだろう。同じように、一番気になるそのことに奴らが触れなかったってことは、奴らも独り占めする算段を考えているってことさ。クローゼ、その点抜かりはないだろうね」

モーガンは、ゲリラ殺しのクローゼに念を押した。

「もちろんです、モーガンさん」

ゲリラ殺しのクローゼは、自信に満ちた表情で答えた。

4

ヤンは、トイレに行くと言って部屋を出て、大急ぎでメジュランに電話を入れた。

「メジュラン、よく聞いて。明日、十七時からベルシー通りにあるアトリエ、エスパス・サンテミリオンで絵の復元作業の取引が行われるの。ジョルジュが例の景色が描かれている原画らしい絵を運び込んで、マノンのおじいちゃんが復元するらしいわ。TRAとジョルジュのところ五名ずつの十名が銃は持たないで立ち会うんだけど、ＴＲＡには、なんだか戦闘専門の人みたいなのが本部から来ていて、その人の指示で、自動小銃を持った特殊隊員が三名、換気孔から潜入して絵を奪うことになっているの。あたしたちは連れていかれないと思うけど、何をしたらいい？」

「そうだな。リシャールと小次郎が心配だから、ジョルジュの事務所は手薄になるだろうし、まず彼らを助けに行こう。それから、モーガンという名前を聞かなかったかい？」

「その人なら来てたわ。あの中では一番偉そうにしていたわ。メジュランは、あの人のこと知ってるの？」

「ああ、昔ね。やっぱりあいつが来ているのか。ところで、マノンと爺さんは大丈夫そうか？」

「ええ、大丈夫。怪しまれるからもう切るわ」

ヤンは慌てた様子で電話を切った。

5

一方、ジョルジュは事務所に手下を集めて、翌日の原画復旧作業の段取りを決めていた。

「黒ブーダン、お前の方から明日の段取りを説明してくれ」

「わかりやした」

黒ブーダンと呼ばれた男は、部屋の片隅の椅子からのっそりと立ち上がって、ジョルジュの座っている脇まで歩み寄った。肌の黒い、いかにも戦闘のプロといった体格の持ち主である。彼の本名は誰も知らない。三年前までフランスの外人部隊に所属していた。フランスの外人部隊は、傭兵ではなくフランスの正規軍である。だが、フランス国民の生命、財産などの保護という国民軍が果たす義務とは違い、世論が許さないダーティな任務に従事している。将校は全員フランス人であり、陸軍士官学校や正規軍下士官からの将校任官を経て外人部隊に配属されるが、下士官以下は基本的に外国人志願者が採用される。しかし実際には、多くのフランス人も登用されている。外人部隊への入隊の際は本名を変更し、アノニマ（偽名）にすることが義務となる。志願者は全員、氏名、生年月日、出身地、両親の名前、母親の旧姓まですべて変更され、書類上全くの別人に変わることになる。そのため、犯罪者が入隊することが多くあった。

ブーダンの場合もそうであった。アフリカのフランス領ギアナに生まれたが、十六歳で窃盗事件を起こし、エビ輸送の貨物船に潜り込んでフランス本土へ密入国してきた。その後、ひょんなことで南仏カステルノーダリの第四外人訓練部隊に入隊。そのとき偽名を求められて、彼が好きだった豚の血入りのソーセージの名前〈ブーダン〉と書類に書いたため、彼の身分証明書、生命保険、貯金口座名など、すべてがブーダンになった。

外人部隊の訓練の厳しさは名実ともに知られているが、彼の持って生まれた戦闘能力が認められ、フランスの海兵隊や特殊部隊も一目置く、コルシカ島駐屯の第二外人落下傘連隊の狙撃・破壊活動を主任務とする第四中隊に配属され、三年前に除隊した。この時、コルシカ島で繋がりのできたジョルジュ一家を訪ねてパリに来て、一家の戦闘・おどし・自白強要などの業務を専門に任されることとなった。彼の肌の色が黒いことと、彼が関与する仕事は常に血が絡むことから、黒い血入りソーセージ、すなわちブーダン・ノワール、黒ブーダンと呼ばれるようになった。

　黒ブーダンは、原画復元作業の現場となるアトリエ、エスパス・サンテミリオンの図面を皆の前に掲示しながら、明日の段取りの説明を始めた。

「じゃ、よく聞いてくれ。これが、エスパス・サンテミリオンの図面だ。出入り口は二ヶ所、表入り口と、裏手搬入口。裏手搬入口の鉄扉は鍵を掛けて締め切る約束になっているから、実質、表玄関口の一ヶ所だけだ。しかし、場所の指定が彼らからであることを考えると、別に何らかの接触通路があるだろうと考えて調べた。結果、旧ワイン倉庫には必ず整備されている換気孔が存在することがわかった。

　これは、屋根の排気口と部屋の天井の吸気口が、ちょうど人ひとりが這って進めるくらいのダクトで繋がっている。奴らはどうせ外国人たちだから、それほどの下準備や調査ができるわけがないから、この換気孔だけが唯一の侵入できる入り口と考えるだろう。奴らは、このダクトから武装した部隊を侵入させて、絵を独り占めしようとするはずだ。ダクトの大きさを考えると、まあ、敵は三人から五人だろう。それ以上は目立つし、この進入路では、せいぜいそのくらいの人数が精一杯だ。こっちはそこにネズミ取りを仕掛けて、奴らを殲滅（せんめつ）する」

その説明を聞きながら、ジョルジュは満足そうに頷いている。

「俺たちもその換気孔から侵入するんですかい？」と、手下の一人。

「我々の侵入口としては、そこは使わない。実は昔のワイン倉庫には、必ず地下室があった。今では、たいていの建物が地下への入り口を塞いで閉じてしまっていて、今では地下室があったことすら知られていない。この、エスパス・サンテミリオンのアトリエも、アトリエの持ち主すら知らない地下室があり、昔は貯蔵庫(カーブ)として利用されていた。もともと地下室への出入り口はすべての部屋にあったんだが、今では二軒先のワインショップからしか出入りできず、そこのカーブとして今も使われている。

　しかし、エスパス・サンテミリオンからの地下への出入り口は、現在では鍵がかかっていて出入りできない。今日、その鍵を解錠してきたので、明日はワインショップから地下室を通って、地下から武装部隊を送り込む。ワインショップにはすでに話は通してある。明日も店は通常通り営業はするが、ワインショップの従業員一名を除いて、あとはこちらの手の者七名が店に入る。従業員を装って店を固めるもの二名、突入隊が五名、合計七名で編成する。地下からアトリエへの出入り口は、アトリエ内部の南東側の壁面にある。縦百八十センチ横六十センチの鉄柵扉に地下からの階段が通じているが、その前には納戸棚が目隠しで置いてあるため、階段の存在はわからない。先に言ったように、鉄柵扉の鍵は解錠してあるから、武装した突入隊はその裏に待機して、合図で後ろから納戸棚を蹴倒して侵入し、即座に奴ら五名、それに、もし換気孔からの侵入に成功した奴がいたらそいつらを撃ち殺せ。以上だが、質問はあるか？」

部屋には十数人のジョルジュの手下たちがいた。そのうちの一人が聞いた。

「武器を持たずに入る五名と武装部隊は、誰になるんですかい？」

「絵画の復元に立ち会う五名は、ジョルジュ親分、トマの兄貴、俺、それにランドリュー兄弟とする。武装部隊は、マルセル、お前が仕切れ」

と、黒ブーダンは、質問したマルセルに命じた。

「お前が、武器の扱いに慣れた奴をあと四名選べ。それから、見張り役の二名もな」

かつてマルセルは、コルシカ島駐屯の第二外人落下傘連隊でブーダンの部下であった。コートジボワール紛争の時、派遣された地域での戦闘で黒ブーダンに命を助けられ、以来、彼のことを兄のように慕っていた。

6

ランドリュー兄弟というのは、実は双子である。しかし、名前はランドリューではない。それがなぜランドリュー兄弟と呼ばれるかと言うと、二十世紀初頭に〝青髭ランドリュー〟と異名をとってフランスじゅうを沸かせた、名代の結婚詐欺師で殺人鬼のアンリ・デジレ・ランドリューにあやかってのものである。アンリ・デジレ・ランドリューは、オーソン・ウェルズ原案のチャップリンの映画『殺人狂時代』の主人公のモデルとなった実在の人物。結婚を餌に次々と女性を騙しては殺していったシリアルキラーだが、その風貌は人懐こい禿げの髭男で、かなりのウイットに富んだ言動や振る舞いは世の女性たちを魅了した。

たとえば、逮捕された後、裁判の法廷でのこと、この裁判を一目見ようと何千という人々が殺到し、傍聴に来たあるご婦人が席がなくて困っていると、彼はサッと立ち上がって自分の被告席を勧めたという。また、被害者の一人が十五歳も若くサバを読んでいたことを知った彼は、「女性は生まれた時からではなく、月経が始まった時から歳を数え始めるものなのです」という粋なセリフを法廷で述べた。そのことが彼の人気に拍車をかけ、刑務所に手紙や結婚の申し込みが相次ぎ、その年の総選挙の投票に〝ランドリュー〟と書かれた用紙が四千枚もあったという。

ランドリュー兄弟と皆に呼ばれるジュネとカロもまた、名うての結婚詐欺師であった。二人とも禿げで髭を生やした風貌をしており、〝青髭ランドリュー〟に似ていることから、自分たちは二十一世紀のランドリューであると自負していた。そして、ますますランドリューの立ち居振る舞いを真似るようになり、ウイットに富んだ会話にも磨きがかかってきた。さすがに、女性を殺すことまでは真似ないが、二人とも、もう、すっかりランドリューになりきっていた。

同一の女性をカモにして、代わる代わるその女性の相手をする。一人ではなかなか気の回らないことまで細やかに対応して女性の心を掴み、金品・財産を騙し取る。女性は、彼らが双子で二人いることを知らないから、その利点を活かし、さまざまなトリックを駆使して女性を驚かせ喜ばせる。

結婚詐欺がバレたきっかけは、たまたま二人が続けて同じジョークを言ってしまい、不審に思った女性から訴えられたのがきっかけだった。それを機に結婚詐欺からは足を洗い、今ではジョルジュのところで、さまざまな詐欺を担当している。二人とも頭の回転が速く、悪知恵が働き、また、その昔サーカス団に居た頃は、双子の軽業師でもあった。

7

「万代先生、奴らどうも動き出すようです」

万代の部屋へノックをしたと同時に真田が入ってきて報告する。

「先生が雇われた情報屋からの報告によりますと、ジョルジュたちもＴＲＡも、それぞれが事務所に集まって何やら緊迫した雰囲気のようです。おそらく明日くらいに何かの取引が行われると思われます。場所ですが、ジョルジュ、ＴＲＡ両方の連中がしきりと行き来しているのが、ベルシーにある元ワイン倉庫跡のアトリエ、エスパス・サンテミリオンです。どうも彼らはそこで、何らかの細工を施された絵を元に戻す作業を行うのではないでしょうか。ＴＲＡには、ニューヨーク本部から応援らしき胡散臭い連中も来ているようで、お互いに独り占めを狙っての武力衝突も考えられます。詳細について至急調査させています」

「わかりました。ご苦労様。私たちも遠くから高みの見物と洒落込みましょうか」

「では、正確な時間と場所を調べてご報告します」

真田の報告は、相変わらず的を射ていて気持ちが良い。

8

真田が部屋から出ていくと、万代はすぐさま携帯でパリ警察に電話をかけた。パリにいる国際刑事警察機構の美術品盗難捜査官と連絡をとるためである。

「シャルニエ警部はいらっしゃいますか？　こちら、万代と申します」

国際刑事警察機構の本部はリヨンにあるが、一昨年の五月、パリ近代美術館で大きな盗難事件が起きた。フランスの代表的な作品、ピカソの『鳩とグリーンピース』やモジリアニの『扇を持つ女』ほか、マチス、ブラック、レジェの五点合わせて推定一億ユーロの絵画が盗まれた。そのために、国際刑事警察機構はフランスのメンツにかけても取り戻すべく、本部から美術品盗難捜査専門のシャルニエ警部をパリに送り込んで、パリ警察と連携し捜査している。

「ああ、シャルニエ警部、そちらはいかがですか?」

「ヒロミ? どうしたの改まって?」

シャルニエ警部は、実は万代とは幼馴染のような兄妹のような、そしてちょっぴり恋人のような不可思議な間柄である。といっても、二人が偶然仕事仲間として再交際するようになったのは、つい四年前のことだ。

9

ジャクリーヌ・シャルニエは、万代が学生時代に交換留学生としてフランスのセントラル大学に留学していたときの親友、ピエールの妹であった。万代とピエールはいつも一緒に勉強し、飲み、遊び、悪戯をし、本当に仲の良い友達だった。ジャクリーヌは、ピエールとは十一歳、万代とは十三歳も年が離れていたが、「お兄ちゃん、お兄ちゃん」とまとわりついてくる可愛い少女だった。

卒業後、万代は日本の警察庁に、ピエールはエリートとして財務省の官僚となった。ピエールの出世は目覚ましく、瞬く間にフランス経済・財政の中枢をつかさどる職務に着き、EU統合の基礎づくりに尽力していた。日本にも再三訪れて旧交を温め、万代もまたパリを訪れては、彼の家に立ち寄った。

　あるとき、彼の家で見違えるように成長し綺麗になった二十歳のジャクリーヌに出逢った。彼女は、国立美術学校のエコール・デ・ボザールに在籍していた。絵を描き、フェルメールが好きで、将来は美術館の学芸員として働きたいと目を輝かせた。それから、機会があるたびに逢って話をした。ある日ピエールから、「ジャクリーヌは、君のことが好きらしい」という手紙を貰った。

「兄として君なら申し分ないし、願ってもないことだ。どうだろうか？」

　万代は、嬉しかった。彼もジャクリーヌを憎からず思っていた。しかし、歳の差が大きかったので彼からは言い出しかねていたのだ。だが、このとき万代は、例の警察庁長官からの特命を受けて、表向き警察庁を辞めヤクザの一員となっていた。そんなことはピエールにも話せない。また、こんな立場で結婚するわけにもいかない。

　国際電話をかけた。

「ピエール、僕も彼女のことはとても好きだ。だが、やむを得ない事情があって、もう二、三年、待ってはくれないだろうか？　事情は、今は話せないが、その時になったら話す」

「ヒロミ、僕は君のことを全面的に信頼しているよ。ジャクリーヌも想い余って僕に打ち明けた。二年や三年待つことなんか何でもないさ。ジャクリーヌがどんなに喜ぶことか……。事情については大丈夫、聞かないよ」

ところがその数ヶ月後、ピエールはヤクザの凶弾に倒れた。ＥＵ統合について異論を持つ国粋系の右翼団体を名乗るフランスヤクザだった。

葬儀のあと、万代はジャクリーヌに打ち明けた。自分は、警察庁を辞めてヤクザの一家に籍を置いていると……。ジャクリーヌは、びっくりした顔で彼を見つめた。この人は何を言ってるんだろう？　彼女は混乱した頭から吐き出すように叫んだ。

「ヤクザなんか大嫌いよ！　そして、あなたも！」

それが最後だった。

十数年経って、そんなことは大昔の色褪せた想い出にしか感じなくなっていた頃、ニューヨークのＴＲＡから明石屋佐兵衛商会に連絡があった。かねてこちらから購入要求を出していたフェルメールの『合奏』の取引の準備がパリで整いそうだと言うのである。万代はさっそく、警察庁に連絡。フランスのインターポール、ＩＣＰＯ本部に連絡をとってもらうと、すぐに電話が来た。

「もしもし、ムッシュ バンダイさんですか？　こちらは、ＩＣＰＯ本部美術品盗難捜査官のジャクリーヌ・シャルニエと申しますが……」

と、女性の声が聞こえた。一瞬、万代は聞き覚えのある名前と感じたが、まさか同姓同名だろうと、

「はい、わたしが万代です。実は、このたび……」

と話し始めたのを遮って、

「あなた、ヒロミでしょ！　嘘よね！　こんなことってある？　ああ神様……なんで、あのとき本当のことを話してくれなかったの！」

「国家機密だったから……」

「あなた、なんて馬鹿なの？　馬鹿正直なんだから……国より個人の方が大事でしょう。ピエールだって馬鹿よ、あんな死に方して……。それにあなたまで……」

と言って、電話の向こうで泣きだした。彼女は、ピエールの死後、美術館には行かず、ICPOで美術の才能を活かしながら、憎い犯罪組織を根絶やしにするため働いていたのだ。

一昨年、ジャクリーヌの勤務地がリヨンからパリに変わった。彼女も結婚はしていなかった。だから、時々は、逢うことができた。

10

「シャルニエ警部、そちらはいかがですか？」

「ヒロミ？　どうしたの改まって？　ジャクリーヌって呼びなさいよ」

「だって、ヤクザがＩＣＰＯの警部に名前呼びじゃいけないだろう。業務の話だし」

「ヒロミは、ほんとに馬鹿正直なんだから。ダメだって言ったでしょ。国より個人、仕事より個人の幸せ、それが大事なのよ」

相変わらずのジャクリーヌの攻勢に、万代は苦笑いした。しかし万代は思う。せめてピエールにだけでも本当のことを話していればよかったと……。ピエールに話したところで事態が変わったわけではないだろう。ただの自己満足かもしれないが、ピエールが自分を信じてくれた分だけ、自分も彼を信じて話すべきだったと思う。もう、彼に伝えるすべはないのだが……。

「ところで、そちらの捜査はどうなの？」

「こっちはさっぱりよ。本部からはヤイノヤイノ言われ、パリ警察もなかなか思うようには動いてくれない。どうも、新しいグループの仕業らしくて、ＴＲＡにもブツは行ってないようだし手掛かりなしなの。あなたの方のフェルメールも手伝わなきゃいけないんだけど、なにしろこっちはフランスのメンツが掛かっているでしょ。あなたのフェルメールは、取り戻したところでアメリカに返さなくちゃならない。それならばと、上の方じゃフェルメールなんかほっといてこっちの絵を何としてでも取り戻せって躍起になってるのよ。ほんとに申し訳ないと思っている。あなたの国のコミックに出てくる銭形警部のようなポジションであれば、喜んで手伝えるんだけど……」

「とんでもない。いろいろ情報を頂いているだけで助かってるよ。例の情報屋の報告によれば、こちらはいよいよ大詰めのようで、ＴＲＡとジョルジュの間でなにか取引があるらしい。警部はどのように思われますか？」

「また、わざとらしく他人行儀だわね。フェルメールの『合奏』は、そこそこ大きさのある絵だし目立つ名画だから、隠し持って税関を通り抜けるのはそう簡単なことではないわ。それがフランス国内に持ち込まれたということは、おそらくその絵には何らかの巧妙な細工がしてあると考えられるわね。今までのレベルを超えたカモフラージュに違いないわ。それには特殊な技術や作業が必要だから、あなたの明石屋佐兵衛商会と正式な取引をする前に、原画を元に戻す作業をしようとしているんじゃないかしら」

「その原画らしきものは、ジョルジュたちが現在所有しているらしいんだよ。そうすると、細工を元に戻す作業はＴＲＡが鍵を握っているということかな」

「そうでしょうね。あなたたちがオークションで競り落とした精緻な贋作まで製作して、まさに二十年もの歳月をかけて取り組んできた仕事ですものね。ＴＲＡは、『合奏』の取引に相当な意欲を持っているに違いないわ。ちょっと待って。何か新しい情報が入っているかもしれない」

と、ジャクリーヌは新しい捜査資料を取り出して、

「アトリエ、エスパス・サンテミリオンでの取引は、明日ね。ＴＲＡサイドがアトリエを昨日、今日、明日と三日間借りきっているから。でも、パリ警察にご出動願うわけにはいかないわ。わかってもらえると思うけど、盗まれた真筆のフェルメールが明日持ち込まれるという証拠は全くないし、盗品が金銭で売買されている取引現場を押さえないことには、逮捕も押収も難しいの

よ」

「明日ということがわかっただけでも有り難い。明日は、僕の方で調べてみるよ」

「警察じゃ、先日のモジリアニなんかの画家の墓に死体があった件も、どうせ組織犯罪同士が殺し合っているんだから、ウジ虫どもが一掃できていいじゃないかといった雰囲気なの。だから、真剣に捜査してくれない。明日に関しても、どうもTRA側には元グリーンベレーの名うての武闘派の連中がニューヨークから来ているようだし、ジョルジュのところにも元外人部隊の黒ブーダンがいるから、ひと波乱は避けられないわ。でも、事前に武器不法所持くらいで捕まえてもすぐ出てきてしまうから、いっそ殺し合ってくれた方がずっといいんだって皆言ってる。警察が下手に動いて事前に察知されるより、とことんまで泳がしておいた方がいいって考えてるの。署内では、グリーンベレー対外人部隊でどちらが強いか賭けの対象になっているくらいだわ。まあ、警察の力なんてこんなものよ」

「明日の結果がどうであれ、どっちみちどちらかから僕のところに取引の接触があるはずだから、その時はお出まし願いたいな」

「このあとあなたたちが、できればジョルジュからではなくTRAからその原画を購入して金銭の授受がなされる場を作ってくれれば、その現場に踏み込んでTRAの奴らを現行犯逮捕できるわ。今回、TRA本部の主要メンバーであるモーガンも来ているし、奴を逮捕してフェルメールを没収すれば、おそらくTRAは空中分解しちゃうと思うの……。そうすれば、TRAを葬り去るというインターポールにとっても大きな念願が叶うわけ。その時は、大喜びで参加させてもらうわよ。パリ警察だって、そんな美味しいパーティーには出席したいはずよ」

「わかった。その時は宜しくお願いします」

万代はそう言って電話を切った。

ジャクリーヌも少ない予算と、上からの圧力や警察組織内部の軋轢のなかで、結構苦労しているのだろう。パリ警察とインターポールに集まってくる情報を、情報屋をクッションにして非公式に流してもらえるだけでもありがたいと思った。

第十八章
「握り拳とは握手はできない」

――マハトマ・ガンジー――

1

翌日は朝から雨が降ったりやんだりのはっきりしない天気だった。

ヤンは昨夜から『ベティ・ブルー』に戻っていた。ＴＲＡのアルやモーガンは、またジョルジュのところにさらわれるかもしれないからとＴＲＡの事務所に泊まるように説得したが、ヤンがいつものように、

「わたしたちも淑女なんですから、身だしなみってのがあるのよ。そんな女心もわからないようじゃ最低だわ！」

と、相変わらずの減らず口をたたいたので、マノンは残されたが、ヤンだけ帰してくれた。

早朝、心配していたメジュランがシャンティイからシトロエンＤＳ３を駆ってやって来た。カフェオレとクロワッサンの朝食をとりながら、ヤンはメジュランに昨日のＴＲＡ事務所での有り様を事細かに説明した。

「と言うことは、換気孔から潜入してくる自動小銃を持った三名の特殊武装隊員というのが問題だな。ヤンの話の様子だと、軍隊かなんかでよほど訓練された連中なんだろう。これに対してジョルジュたちが黙ってやられてしまうとも思えない。同じ換気孔から侵入しようとしているとすればむしろ、排気口のある屋根の上で戦闘が始まることも考えられるな。そうなると、室内の十人の連中とマノンの爺さんがどうなるかだ。原画の修復作業が完了したかどうかで違ってくる。終わってなければ、爺さんがいるＴＲＡが有利となるが、終わっていれば、その後その原画をどちらが手にするかだな」

「それより、プティジルとリシャールが心配だわ。帰ってきたとき、お店がずいぶん荒らされてたの。助けるための良い方法はないかしら……」

「多分、ジョルジュたちがベルシーの方へ出かければ、事務所は手薄になるはずだ。小次郎とリシャールは、君とマノンほどには監禁しておく意味がない。君たちの居所を聞くつもりだったのだろうが、二人とも本当に知らないんだから……。もう、本当なら解放されても良いはずなんだ。それをされないのは、リシャールが刑事だと言って騙したんで、その腹いせからくる仕返しのつもりだろう。監視だってそんなに厳しくないはずだ。君たちに逃げられた苦い経験があるから、せいぜい縛られて、鍵の掛かる部屋に転がされているんじゃないだろうか。ところで、この店では、ピザは出してないのかい？」

「出してるわよ。冷凍のピザを解凍して温めるだけだけど」

「よし、それじゃ、それを五人前くらいと、ビールの小瓶を一ダースぐらい持っていこう。もちろん、ピザは眠り薬入りの特別製を焼いていただけますか？　お嬢さん」

「ウィ、ムッシュ。特別料金を頂きますけれど……」

2

ヴァンドームのＴＲＡの事務所では、朝からゲリラ殺しのクローゼが陣頭指揮にあたっていた。

「フランソワ、ユゼフ爺さんの絵画復元の準備は整っているのか？　道具類については忘れ物がないようにチェックしてくれ。今日の未明に、グレッグ、リチャード、ボルトの三人は出発して、すでに換気孔に潜り込む手はずを整えている」

クローゼは元グリーンベレーの面目を発揮して、水を得た魚のようにてきぱきと指示を出している。モーガンは相変わらず、アルの革製の椅子をまるで自分のもののように占有して、パイプをふかしながらそれを悠然と眺めている。アルは、自分の居場所を失って、部屋の隅をうろうろと歩きまわっている。ポランスキーは、隅の椅子に座って愛用の二本のナイフを点検し、ズボンの両足の内側にある隠しポケットに装着した。

3

ジョルジュの事務所もまた、準備に大忙しである。こちらは、フランスの外人部隊くずれの黒ブーダンと部下のマルセルが自動小銃をワインの箱に詰めている。

「マルセル、例のネズミ捕りは仕掛けたか?」

「はい、兄貴。昨晩のうちに仕掛けてきました。抜かりはありません。できれば暖房をつけてもらえると、ネズミ捕りの効き目が倍加しますんでよろしく。これから、他の奴らと先にワインショップに行き、地下室に入って待機しています」

「ああ頼む。くれぐれもブツが原画に戻るまでは行動を起こさないようにな。わたしがマイクと発信機を装着するから、絵の復旧の進行状況はそちらで聴いていて判断してくれ。復旧が終わった時には、はっきり終わったと言うから、それが合図だ。それから、万が一奴らがネズミ捕りをかいくぐって襲撃してきた場合も合図をするから、その時は突入してくれ。我々の命も含めて、成功の鍵は君たちが握っているのだから、宜しく頼む。決して失敗は許されない。いいか」

「はい、了解です。出発します」

マルセル率いるワインショップから地下室を通る攻撃隊は、早々と出発した。ジョルジュとマムシのトマは、その光景を満足そうに眺めていた。

「トマ、久しぶりにお前さんのナイフさばきを見せてもらえそうだな。小さなマムシのトマさんのナイフは、まるでマムシが獲物に飛び掛かるように標的を捉えるんだよな。それに、みんなの話じゃ、ナイフ投げは銃弾よりも速いとか」と、ジョルジュ。

「そんなことはありませんよ。そりゃ弾(たま)の方が速いに決まってまさあ。でも、正確さでは負けやしませんぜ」

トマがそう言った瞬間、ヒューという音とともに、何処から出したのかナイフがトマの手を離れて、果物かごに盛ってあったリンゴを真っ二つに切り裂き、奥の飾り棚に突き刺さった。

「おいおい、その棚も結構な値段がするんだから、お手柔らかに頼むよ。できれば、TRAの奴らをリンゴに見立ててもらいたいな」

4

ヤンとメジュランは、特製ピザとビールを持って、ジョルジュの事務所が見渡せる小道の陰で待機していた。ヤンは、小次郎が『ベティ・ブルー』に置いておいた男物のシャツとズボンに野球帽をかぶって、男の子と見間違う恰好をしている。一方、メジュランは、店にあったリシャールの料理人用の白衣を羽織り、頭にトックブランシュ〈註7〉の代わりに白いナプキンを巻いていて、まるで本物のコックのような出で立ちである。ジョルジュたちの一隊が出発したあと、頃合いを見計らってまずメジュランがピザとビールを届ける。皆が寝入ったのを狙ってヤンが忍び込み、小次郎とリシャールを助けるという段取りである。

まずは、メジュランの出番である。ちょっと緊張した面持ちで事務所に入って行く。

「こんちは、ピザ・シャポウです。先ほどこちらのお身内の方が、お留守番の方に届けてくれとご注文いただきましたので、配達に伺いました。お代は頂いておりますので……」

事務所には四人の若い衆が残り、マンガを読んだり女の話をしたりしてくつろいでいる。

「ああ、ご苦労さん。親分も粋なことしてくれるじゃないの。おっ、ビールもついてるのか。おい、二階のルイも誰か呼んでやれ。さあ、食おうか」

兄貴分らしい男が他の連中に促す。

一人が階段のところまで出てきて大声で叫ぶ。

「おい、ルイ！　ピザとビールだ！　降りてこいよ！　奴らなんかほっといても逃げられやしねえよ！」

すると一人の若い衆が不機嫌そうな声で言う。

「なんだよ、ついてねーな。俺、ピザ嫌いだし、ビールも飲めねえんだよ。おい、ピザ屋の兄さん……というよりおじさんだな。コーラないのかよ？」

「すいません。ご注文がこれでしたので……。じゃ、またよろしく！」

引き揚げてきたメジュランが、がっかりした顔で言う。

「まずいよ。一人、ピザ食わない。いい考えだと思ったんだが……」

かなりしょげているメジュランにヤンは、

「あんた、あの程度でうまくいくと思ったの？　あれでうまくいったんじゃ、その辺の三文小説じゃないのさ。ねえ、車に発煙筒入ってるでしょ？」

「ああ、事故の時のために常備している」

「じゃあ取ってきて。ああ、それからスパナも。こんな事だろうと思って、粘着テープは持ってきたわ」

ヤンは、背中に背負っている小さなナップザックから、テープとカッターナイフ、そして例の鍵開け道具を取り出す。こうなると、ヤンの方がすっかり水を得た魚のようにイニシアチブをとる。メジュランが発煙筒を持ってきた。

「ねえ、メジュラン。発煙筒の点け方は知ってるわよね。いいこと、わたしがあそこの入り口左の建物の角の飾り彫刻を登って、ひさし伝いに上の窓から建物の二階に入るわ。あそこはトイレなの。だから、誰かがトイレに入っていない限り大丈夫。二階には何人くらいいそうだった？」

「いや、二階には誰もいないはずだ。見張りの奴も呼ばれてピザを食いに一階に下りてきたから」

「それじゃ、仕事がやりやすいわ。わたしが二階に上がって、リシャールたちを助けだしたら、あの窓から合図するから、そうしたら建物の右の奥に行って、携帯からジョルジュの事務所に電話をかけて。番号は、ほら、事務所の看板が見える？　あそこに、書いてあるでしょ。起きてる奴が電話に出たら、〃お前の事務所に時限爆弾を仕掛けた。建物を出た左横だ。そろそろ発火するから見にいった方があんたのためだぜ〃とかなんとか言って、発煙筒に点火して、窓枠かなんかに放り込んで逃げなさい。わたしたちは、奴らが慌てて出ていったら、反対側から出て逃げるわ。これが段取りだけどわかった？」

と、事もなげに言う。

メジュランは、「わかった」と言いながら、自分の中で段取りを復唱している。

「だから素人と組むのはイヤなのよ。ほんとに」

ヤンは独り言のように呟き、まるで映画の助監督のように、腰に専用のベルトをして、そこに粘着テープ、タオル、スパナ、カッター、鍵開け用の解錠金具、ロープなどを装着し、ドライバー用の手袋をしてあたりを窺いながら出ていった。「仕事は空き巣だ」と言っても疑う人がいないくらいの準備の良さと格好だ。

建物の角に着いたヤンは、もう一度あたりを窺い、人の来ないことを確かめる。大丈夫だと判断すると、両手で建物の角の下の方にある飾り彫刻を掴んで、一気に登り始めた。本当に見事と言うほかはない。まるで階段を上って自分の部屋に戻るように、あっという間にひさしまで到達した。ひさし伝いに窓の手すりを掴むと、腰から粘着テープをはずし、窓ガラスに斜め横に貼って行く。程よく貼り終わるとテープを腰に戻し、次にスパナにタオルを巻いてガラス窓に慎重に振り下ろす。ガラスは割れたようだが、テープのおかげで飛び散らない。メジュランは、まるで『ニキータ』の映画でも見ているような錯覚に陥った。なんだか、先ほどまでのドギマギした緊張は今や快感に変わっている。

ヤンは、窓ガラスの割れた穴に手を入れて内側から鍵を外したらしい。窓が内側に開いて、その中に吸い込まれるように消えた。

それからの数分間は、メジュランにとっては地獄のように長い数分間だった。ただ、じっと開いた窓の黒い空間を目を凝らして眺めている。手に持っている発煙筒に力が加わって、折れてしまいそうな恐怖を感じて、思わず取り落としそうになった。

窓を開けて中に入ったヤンは、トイレをそっと出て、かつて自分とマノンが閉じ込められていた部屋のノブを回してみた。案の定、鍵がかかっている。ここに違いないと思った。

腰から解錠金具を取り出して鍵穴に差し込み、カチャカチャと二十秒くらいやっていると、カチッと音がした。ノブを回すとドアが開いた。部屋の中には、リシャールが手足を縛られてみっともない格好で転がされており、小次郎は手だけを後ろ手に縛られて椅子に座っていた。最初にヤンを見つけたのは小次郎だった。

「ヤン!」と、思わず小さく叫んだ。

「シーッ」

ヤンは、指を口に当て静かにするように合図した。芋虫のように転がっていたリシャールが、ヤンを見てニンマリと笑った。前歯が三本なくなっていて、口の周りには乾いた血の跡がこびりついている。片方の目の周りは黒く腫れていてかなり気持ち悪い。しかし滑稽な笑い顔だった。

ヤンは、思わず噴き出した。

「アやく、なわ、オどいてくデよ――」

抜けた歯の間から息を漏らしながら、小さな声でリシャールが哀願した。

「わかったわよ。でも、あんたは後よ」

ヤンは、まず小次郎に近づいた。両手を後ろ手に縛られて何もできない小次郎の頬を両手で挟んで、静かに口づけした。ヤンの目にも小次郎の目にも涙が浮かんでいた。

「あたしとしたことが、なに感傷的になってんだろ」

そう言って、ヤンは二人のロープを解くと、小次郎とリシャールを連れて二階の廊下へ出た。廊下に二人を待たしておいてトイレに入り、窓からメジュランのいる方を見た。メジュランは、まるで魔法で石になってしまったように固まっている。ヤンは、大きく両手を上げて頭の上に丸を描いた。

ヤンが見えた。両手で大きくＯＫのサインを出している。

メジュランは、打ち合わせ通りに急いで電話をかけながら、建物の向かって右脇に急いだ。何回かのコール音が聞こえて相手が出た。さっきのコーラが欲しいと言った若い衆の声だ。

「はいはい、こちらは、ジョルジュ・モロー商会だけど」

メジュランは、声のトーンを少し低くしてゆっくりとしゃべった。

「ジョルジュ・モロー商会さんだね。お宅の事務所に時限爆弾を仕掛けた。建物を出た左横だ。そろそろ発火するから見に行った方があんたたちのためだぜ……」

ヤンに言われた通りにしゃべった。案外簡単で心配したほどのことはなかった。もう少し何か言ってやりたい衝動に駆られたが、我慢して電話を切った。

切ってからも何か恍惚とした満足感が体中を支配していた。ゆっくりと発煙筒に火を点けた。〝ジューッ〟と赤い炎が噴射して、真っ白い煙が噴き出した。メジュランはそれを建物の窓枠に挟み込んで、ゆっくりと入り口とは反対の方向に歩いていった。

ヤンと小次郎とリシャールは、二階から一階へ下りる階段の途中で階下の様子を窺っていた。バタバタと若い衆が一人、飛び出して行った。三人は、大急ぎで階段を下り、入り口とは反対の出口から飛び出した。

〈註7〉＝白いコック帽。

5

ジョルジュとマムシのトマ、黒ブーダン、ランドリュー兄弟は、十分ほど早めに現場のアトリエ、エスパス・サンテミリオンの入り口に到着していた。脇には、例の絵と思しき黒い絵画ケースを携えている。待つこと五分ほど、ＴＲＡの車が二台到着した。最初の一台には、モーガンとアル、そして何処で合流したのか、ゲリラ殺しのクローゼが乗っている。後ろの車からはフランソワとユゼフ老人、ポランスキーが降りてきて、絵画の修復に必要な道具類や薬品、塗料類の入った大きな木の箱を降ろした。

「やあ、アルさん、元気そうじゃないですか。今日は宜しくお願いしますよ」

ジョルジュは、取ってつけたような愛想の良さで、アルを出迎えた。

「やあ、ジョルジュ、原画の方は、持ってきてくれたようだね。まあ、宜しく頼むよ」

と、アルは握手の手を出した。アルのいつもの高飛車な態度が、ジョルジュの神経を逆撫でする。

〝こんな態度ができるのも今日が最後だ〟と思いながら、ジョルジュはアルの手を無視した。

「こちらが、ニューヨークの本部からいらしたモーガンさんとクローゼさんだ」

アルは、ジョルジュに本部から来た二人を紹介した。

「やあ、君がジョルジュ君か。君のお父さんとは、いろいろと仕事をお願いした間柄だ。とても物わかりの良い方で、TRAに対しても従順に接しておられたよ。この、フェルメールの『合奏』プロジェクトを起案したのはわたしなんだが、フェルメールの贋作作家を見つけて、凄い出来栄えの『合奏』の贋作を描かせた時にも、君のお父さんには協力してもらったんだよ。君もお父さんのように我々に協力的であってほしいな」

モーガンの皮肉交じりの挨拶に、ジョルジュの不快感はいっそう高まった。

「ああそうでしたか。死んだ親父の弱腰が、どれだけ今のジョルジュ一家にとって足枷になっているかご存じでしたか」

ジョルジュがモーガンの皮肉に皮肉で返す。それをみてアルが慌てて中に割って入った。

「それからジョルジュ、この爺さんが、君が横取りしたその絵を復元させてくれる専門家のユゼフだ。そこに描かれている風景画も、フェルメールの絵の上からこのユゼフが描いたものだ。ユゼフなしには、絵は元には戻らない。このままじゃフェルメールどころか二足三文の価値もないんだよ。ところで、ユゼフの孫娘のマノンが、すっかり君の世話になったみたいだな。お陰様で、昨日無事に帰ってきたよ。すっかり楽しんだらしいから、この借りはいずれお返ししますよ。ハッハッハッ」
アルがジョルジュを小馬鹿にするように笑った。

互いに銃を持っていないことを確認した一同は、アトリエの中へ入った。建物の内壁面は、おそらく外壁と同じ石造りの壁に白い漆喰（しっくい）を塗ったのだろう。一面の白い壁に、天井部分から部屋の真ん中を横断して太い木の柱でできたアーチ型の梁（はり）が出ている。その梁の上部天井に、吸気口とみられる八十センチ四方くらいの鉄の格子のふたが取り付けられている。床は一面石畳で、入って左奥に書棚のような物入れが置かれており、右奥には太い鎖と大きな鍵で締め切られた裏手搬入口の鉄扉があるだけ。あとはガランとしたただの空間である。フランソワとユゼフ老人は、打ち合わせ通りに、入って右の壁の前にイーゼルを設置した。

「ここを仕事場にしたいんじゃが、こちらへわしの絵を持ってきてくださらんか」

ユゼフ老人は、絵画ケースを抱えたランドリュー兄弟に向かって話しかけた。ランドリュー兄弟は、ジョルジュの方を見て、彼が頷いて了承したのを確認してから黒いケースを開け、中から絵を取り出した。

「おお、まさしくわしの絵じゃ。クラクフのティニエツ修道院じゃよ。美しい建物じゃろ。それを、額縁から外して、中のキャンバスだけをこのイーゼルに載せてくれんか」

ランドリュー兄弟が不器用そうに額縁からキャンバスをどうやって外したらいいのかあれこれ

眺めているのを見たユゼフ老人は、

「そうか。あんたたちに任せて何かあったらいかん。わしが外そう」

手に持った道具を使って、いとも簡単にキャンバスを額から取り出すとイーゼルの上に載せた。

「では、始めるとしようか」

と、ユゼフは絵と対峙した。一同に緊張が走る。部屋の隅に四脚の椅子があるのをランドリュー兄弟とフランソワが見つけて、ユゼフ老人から少し離れた場所に置き、モーガン、クローゼ、アル、ジョルジュを座らせ、他の連中も、遠巻きにして作業に注目する。黒ブーダンは打ち合わせ通り、暖房のボタンをそっとオンにした。

ユゼフ老人は、木の箱から瓶に入った有機溶剤を取り出して中身を缶に移し、大きめの刷毛を使って、ティニエツ修道院の描かれた絵画全体に塗り始めた。岸壁に描かれた修道院は、まるでダリの『柔らかい時計』のように溶けて変形し、流れ出し、岸壁に打ち寄せる波とともに海に流れ込んだ。

「一度描いた芸術作品をこうして自分で消していくのは、悲しいことだよ」

と、ユゼフ老人は、皆の方を少しだけ振り返って寂しげにほほ笑んだが、それでも作業は一定のスピードを保ちながら慎重に進められていった。十数分の時間が経ったろうか、修道院の描かれた絵がほとんど消えた頃、下から薄ぼんやりと乳白色の層をとおして中世の二人の女性と背を向けた男性の絵が浮かび上がってきた。一同はその作業に見入っていた。

とりわけモーガンにとっては感慨深い一瞬であった。ボストンのイザベラ・スチュアート・ガードナー美術館から二十年前に盗まれた直後、この絵は地下組織を通してＴＲＡに回ってきた。この絵があまりにも有名で、通常のルートでは処分できないため、緊急の会議が開かれた。その時、モーガンが出したアイデアが、今回の『合奏』計画であった。

『合奏』の良くできた贋作を作らせてそれを公のオークションで落札させる。その絵を本物とすり替えて国外に持ち出し、頃合いを見計らって再鑑定の結果、実は本物だったと発表すれば、善意の第三者は、絵を本物として大手を振って所有できる。すなわち、ＴＲＡは、贋作を落札した顧客に高い値段で本物を売ることができる。それをセットで売り込むわけである。

それは良いアイデアだった。現に、ＴＲＡでも高い評価を受け、昇進に繋がった。しかし、その後がいけなかった。極めて天才的な贋作作家を見出して描かせたまでは良かったが、出来上がった贋作を作家に持ち逃げされてしまった。その時の警備とその後の捜索を任せていたのが、先代のジョルジュであった。

それから十五年、モーガンもＴＲＡも時代の流れから取り残されそうであった。その逆転の絶好のチャンスが今回である。あのキャンバスに薄ぼんやりと乳白色の層をとおして浮かび上がってきた中世の光の天才画家の絵が、彼には、まさに希望の光に感じられた。あと、もう少し。あの乳白色のベールが一枚剥がされた時、自分の夢が再び叶うのだとモーガンは思った。

「さあ、ここからが勝負どころだ。次の作業に移る前にワインを一杯くれんかね。幸いなことに、この作業は、少しばかり時間を置いた方が良いからな。たしか、二軒ほど先にワイン屋があったと思ったんだが、フランソワ、ひとっ走り行って買ってきてくれないか。こういう時は、ボルドーの赤がいいな」

ユゼフ老人は、彼自身が描いた絵の洗い落とし作業が一段落すると、溶剤で洗った手を布で拭きながらフランソワに注文した。フランソワは、アルの顔色を窺う。アルは、やむを得ないといった表情で、行ってこいと合図した。ユゼフ老人はそれを見てしてやったりと、ニンマリした笑顔をフランソワに送った。フランソワは、ヤレヤレといった表情をしてアトリエから出ていった。

6

クローゼの指示した通り、グレッグ、リチャード、ボルトの三人は、すでに換気孔の中に潜入していた。換気孔の排気出口は、八十センチ四方ほどの鉄の鎧戸になっており、屋根の上の犬小屋のような子屋根の下にあった。そこから、そのままの大きさの排気ダクトが十メートルほど伸びて、部屋の天井にある吸気口に繋がっていた。

未明のうちに隣の建屋の屋根伝いに来て排気口の鎧戸をこじ開けて侵入し、その場に待機していた。三人は、気取られるのを避けるために、部屋の吸気口側には近づかず、その場で何時間もじっと動かなかった。彼らにとっては、こんな試練は昔から何度も受けてきたことである。密林の中で、じっと動かない。足元を蛇が通り過ぎても、首筋にヒルがこびりついても、じっと動かない。市街戦の建物の陰で石の彫刻のように何時間もじっとしている。このことが彼らの命を何度も救ってきた。相手の狙撃兵の注意を引かないためには、必要ないときにはじっと動かないことが、一番の安全策である。

十数時間たった頃、換気孔のダクトを通って声が聞こえてきた。いよいよ行動開始である。

頃合いを見計らって一番年長のグレッグが静かに動き出した。部屋の声が聞こえたということは、こちらも音を立てれば筒抜けである。グレッグは、自動小銃を抱え持ち腹ばいになり、匍匐前進の形で音もなく動き出した。一番若いボルトがそれに続く。最後にリチャードである。ゆっくりと、音を立てずに真っ暗やみのダクトの中を移動する。一メートルの距離を進むのに二、三分くらいの時間をかけて進む。たったの十メートルほどであるが、極めて長い距離に感じられる。部屋の天井にある吸気口から漏れる光が、彼らの目標の場所をぼんやりと浮き上がらせる。

7

フランソワは、大急ぎで二軒先のワインショップに入った。

「なんでもいい。手頃なボルドーの赤を一本、ワインオープナーとグラスも一つくれないか」

近くの店員らしい男に声を掛けた。その店員は胡散臭そうに振り向くと、

「おい、お前、なんか客が来ちまったぞ」

と、もう一人の店員に声をかける。

「あっ、どうもいらっしゃいまし。ボルドーの赤でございますか。お使い物でしょうか？　ご予算はどのくらいで……」

今度は、やけに愛想のいい店員が、急いで奥からやって来た。その時フランソワは、先ほどの胡散臭い店員の顔をどこかで見た気がした。

「ああ、なんでもいいんだよ。安いやつで構わないんだ」

そう言いながら、奥に行きかける先ほどの店員を目で追った。

「こんなのはいかがでしょうか？　ピションの安いものですが、しっかりした味で年代も良く……」

「ああそれでいいよ。それに、グラス一個とオープナー」

そう言いながら、フランソワは奥の店員をもう一度見る。

(そうだ、ジョルジュんところの若い奴だ！)

ワインを早々に購入して店を出たフランソワは、すぐにアルに電話をする。

「支局長、二軒先のワインショップに店員を装ってジョルジュのところの若いのがいます。何か

おかしいですよ」

「わかった。すぐ帰ってこい」

アルは、すぐにゲリラ殺しのクローゼにそのことを耳打ちする。するとクローゼはなぜかニヤリと笑い、部屋から出ていきながら誰かに電話をかけた。

「そこからワインショップが見えるか？　どうもそこに何かあるらしいんだ。店員にどうもジョルジュのとこの奴らが紛れ込んでいるようだ。見張っていて何か気がついたことはないか？」

「さっき入っていった客のうち、五人がまだ出てきません。店員は三人ですが、少なくとも二人は、本物の店員ではないみたいです」

「じゃあ、ビルと一緒に行って、すぐに始末をつけてくれ。相手は五人と店員どもみたいだが、大丈夫か？」

「まあ、あの程度の奴らなら、二人で十分ですよ」

8

万代と真田は、午前中からエスパス・サンテミリオンが見渡せるカフェに陣取っていた。彼らがここにいることがＴＲＡやジョルジュにたとえ知られることがあっても、特に差し障りがあるとか、危害を加えられるというものではないので、気楽な気分でコーヒーを飲みながら、まあ、言ってみれば〝高みの見物〟である。何やら怪しげという意味では、彼らがここに来た時からいる二人の男性客がまだずっといることと、午後の早い時間にアトリエの二軒隣のワインショップに、五人のいかにも怪しげな男たちが入って行ったまま出てこないことだ。

十六時四十分頃、エスパス・サンテミリオンの前に男たち五人が車で到着した。双眼鏡でじっくり見ても、どの顔にも見覚えがなく、黒い絵画ケースを持っているので、ジョルジュ一家の連中らしい。それから五分ほどして、また二台の車がアトリエの玄関前に着いた。今度は見覚えのある顔があり、いかにも画材道具やイーゼルといったものを降ろしているので、TRAのグループだろう。

「あの老人が、絵の細工を解く鍵となる人物らしいですね」

真田が小声で話し掛ける。

「そうだな。これで原画が元通りになれば、どこが手にしてもどちらかからはアプローチがあるはずだ。取引ができることになるね」

と、万代は落ち着き払っている。

「それにしても、我々から見て右端のテーブルの二人は、何者でしょうかね。どうも、英語で話しているみたいですが、観光客には見えませんね。ということは、TRAの本部から来た連中でしょうか」と真田。

二人ともサングラスをかけてビジネススーツを着てはいるが、普通の人種とは思えない。

「彼らも我々のことを気にしているようだよ。しかし、何もしてこないということは、我々が取引の相手である明石屋佐兵衛商会だと知っているのだろう」

万代はゆっくりとコーヒーを飲み干して、そばにいたギャルソンにお代わりを頼んだ。

しばらくして、万代たちの右奥の男に電話がかかってきた。男は、何事かを小声で、しかし緊張した面持ちで話している。相手は上役なのだろうか、返事をするたびに上体を起こして真っすぐな姿勢を取る。やがて電話を切ると、隣に座っていたもう一人の男に何事かを話し、二人とも立ち上がって、大急ぎでレジに向かった。余程急いでいるのだろう。会計を終えて出てきた男を急かせるようにして、二人の男はアトリエではなく、その二軒隣のワインショップへと向かった。

9

レナードとビルは、カフェを出てワインショップへと向かった。歩きながら、素早くポケットのナイフと神経毒注射装置、神経ガス噴射カプセル、背広の下のホルダーに装填（そうてん）した消音銃などの武器を点検する。

二人が店に入る。最初に対応に出た店員とすぐ後ろにいた店員、実はジョルジュの子分だが、この二人にレナードとビルは何をしたのだろう。店員たちは、相次いで声も立てずにしなだれ掛かる。それを抱きとめてカウンターの後ろに素早く隠すと、

「すみません。誰かいませんか？」

と、一人が奥の方に声を掛け、一人は物陰に隠れる。店員がもう一人出てきたところを、隠れていた男が後ろから持っていた白い布で口をふさぎながら、ナイフで喉をかき切る……。

実にその間、一、二分の出来事であった。

10

換気孔の中のグレッグ、ボルト、リチャードは、ゆっくりと音を立てずに真っ暗闇のダクトの中を移動していた。吸気口まであと四メートルほどに進んだあたりであろうか、グレッグが突然止まった。彼の左膝の下で、何かがプチッという聞こえるか聞こえないかぐらいの小さな音を立てて弾けた。

グレッグは身体を右側に倒して、右手で自動小銃を支えようとした。すると、右の身体の下で、また何かが弾けた。そのままの体勢で、左手をそっとダクトの中の地面に這わせた。指先に直径一センチ半くらいの風船のような球体が触った。グレッグは頭部に着けていた小さなライトを点

灯させた。元来は光が漏れるのを恐れて点灯させないつもりであったが、グレッグの危険を察知する動物的感覚があえてそうさせた。弱い光の中に、黒い小さな風船玉が点々と散らばっているのが微かに見えた。

「何だろう？」

全く未知の不安感がグレッグを包み込んだ。なにやら甘酸っぱいあんずの種のような匂いがし始めた。

「これは、何だったろう？　以前嗅いだことがある」

グレッグの記憶装置はフル回転し、未知の不安感が消え去る代わりに、強い恐怖感となって戻ってきた。

「シアン化水素だ！」

それは、対ゲリラや対テロ対策の特別訓練の時に、嫌というほど嗅がされた匂いであった。

シアン化水素とは、俗に言う青酸ガスである。やや暖かな常温で気化する揮発性の高い猛毒ガスであり、ホロコーストのガス室でも使用されたといわれている。シアン化水素の重要な有毒効果は、金属を含む酵素を抑制してしまうことである。すなわち、細胞呼吸のためのエネルギー供給のプロセスに絡んでくる、鉄分を含んだシトクロムオキシダーゼという酵素の供給が遮断されるため、はじめ呼吸量が増大し、視覚異常、嘔吐、やがて呼吸不全、意識不明となって死に至る。これらの学習記憶がグレッグの頭の中を駆け巡った。

「おい、急いで戻れ！　退避！」

低く押し殺した声で後ろの二人に告げたが、一番後方のリチャードがすでに動けずにいる。シアン化水素は空気よりも軽いので、上方へ流れていく。先頭のグレッグやボルトの押し潰した黒い風船玉には、揮発性の高いシアン化水素液が詰められていた。気化した青酸ガスは、すべてリチャードの方へ流れたのだ。若いボルトはパニック状態に陥り、呼吸量が増大している。

「隊長、リチャードが……リチャードが……戻れません……苦しい……呼吸が……」

リチャードが進路を塞いでしまっているので、後方へは戻れない。グレッグは決断した。

「ボルト、全力前進！」

そう言うとグレッグは、音が立つのも気にせず思い切り急いで残りの四メートルを匍匐前進した。四メートルがこんなにいともたやすいものかと感じながら。そしてまた、四メートルがこれほど長いものかとも思いながら。ボルトもまた、苦しそうにしながらグレッグに続いた。

11

アトリエの中では、一同がユゼフ老人の作業を注視していた。ジョルジュたちは、最悪の場合、作業が完了していなくともこの老人を絵と一緒に拉致することも考えの中にあることはあるが、できれば作業が終わってから事に及んで、完全なかたちでの原画を手にすることが一番だと思っている。

だから、老人が赤ワインをちびちびやりながら、手で絵の表面を確かめては、

「もう少しじゃな」

と言って、また赤ワインをちびちびやっているのをイライラしながらも耐えていた。

「爺さん、あとどのくらいかかるんだね？」

ジョルジュは黒ブーダンが付けているマイクと発信機を通して、地下に潜んでいるマルセルたちに部屋の様子や進行状況がわかるように老人に尋ねた。

「そうだね。あと二十分てとこかね」

「もうちょっと早くならんのかね」

「そりゃ無理だ。二十年も待ったんじゃろうから、あとそのくらいは待ってもらわんとな。絵ちゅうもんは、女子と同じでな。ちょっと機嫌を損ねると、もうなかなか元へは戻らんのだよ」

一方、TRAのモーガンやアルたちは、もう少ししたらグレッグたちが換気孔から攻撃を仕掛けてくる頃かと計算していた。まずモーガンが、煙草を出しながら席を立って入り口の方へそれを吸いに行く。ゲリラ殺しのクローゼが、ゆっくりとモーガンのそばへ付く。それを確認したアルが、慌てて芝居じみた動作で、ユゼフ老人のそばに来た。絵とユゼフ老人のそばが一番安全だと考えたのだろう。

その時、天井の換気孔の方から声が聞こえた。

「隊長、リチャードが……リチャードが……戻れません。苦しい……呼吸が」

「ボルト、全力前進！」

続いて、ガサガサと近づいてくる音が聞こえてきた。

「何だか大きなネズミが住んでるようですな。この天井には！」

ジョルジュはそう言うと、

「黒ブーダン、マルセルたちを呼べ！」と命じた。

「マルセル、すぐに突入せよ！　緊急事態！　すぐに突入せよ！」

黒ブーダンはすかさず、マイクを通じて地下のマルセルに命じる。

まさにその時、左奥の木製の書棚のような物入れが大きな音を立てて手前に倒れた。棚の後ろ側の壁には鉄製の開き扉があり、その向こうには地下へ繋がる階段の降り口が見えている。そこに立っていたのは、ジョルジュの子分のマルセルではなく、なんとＴＲＡのクローゼの部下、レナードだった。万代と真田がカフェで見かけた男の一人である。

「マルセルとかいう奴じゃなくて悪かったな。この受信機は良く聞こえるんで、中の様子が手に取るようだったぜ。すいません、ビルはやられちまいました」

レナードは、ジョルジュの手下から奪ったと思われる自動小銃を構えて、うすら笑いを浮かべながら鉄製扉の階段降り口に立ちはだかっていた。

そこへ天井の吸気口が開いて、グレッグが顔を出した。

「すみません、手間取りました！　わたしを含めてかなりダメージを受けましたが、なんとか天井換気孔は確保しました。ボルト、お前はここから下の奴らを狙っていろ。シアン化水素は軽いから、上の排気口の方へ流れて下には来ない。この場所なら大丈夫だ！」

そうボルトに命じたグレッグは、吸気口からぶら下がり、崩れ落ちるように部屋の中へ飛び降りた。ダメージはグレッグにもかなり及んでいるようだ。

「ジョルジュさん、わがアメリカ陸軍特殊部隊、通称グリーンベレーの元隊員の実力を思い知ったかね。上も下も制圧したからには、ジョルジュさん、あなたはもうどうすることもできないよ。おとなしく白旗を上げて、これからは私たちの言うとおりに従えば命だけは助けてやってもいい。どうする？」

モーガンがジョルジュに告げる。その時である。レナードの後方で、ダッダッダッダッ！　と自動小銃の音がしたと同時に、レナードが前方に吹っ飛んだ。その後方から、血だらけのマルセルが階段を一段一段上りながら現れた。

「ブーダンの兄貴、すんません。油断しました」

マルセルは、銃を持った敵が吸気口を抜けて部屋にいることを知らなかった。グレッグに気がついて自動小銃の引き金を引いたときには、グレッグの自動小銃も火を吹いていた。しかし、グレッグの方も、いつもの俊敏さを失っていた。意識がもうろうとする中で、レナードがやられたことをぼんやりと認識し、その後ろに見えた敵らしき滲んだ影に向かって引き金を引いただけだった。相討ちだった。マルセルとグレッグ、二人ともが同時に吹っ飛んだ。天井の吸気口から下の部屋を覗いていたボルトもまた、呼吸が苦しく意識が行ったり来たりする中で、視覚異常が起こっていた。そのため、はっきりと部屋の状況を把握できていない。

その時、ランドリュー兄弟が動いた。兄が吸気口の真下に走り込んで構えると、もう一人の弟がその前方に回り込むや、兄の両手を掴んで宙返りしながら兄の肩に乗った。乗るやいなや隠し持ったナイフで、吸気口から覗いているボルトの首を刺した。それは、結婚詐欺師を始める前、サーカス団にいた頃の兄弟の得意技であった。

ボルトは、ぼんやりした意識と視覚の中に、突然、黒い塊が飛び込んできたのを感じた。と同時に、激しい痛みが首筋を貫いた。そのことで、かえって一瞬ではあるが意識がはっきりとした。

「やられた！」

慌てて自動小銃の引き金を引いた。弾は正確に、その黒い塊にぶち込まれた。

ランドリュー弟のカロは、得意の宙返り肩乗りをした時、何とも言えない恍惚感に襲われた。相手の首筋にナイフを突き立てた感触は、はっきりと感じた。しかし、そのあとの、何か熱い小さな塊がいくつか身体を貫通したような感触はぼんやりとして、あまりはっきりしなかった。

12

あれは、もう何年前になるんだろう。俺たちが双子の曲芸道化師としてサーカス団にいた頃だ。兄貴の恋人は、同じサーカス団にいた空中ブランコの娘だった。父親と母親と娘と三人が組になって、空中ブランコのショーを構成していた。

素敵な家族だった。兄貴はその娘と恋をした。両親ともが厳格で、特に父親は厳しかったから、兄貴とその娘はいつも隠れて逢い引きをしていた。そして俺は、いつもその手助けをしていた。でも本当は、俺もあの娘が好きだったんだ。とてもとても。きっと兄貴よりも俺の方が好きに違いないと思ったあの日、俺はいつものように兄貴の伝言をあの娘に伝えに行った。兄貴が言った時間よりも二時間早く。

そして、兄貴のふりをして逢い引きの場所、虎と象の檻の間のポニーの干し草の小屋に行った。彼女がやってくると、兄貴がいつもするように、抱きしめてキスをした。そう、いつも俺は、覗いていたんだ。兄貴と彼女が逢い引きするところをさ。

彼女は、「今日はなんだかいつもと違った感じだけど、これも素敵だわ」って言った。それから、彼女を脱がせて抱いた。俺にとっては、初めての女だった。彼女は、俺の腕の中で何度も絶頂感を味わっていた。そして言った。

「あなたは、ほんとうにジュネ?」と。

俺は面食らった。そして答えた。

「ごめん。俺は、カロ」

彼女は、一瞬びっくりした顔になったが、すぐに納得したようだった。

「やっぱり……。わたし、あなたのこともずっと好きだった。もしかしたら、ジュネよりも好きかもしれないと思ったこともある。でも、いけないわ。あなたたち兄弟は凄く仲の良い、凄く素敵な兄弟だから、ふたりが喧嘩するところなんか見たくない。それに、わたし、どうしたらいいの？」

そう言って泣き出した。

「ジュネが来る前にここを出よう」

そう言って二人は別れた。そのあと、兄のジュネは寂しそうに帰ってきた。

「彼女、今日は来なかったんだ。身体でも悪くしてなければいいんだが……」

その晩のショーで、彼女は空中ブランコから落ちた。そして、俺も宙返り肩乗りを失敗して、肩の骨を折ってサーカスをクビになった。

「あの時以来の失敗だな。また、肩の骨を折るのかな……」

そう思いながらカロは、ボルトに刺したナイフからゆっくりと手を離して、ジュネの肩から落ちていった。

ゆっくりと、ゆっくりと。

13

ボルトもまた、吸気口から落ちていった。それでも、銃の引き金はしっかりと引いていた。ドサッと、部屋の真ん中に落ちた。頑強な身体は、訓練の賜物だったのだろう。それほどの痛みは感じなかった。

のどに刺さった何か棘（とげ）のようなものも、もう痛いとは思わない。薄れゆく意識の中で、引き金だけは引き続けた。

また、黒い塊が彼に襲いかかった。その塊は、「この野郎、この野郎、俺の弟に何しやがるんだ」と遠くの方で叫んでいた。

その塊にも、弾を何発もぶち込んでやった。

14

ジュネは、とっさに「今だ、カロならばやってくれる」と感じた。だから、吸気口の真下に飛び出していって、ずっと昔、二人でやって来た宙返り肩乗りの姿勢をとった。案の定、カロが同時に走りこんできた。あの昔の感覚が蘇ってきた。カロは、ジュネの両手に自分の両手を添えて、フワッと宙返りをした。二人で両手を握りあったのは、もう何年ぶりだろう。ジュネの両手から背筋に掛けて快感が貫いた。カロの一番調子の良いときの感触が、ジュネの肩に伝わった。どっしりと、安定感のある体重の乗せ方である。

「もう、失敗するはずはない」

ジュネがそう確信したとき、どうしたわけか、フワッと肩へかかる重さが消えていった。

「確か今、何か音がした。嘘だ！　ダッダッダッダッ！　って、不吉な音が……。嘘だ！　まだしている。ダッダッダッダッ！　って……」

ジュネの視界にゆっくりと落ちてゆくカロの姿が見えた。目が合って、カロがジュネにフワッとほほ笑みかけた。

「嘘だ！　ダッダッダッダッ！　って……」

ジュネは、上から落ちてくるボルトを見た。こいつが諸悪の根源だとわかった。

「この野郎、この野郎、俺の弟に何しやがるんだ！」

ジュネは、諸悪の根源に掴みかかった。

ダッダッダッダッ！

何か熱いものがいくつかジュネの身体を通りぬけた。ジュネは、後ろに吹っ飛んで、ちょうどそこにカロが倒れていた。口から血の泡を吹いていた。

「カロ！　大丈夫か？　大丈夫だよな。肩ぐらい折っても平気さ。すぐ治るよ。そしたら、また、サーカスに戻ろうな」

ジュネは、血だらけの口からなんとか言葉を絞り出した。

「ジュネ兄さん……兄さんに……謝らなきゃならないことがあるんだ……兄さんは……知っていたんだろ……」

カロも、血の泡を吹き出しながらそう言った。聞こえにくかったから、ジュネはカロの口元に耳を寄せた。

「ばかだな。おまえと俺は、ずっと同じ女を共有して来たじゃないか」

ジュネはそう言って、カロの身体を抱きしめた。

そのまま、ジュネの力も尽きて、ジュネは、生まれて初めて弟の肩に乗っていた。

15

グレッグとマルセルが相討ちの間に、マムシのトマは、靴底に隠していたナイフをゲリラ殺しのクローゼめがけて投げた。クローゼがマルセルに気をとられた一瞬の隙だった。

トマは、冷静に事態を見ていた。地下から頼みのマルセルたちが来ないでレナードがやって来て、吸気口からはシアン化水素を仕掛けていたにもかかわらず、二人も敵が侵入してきたときには、もう駄目だと半ば諦めた。

ああ、これで俺もやられる。

しかし、手負いのマルセルがレナードをやってくれたことで、少しだけ勝機が見えた。

マルセルがグレッグと撃ち合う瞬間に、ランドリュー兄弟が動くちょっとした気配があった。ランドリュー兄弟は、吸気口に残っているもう一人をやるに違いない。そうすると、残った中で戦力となるのは、こいつが一番だ。こいつを倒すことだ。

トマの投げたナイフは、正確にクローゼの心臓めがけて突き進んでいった。

16

トマがナイフと親しんだのは、本当に子供のころである。

トマは、コルシカのマリニャーナ村に生まれ育った。父親はトマが物心つく前、一九七五年にコルシカの自治主義勢力の一員として、フランス治安当局と衝突した、いわゆるアレリア闘争で命を失った。

だから、ずっと母の手で育てられた。マリニャーナは山の中にある美しい村であった。木々が覆い、小川が流れ、野生の山羊が生息する。

母は厳格なキリスト教信者で、トマを厳しく育てたから、彼もまた真面目な良い子だった。トマは、生まれつき小さな子供で、父親がいないこととその体つきから、〃ちびっちょトマ〃と言われていじめに遭った。

彼が四歳のとき、たまたま知り合いの車に乗り合わせて、母とポルトという西海岸に初めて遠出した。海岸線は巨岩の岸壁がそびえ立ち、目の前に壮大に広がる初めて見る海というものに息を呑んだ。

「なんて、大きいんだろう」

トマは、大きなものに憧れていた。自分も早く大きくなりたい。そして、母を幸せにしたい。そんな想いが、まだ小さな彼の胸の中に大きく広がっていた。でも、まだ四歳の彼は〃大きい〃

という言葉を知らなかった。彼は、壮大な海を指さした。

母は、「青いでしょ」と言って笑った。トマ少年は、その海をゆっくりと切り裂いてゆく大きな青い客船を指さした。

「あれも青いわね」

母は優しく言った。今度は、頭上に広がる青い広大な空を指差した。

「ああ、お空も青いわね。あなたは、青いものが好きなのね」

そう言って笑う母の笑顔を彼は眩しく眺めていた。

それからというものトマは、〝大きい〟ものは、〝青い〟と言うんだと思った。あの海も、客船も、空も、マリニャーナの村を囲む山々も、広場の栗の木もみんな〝青い〟んだと。

トマの五回目の誕生日が近づいたある日、母は村に一軒だけある雑貨屋に連れて行ってくれた。

「あなたの好きなもの、何でも買ってあげるわよ」

トマは、前から雑貨屋の店の奥に飾ってある大きな船の模型が欲しくてたまらなかった。あの日、母と岸壁から眺めた〝青い〟海を切り裂いて走る〝青い〟船……。

トマは「青い！」と言って、店の奥を指さした。

母は、不思議そうな顔をして、

「あら、あんなものが欲しいの？　そうか、あなたは、青いものが好きだったわね」

と言って、赤い船の模型の隣にある小さな青いナイフを買ってくれた。

彼は、断ることができなかった。

一人になって、トマは買ってもらったナイフを森の原生林に投げつけた。

「こんなちっちゃなナイフ、欲しくはなかったんだ！」

ところがそのナイフは、見事に西洋ヤマモモの幹に突き刺さった。今度は、イチジクの実を狙って投げてみた。これもまた、イチジクの実を切り裂いて落ちてきた。トマは、なんだか自分が大きくなったように感じた。それからというもの、一人の時はいつもナイフを投げて遊んだ。やがて、木に止まった鳥も刺し貫くことができるようになった。

トマが十二歳になったある日、母が死んだ。

母の形見になるようなものは、結局、青いちっちゃなナイフしか残らなかった。

17

トマの投げたナイフは、正確にゲリラ殺しのクローゼの心臓めがけて突き進んでいった。

ドスッと鈍い音がして、ナイフはクローゼの心臓に突き刺さったかに見えた。しかしクローゼは、ナイフが突き刺さったまま、トマの方を振り向いてニヤリと笑った。

「あんた、なかなかいい腕してるな。危なかったぜ。普通じゃ、ナイフなんか跳ね返るんだが、あんたのナイフは一応刺さったよ。かすり傷だが、ちったあ痛かったぜ」

そう言って、クローゼはナイフを引き抜いた。ナイフの先に少しだけ血が付いていた。どうも、簡単な防弾チョッキのようなものを着こんでいるらしい。クローゼは、そのナイフの血をペロリと一舐めしたあと、トマに向けて矢のような速さで投げ返した。トマは危うくそこにあった椅子でナイフを受け止めたが、そこへクローゼが体当たりしてきたので、椅子と一緒に吹っ飛んだ。

クローゼは、袖口から細いピアノ線のようなワイヤーを引き出して両手に持った。クローゼ得意の武器である。これでひと巻きして引き絞ると、手でも首でも、ひとたまりもなく引き切られる。片方の先には分銅のような錘（おもり）が付いており、投げても相手に巻きついて鋭利な武器と化す。

クローゼは、大きな身体には似合わない敏捷（びんしょう）な動きで、トマに襲いかかった。その時、横から黒い大きな牛のような塊がクローゼの横っぱらを直撃した。クローゼはたまらずひっくり返りながら、その黒い塊の首に一気にワイヤーを巻きつけた。トマは、黒ブーダンのおかげでクローゼの下から素早く抜け出ると、横に転がっている椅子に刺さったナイフを引き抜くやいなや、クローゼめがけて投げた。ブシュッと先ほどよりは柔らかい音がして、再びクローゼがトマの方を振り向いてにやりと笑った。

しかし、今度ばかりは、引き抜いて投げ返すわけにはいかなかった。クローゼの首にナイフが根元まで突き刺さっていた。ゲリラ殺しのクローゼは、そのまま横倒しにどっと倒れた。そして、黒ブーダンもまた、首をほとんど切断されて、血の海の中に横たわっていた。

18

ジョルジュは、ランドリュー兄弟がボルトを刺した時、すぐさま隠し持ったナイフを取り出してアルの方に向かった。自分ひとりでは何もできないくせに、偉そうな口をたたいて自分たちをコケにしたアルに、積年の恨みを晴らすチャンスだと思った。ジャン・ギャバンと自分とを重ね合わせながら、彼の耳には〝グリスビーのブルース〟〈註8〉が聞こえてきた。アルは、近づくジョルジュの目に射すくめられたように、身動き一つできない。ジョルジュが思い切りナイフを繰り出そうとしたとき、突然、モーガンの悲鳴にも似た慌てふためいた声が聞こえ、みながそちらを振り向いた。

「みんな、ちょっと待ってくれ！　休戦だ！　休戦だ！　医者を呼べ！　爺さんに弾があたった。こいつがいないと絵が元に戻らない！」

ボルトが吸気口から転落しながら乱射した弾が、どうもユゼフ老人とフランソワ、そしてヤンケル・ポランスキーにあたったらしく、三人がひと固まりになって血にまみれて倒れている。ヤンケルは頭にあたった弾が致命傷となって即死しているが、ユゼフ老人とフランソワは、虫の息だが生きているようだ。

「アル、それにそこのTRAの旦那、あんたらの所為(せい)でしょうが。こんなことになったのは」

ジョルジュがアルとモーガンを責めた。

「そんなことより、今は、早く爺さんを助けることが先決だ。普通の病院ではまずいから、ジョルジュさん、あんたの息のかかった設備の整った病院、どこか知らないか?」と、モーガン。

「ああ、この手のことはしょっちゅうあるから、すぐ手配する。その代わり、絵は俺たちが預かるからな」

ジョルジュは、当てのある医院に電話で連絡を取り始めた。

「あとの死体の始末はうちの若いのに頼んで、すぐ爺さんを連れていこう。場所は、エコール・ミリテール〈註9〉のそばだ」

ジョルジュがそう言ってキャンバスと額縁をケースに入れると、マムシのトマとモーガンがユゼフ老人を、アルがフランソワを外へ運び出した。

〈註8〉＝ジャン・ギャバン主演のフランス映画「現金(げんなま)に手を出すな」(一九五四)のテーマ曲。

〈註9〉＝旧陸軍士官学校。エッフェル塔の近くにある。

19

万代と真田は、二人の男がカフェを出ていった後、しばらく彼らの動向を注視していたが、彼らが入っていったワインショップの様子がおかしいので近づいてみた。すると案の定、店員がカウンターの陰に倒れている。

「そろそろ始まったようですね」と真田が囁く。

問題のアトリエ、エスパス・サンテミリオンの方へ回り込んで様子を窺っていると、しばらくして、ダッダッダッダッダッ！　と自動小銃の発射音と思われる音が立て続けに聞こえた。

「万代先生、都会というものは不思議なものですね。このすぐ隣の建物の中では自動小銃を撃ちまくって殺し合いが行われているというのに、道一つ隔てた場所では、人々がまるで何事もないようにコーヒーを飲んでおしゃべりしている。たとえ、銃の音だとわかったところで、自分には関係のないことだと、あえて無関心を装うのでしょうか」

「そうだね。私たちだって知らずにコーヒーを飲んでいたら、工事の掘削機の音だとでも思っているでしょうから」

「きっと、パリ警察やインターポールだって、今日の取引について少しは察知しているに違いないですよ。でも、こうして何も起こらないのは、事前に防止する手間をかけるよりも、自然淘汰に任せて殺し合ってくれた方が良いと思ってるんじゃないでしょうか」

ジャクリーヌが言っていたことと同じことを真田が言ったので、万代は可笑しくて笑みがこぼれた。

「何か可笑しいですか?」

「いや、真田君、君の言う通りかもしれないね」

その時、そこへ、小次郎、ヤン、リシャール、メジュランたちが駆けつけてきた。

「ここが、エスパス・サンテミリオンだな。この中で、絵の復元作業をやっているのか?」

リシャールがヤンに問いかける。

「そうよ。今、きっと作業中だわ」

と、ヤンは扉に近づいた。

その時、万代が大急ぎで近づいて声を掛けた。

「ねえ、君たち。そこの少年は、たしか以前、最初の取引の日にホテル・ル・ムーリスでウロウロしていて、最後に絵を持ち逃げしたあの子だろ。それに、女の子も、ホテルにいたな。どんな関係か知らないが、今、ここを覗くのは危険だよ。いや、それを知っていてのことなら、あえて止めはしないが」

「あっ、日本のヤクザだ」

小次郎が思わず叫んだ。

「えっ、こいつらか、日本のヤクザってのは」

リシャールも、とんだ鉢合わせにびっくりして後ずさる。

「ああ、仰せの通り、私たちは日本の組織の者だが、今、この中では、ドンパチ殺し合いの真っ最中のようだから、私たちも邪魔をするのは遠慮している状況なのさ。

君たちは、TRAともジョルジュの組とも関係がないみたいだから、どちらかを加勢に来たわけじゃないだろ。そうだとしたら、悪いことは言わないから、おとなしく高みの見物をした方が身のためだと思うよ。それに、こんな年端もいかない少年と少女がいるんだから……。もう、そんなに時間はかからないさ」

万代がそう言い終わるか終わらないうちに、アトリエの表ドアが勢いよく開いて、中から、まずジョルジュが黒い絵画ケースを抱えて現れた。

「あっ、お前はニセ刑事。それに、あの娘も！　そちらの日本の方は、もしかしたら、明石屋佐兵衛商会とかのお身内の方でござんすか？」

「あなたこそ、もしかしたらジョルジュ親分でしょうか？　私どもは、お察しの通り、明石屋佐兵衛商会の万代と、こちらにおりますのは真田と申します。以後、お見知り置きください」

万代がジョルジュと挨拶を交わす。

小次郎、リシャール、ヤン、それにメジュランは驚きながら、いつでも逃げられるように後ずさった。

少し遅れてモーガンとマムシのトマが、ユゼフ老人を抱えて入り口から出てきた。トマは、小次郎とリシャール、そしてヤンがいるのを見て目を丸くしている。

それよりも驚いたのはモーガンである。

「お前は、メジュランじゃないのか？　そうだな、確かにメジュランだ！」

「モーガンさんですね。ご無沙汰しております。もう、あれから十四年にもなりますかね。

そんなことより、そこで傷ついているのはユゼフではないですか？　どうしたんです。彼を撃つなんて。彼に絵画の復元を頼んでいたのではないのですか？　あなた方と言う人は……」

メジュランがなじり口調で言う。

「大変！　マノンのおじいさんでしょ。早くお医者さんに見せないと！　それにマノンに知らせないと……」とヤン。

「ここで一堂に会したのも何かの縁だ。日本の方も一緒に病院まで行ってくれないか？　今後のことをそこで話したい」とジョルジュ。

こうして一同は、ジョルジュの息のかかった病院に向かった。

第十九章　「さよならだけが人生だ」

――井伏鱒二――

1

　病院は、エッフェル塔が見える閑静な住宅街の中にあった。

　私設としては設備の整った病院で、近辺に住むマダムや背広姿の紳士たち、子供連れの母親などが待合所で静かに待っていて、自動小銃の撃ち合いの流れ弾があたった男たちの来るような場所にはとても思えなかった。

　彼らは、いつものように裏の救急入り口から施術室に直接入った。すぐに、ドクターのベルン博士がやって来た。眼鏡をかけた背の低い小太りの男だ。

「今度はどうしたんだね。いやー参ったな、銃創かね。死ななければいいんだが。死なれると正式に当局に届けなきゃいけなくなる。高くつくよ」

そう言うと、すぐさま手術室へ運ぶよう指示し、すぐに自分も向かった。

手術の間、一行は院長室に通されていた。TRAのモーガンとアル、ジョルジュとマムシのトマ、小次郎とリシャールとヤンとメジュラン。万代と真田は、他のグループと少し離れて立っていた。少しの間、気まずい沈黙が流れた。まず、口火を切ったのがトマだった。

「小次郎とか言ったよな。なんでお前はこんなところにいるんだ？　それにニセ刑事、お前もどうしてカフェの仕事に専念しないんだ？」

トマの話を受けて、万代が静かに小次郎に話しかけた。

「小次郎君と言うんだね。君はどうして、こんな物騒な問題に首を突っ込んでいるのかな？　この絵に何か関係しているのかな？」

「そうなんです。あなた方がオークションで競り落としたフェルメールの贋作というのは、実は僕の家にあった絵なんです。旧家の蔵から出てきたとか新聞に書いてありましたが、真っ赤な嘘っぱちです。四年前、僕が十二歳の時ですが、母が交通事故で亡くなった時、男たちが来て僕から買っていった絵がそれだったんです」

そう話す小次郎から、トマは苦しそうに目をそむけた。

「その絵は、似た絵なんかじゃなくて、私たちが競り落としたあの絵そのものなんだね」

万代が確かめるように念を押す。

「ええ、間違いありません」

小次郎が答える。

「その絵はおそらく……」と、突然、モーガンが割って入った。

「その絵は、おそらく、そこにいるメジュランが描いたものだ。そう、一九九六年だから十六年前になるが、わたしがニューヨークのTRAの本会議で発案して、やっと探し出した天才的なフェルメールの贋作作家が、このメジュランだった。いや、メジュランは、贋作作家と言うと怒るだろう。フェルメールの作法を研究しつくした若い作家だった、と言った方が正しいだろう。彼は、決して贋作を描くのではなく、オリジナルを描いていたんだ。これは、彼の名誉のために言っておく。

だが、そのテクニックは見事だった。専門家をして見分けがつかないくらいの製作能力があった。わたしは彼に贋作を描くよう頼んだが、彼は頑として承諾しなかった。しかし、本物のフェルメールの『合奏』を手元に置いて描かしてやると言ったら、彼の気持ちが揺らいだ。彼は、出来上がった作品を絶対悪用しないならばと条件をつけて、本物のフェルメールの『合奏』に触れ、それを間近に見られること、そして、フェルメールを超えた作品を描くことに夢中になった。そして二年後、絵が完成すると、彼は完成した贋作の『合奏』とともに消えてしまったというわけさ」

「本当なの？」

ヤンがメジュランをびっくりした表情で見つめる。

「ああ、その通りだ。おそらく、そちらの日本の方が持っておられる『合奏』は、わたしが描いたものだ」

「だが、俺が調べたところによると、あんたの描いた『合奏』は、科学検査やキャンバス、塗料分析でも本物と同じという結果が出ているけれども、そんな材料や塗料を何処で手に入れて、技法をどうやって知ることができたんだ?」

リシャールがメジュランに質問を浴びせた。

「実は、わたしはオランダの出身で、わたしの名前メジュランは、オランダ語ではメーヘレンと呼ばれている」

「えっ、メーヘレンなの? あなたが?」

小次郎が声を上げる。

「君は、メーヘレンを知っているのかい?」

メジュランが聞き返す。

「ええ、二十世紀最大の贋作作家で、偉い学者や美術の専門家、果てはナチスドイツまで騙したというあの人でしょ?」

「そう。でもその人は、わたしの祖父だ。そして、今、手術室に行っているユゼフは、わたしの父だ」

びっくりして小次郎はメジュランを見た。

「メーヘレン家には代々贋作の手法が伝わっていた。昔の絵の顔料や塗料を分析する技法、分析に基づいてそれを製造する技術、その昔の塗料を作るための昔の原料や昔のキャンバスのストック、昔のキャンバスに描かれている絵を削り取る手法、時間をかけて乾かしたように見せかける速乾法、アルコール鑑定の回避法や年代による変色やひび割れの創り方、そして、本物を全く違った絵に描き変えて再び元に戻す方法など、あらゆる贋作の手法が伝わり、受け継がれ、また改良されてきた。

ＴＲＡをはじめいろいろな裏の世界の連中が、わたしたちのその技術を利用しようと近づいてきた。わたしはそれが嫌だった。ところが父は、昔からＴＲＡに協力してきた。だから、わたしは父と衝突し、単身パリに出てきたんだ。わたしは贋作家ではなく、画家として人生を生きたかった」

メジュランはそう言って、自分に課せられた運命を呪うように目をつぶった。

「だが、優れた贋作家は、優れた画家でなくてはならんのだよ。あんたのおやじさんには、残念ながらその才能がなかった。しかし、あんたにはあった。それだけの違いさ。そして、あんたのおやじさんはＴＲＡに協力的で、あんたはＴＲＡを忌み嫌っている。皮肉なもんさ」

と、モーガンが吐き捨てるように言った。

「あなたは、本物のフェルメールの絵をそばに置いて、それと同じように、あるいはそれ以上に、自分で描いてみたかったんですね。それで、出来上がったら、それを持って逃げた」

万代はメジュランを庇うように言葉を添えた。

その時、マノンがジャンヌに連れられて飛び込んできた。

「おじいちゃんが怪我したって本当？」

泣きそうな顔をしてヤンと小次郎に聞く。

「大丈夫だよ。今、手術をしているから……」

と小次郎が答え、ヤンはそっとマノンを抱きしめてあげる。

そうこうしているうちに二時間ほどが経って、ドクター・ベルンが手術室から院長室へやってきた。

「どうだった、先生！」

ジョルジュが真っ先に口を開いた。

「うん、若い方はなんとか助かったが、爺さんの方はダメだった……。爺さんは、病死ということにしないとまずいんだが、保険証はあるんだろうな？　またこないだみたいにないとなると、それも偽造しなくちゃならんのだよ。たまには医者らしい仕事をさせてくれよ」

「先生、若い方はどうでもいいんだ。爺さんをなんとかしてくれよ」

アルがベルンに詰め寄る。

「あんた誰だか知らんが、ダメだったもんは、ダメなんだよ。だいたい、若い方だって危ないところを助けたのに、その言いぐさはないだろうが」

と、ベルンは、不機嫌さを露わにした。

するとマノンがワッと泣き出した。

「弱ったな……。爺さんが死んでしまったら、もうフェルメールの原画は元に戻らないのか……。おい、メジュラン。あんたは、爺さんの息子だろう。なんとかならないのか？　おい！」

モーガンが半分懇願するように、半分脅しも交じえながらメジュランに詰め寄った。

「えっ、メジュランさんは、わたしの伯父さんなの？　じゃ、伯父さんは、ママを知らない？　ママもパリに行ったまま、行方がわからないの。アルさんは逢わせてやるって言ったのに、行方知れずだって……」

「マノン、良くお聞き。いいかい。マノンにはかわいそうな知らせだけれど、お母さんのアンナは、五年前に亡くなったんだよ。ポーランドのＴＲＡの下部組織にパリの娼婦として売り飛ばされて、僕がやっと探し当てた時には病気で痩せ細って……。僕は何もしてやれなかった……」

マノンは、それを聞いて、泣くこともできず茫然としていた。

「おい、メジュラン！　そんなことより爺さんの代わりにお前がなんとかできないのか？　礼ならたっぷりするから、なんとかしてくれよ」

と、再びモーガンが哀願する。

「あんたらは、そうやって他人を食い物にしてきた。妹のアンナだって、あんたらがあいつの亭主をそそのかしたんだろ。親父だって、俺がやめろと言ったのに、あんたらの手先になってとうとうこんなざまだ。これ以上、俺たちにどうしろと言うんだ！」

「頼む、この通りだ。あんたの腕で元の絵に戻してくれ！」

そう言ってモーガンは、メジュランに手を合わせる。

「だが、俺はできないんだ」

「頼むから、なんとかしてくれ。あんたしかもう手掛かりはないんだ。息子なら爺さんのやってることぐらい見てなかったのか？」

「だから、俺はできないと言ってるだろう。だが、条件がある。もし、その条件を呑むのなら、できる奴を紹介してやってもいい」

「えっ、本当か？　あのジジイは自分しかできないと言っていたが、他にもできる奴がいるんじゃないか。それならそうと早く言ってくれ。それは誰なんだ？」

モーガンはさっきまでの気弱な態度が一変し、もどかしそうにメジュランを見る。

「まず第一の条件は、今後一切、小次郎やマノン、ヤン、リシャール、もちろんわたしにもだが、絶対に手出しをしないこと。それは、ジョルジュさん、あなたのところも約束することだ。それに、日本の方、あなた方もだ。第二は、わたしの描いた贋作は、持っていた小次郎に返してやってほしい。第三に、ユゼフの葬式を先に済ませたいと思う。その段取りを頼みたい。以上が条件だが、呑めるか？」

「わかった。言う通りにするから、その相手と言うのを教えてくれ。いったい何処の誰なんだ？」

と、モーガンがせっつく。

「モーガンの旦那、あんたが勝手に仕切るような真似はしないでほしいね。俺はまだ、何も承諾しちゃあいねえぜ」と、突然、ジョルジュが口を挟んだ。

「しかし、ジョルジュ、絵が元に戻らないことには、ここにいる日本の方々にもお売りすることができないじゃないか」とアルが横から口を出す。

「ジョルジュじゃなくて、ジョルジュさんだろ。それにアル、お前なんかと話してるんじゃなくて、俺はモーガンさんと話してるんだ。親分同士が話してる時に、チンピラはすっ込んでろい！」

アルは、おろおろしながら下を向いた。ジョルジュは満足そうに笑みを浮かべて、モーガンの方に向き直った。

「モーガンさん、俺は、このメジュランさんとかいう人の提案を受け入れないと言ってるんじゃねえ。今の情勢を考えたら、もうあんたがたが仕切る立場にはないってことを言いたいんだ。原画は、結局まだ俺たちが管理している。あんたんところの切り札だった爺さんは死んじまった。メジュランさんは、あんたにではなく、我々に提案してるんだ。と言うことは、あんたらＴＲＡの持ち駒は何もないってことになるじゃないか。あんたらの取り分はせいぜい一割ってところかな」

「まあ、それは、そちらで決めていただくとして、日本のお方は私の提案で宜しいかな？」

メジュランが万代に問いかける。

「ええ、私どもは結構です」と、万代。

「じゃあ、わたしの方で、絵画復元の日取りと場所を決めさせていただく。

三日後ではどうでしょうか？　明日か明後日にユゼフの葬式を行うとして、その後ということです。

時間は、十四時。場所は十八区ノルヴァン通りの二十四番地。芸術家村のアンリ・コルディ氏のアトリエでどうでしょう。彼が絵画を復元できる唯一の人物です」

そうメジュランが言った時、

「えっ、ノルヴァン通りのアンリ・コルディさんて……」と小次郎が言いかけて、口をつぐむ。

「おまえ、知っているのか？」

マムシのトマがいち早く聞き咎める。

「ええ、なんとなく。あのおじいさん、近所だから挨拶をするくらいで……」と、小さな声で答える。

「また爺さんか……」とジョルジュ。

「それから、日本の方は、わたしの描いた絵の方も必ず持ってきてください」

そうメジュランが告げると、ジョルジュがすぐに、

「現ナマの方も忘れずにお願いしますよ」と言って、にんまりした。

「来ていただくのは、モーガンさんとアルさん。ジョルジュさんとそちらの方。日本の方、お二人。それぞれお二人ずつということで、良いですね。それ以外の手下の方たちはお断りです。あとは、小次郎君たちにも立ち会ってもらいましょう。それから、葬式の場所については、モーガンさんの方で押さえてくださるのでしょうね」

メジュランが半ば当たり前のように言うと、すかさずドクター・ベルンが、

「明日か明後日というと、病死をでっち上げるのに特急料金が加算されるから、千ユーロはかかるが、支払いはそちらさんでいいんでしょうか？」

と、モーガンの方を指さして、ジョルジュに同意を求めた。

「そりゃ、そうだろうよ」

ジョルジュは、モーガンに向かって皮肉交じりに軽く会釈をした。

第二十章

「人は、運命を避けようとしてとった道で、しばしば運命にであう」

―ジャン・ド・ラ・フォンテーヌ―

1

リシャールは、夜、メジュランに電話をかけた。電話番号は、ヤンに聞いた。

「メジュランさんですか？　わたし、リシャールです。今日は、お助けいただいてありがとう」

「いや、こちらこそ、わたしのことであなた方をこんな事件に巻き込んでしまって申し訳ない」

メジュランは、突然の電話にやや戸惑いを見せながら答えた。

「いえそれはともかくとして、あなたにお聞きしたいことがあって電話しました。小次郎のことです。ヤンに聞いたのですが、あんたは、小次郎を知っているとおっしゃった。でも、小次郎はあなたを知らない。それでは不公平だ。明日にでも、逢えますか？」

電話の向こうで、メジュランが考え込んでいる様子が窺えた。

少しの時間をおいてメジュランが、

「そうですか……わかりました。どちらに伺いましょうか？」

「いえ、シャンティイのあなたのお宅に伺いたい。これもヤンに聞いたのですが、あなたの家にある絵を小次郎に見せてやりたいのです。宜しいですね？」

リシャールは、メジュランに有無を言わせずに、きっぱりと明日の約束を取り付けた。これが、彼があゆに頼まれた、小次郎の後見人としての最後の仕事だと思っていた。

2

その日遅くに、万代はジャクリーヌから電話を貰った。

「ヒロミ、明日、時間ある？」

「どうしたんだ？　何か新しい情報でも入ったのかい？」

「あることはあるんだけど、たまには仕事じゃなくて、デートのお誘いくらいあってもいいんじゃないの？」

「そうだな。明日の夕方はどう？　そのあと夕食を一緒に食べよう」

3

その晩、リシャールは、なかなか寝付くことができなかった。

ヤンやマノンに気づかれないように、そっと一階の『ベティ・ブルー』のバーに降りていった。珍しくウィスキーをストレートで飲みたい気分だった。バーボンのボトルを取ってストレートグラスに注ぎ、一気に飲み干した。バーボン特有の香りが、のど元を駆け抜けていった。

「なんて不味いんだろう」

そう思いながらもう一杯注いだ。それからカウンターの椅子に座った。

なんであいつは今頃になって、のこのこ小次郎や俺の前に現れたりするんだ。俺と小次郎はこれまでうまくいってたんだ。まるで、あゆと俺の子供じゃないかと錯覚しそうになることがある。あゆがいない今、小次郎を見ていると、あの目はまるであゆの目だ。

「あなたが、あの人に負けないくらいわたしを愛してくれているのは知っているわ。でも、ごめんなさい。わたしはあの人に夢中なの。だからあなたには、負けないくらいの友情でお返しするわ」

そう言って幸せそうに笑うあゆの目と同じだ。

見上げると、『ベティ・ブルー』のガラス窓から半欠けの月が覗いている。

リシャールは、まるであゆに見つめられているような錯覚に陥りながら、もう一杯、バーボンを一気にのど元に流し込んだ。

4

翌朝、リシャールは小次郎を愛用のホンダに乗せて、シャンティイに向かった。小次郎は、突然のリシャールの誘いにちょっと戸惑ったが、メジュランが何故自分のことを知っているのか疑問だったので、その訳を知るためにも会ってみようと思った。

ホンダは朝の光を受け、少し色づき始めて黄緑色に輝く森の木々の間を抜けて、メジュランの住む一軒家に辿り着いた。開いたままの古い金属製の扉を入り、荒れた草原のようなアプローチを抜けて、ホンダは家の玄関の前で停まった。

後ろから追いつくように森を渡ってきた風が、青い香りを残して二人を追い越していった。

「何て気持ちの良い場所なんだろう」

小次郎は思った。

バイクの音を聞きつけてか、メジュランが玄関ドアを開けて出てきた。

「おはよう、小次郎、リシャール。よく来てくださいましたね」

メジュランは二人を中へ招き入れた。部屋にはガラステーブルを囲んで茶色の革のソファーがあったが、リシャールはいち早くヤンから聞いていた肖像画に目がいった。

「今、お茶を淹れますから、ソファーにお掛け下さい」

そう言うとメジュランは、隣の部屋へ出ていった。

「プティジル、この肖像画をよくご覧」

リシャールはそう言って、小次郎を促した。小次郎は言われるままに、その絵の前に立った。

その肖像画は、まさしく小次郎の母、あゆをモデルにして描いたものだった。あゆが青い日本の着物を着て、立ったまま手紙を読んでいる。左からの柔らかな光が、あゆの美しく幸せそうな表情を浮き立たせる。恋人からの手紙だろうか。その腹部はこころなしか膨らんでいて、子供を孕(はら)んでいるように見える。背後の壁には大きな世界地図が広げられており、手紙を読むあゆの遠く彼方にいる差出人への想いが伝わってくるようだ。

「そうだよ、君のお母さんだ」

いつの間にかメジュランが小次郎の背後に立っていた。

「あなたは、いったい誰?」

小次郎は、振り向いて彼を見据えた。

メジュランは少し躊躇してから、言葉を選びながら話し始めた。

「この手紙の差出人は、わたしだ。あゆはこの時、妊娠していた。もちろん、お腹の子は君だ。そして、その父親は、わたしだ……」

「なんで、母さんを捨てて、いなくなっちゃったんだよ。僕も捨てて……。ほんとに父さんだったら、そんなことはしないはずだ。嘘だろ。父親だなんて、真っ赤な嘘っぱちだろ」

小次郎は、両手でメジュランの胸を思いっきり叩き続けた。メジュランはしばらくの間、小次郎にされるがままにしていた。まもなく、半ば泣き始めた小次郎の肩に、メジュランは優しく手を置いた。

「捨てたわけじゃないんだ。わたしは、あゆも小次郎も、世界の誰よりも愛していたつもりだ。捨てたりなんてこと、決してしないよ」

「じゃあなんで、いなくなったりなんかするんだよ！」

しゃくりあげながら、小次郎は反発するように言葉を返した。

「すまなかった。本当に小次郎には悪いことをしたと思っている。TRAが接触してきた時、フェルメールの本物をじかに見ることができるという誘惑に負けて、あんな仕事を引き受けてしまったわたしが悪かったんだ。あゆは、はじめ反対したけれども、〝あなたが、やってみたければ、きっとあなたのためになるわ〟と言って許してくれた。

ちょうどおまえが生まれる頃だよ。二年後に作品は完成するのだが、完成が近づくにつれて、あの絵が悪用されることがわかってきた。一切わたしのことは世の中から消し去って、絵とともにいなくなることが、あゆとお前を守ることだと決断したんだ。あゆもわかってくれた。幸い、あゆとお前のことを、ＴＲＡは知らなかった。あゆは、出来上がった絵を見て涙を流して感動してくれた。彼女もフェルメールが大好きだったからね。そして、わたしの仕事も……。

あの絵は、本物よりも素晴らしいと言ってくれた。だから、あの絵を君たちのアパルトマンに残していったんだよ。君たちを巻き込まないためにいなくなったつもりが、結局、巻き込んでしまったね」

そう言ってメジュランは、小次郎に頭を下げた。

小次郎は、そんなことで簡単には許したりしないと思いながら、父親を睨みつけていた。

「それから、リシャールさん。後見人として小次郎の面倒を見てくださり、こんな良い子に育ててくださって本当にありがとうございました。このご恩は、決して忘れません。しかし、まだまだ安心はできない。この子がわたしの息子だと知ったら、まだ何が起こるかわからない。もう少しの間、このことは秘密にしておいてください」

そう言ってメジュランは、リシャールにも深々と頭を下げた。リシャールは、メジュランの目に少し光るものが流れ落ちるのを見た。

小次郎はその間も、メジュランを睨み続けていた。

シャンティイからの帰り道、リシャールはセーヌ河畔のシュリー橋のたもとにバイクを停めた。

「少し歩こうか？」

すぐには独りっきりになりたくなかったので、小次郎も素直に従った。

夕暮れの太陽がノートルダム寺院の先にあって、川面をキラキラと輝かせている。サン・ルイ島とシテ島の間を遊覧船が通り過ぎてゆく。

「リシャール、あなたが僕のお父さんになってくれない？」

「プティジル、何を馬鹿なことを言ってるんだ。ヤンだって、マノンだって、あんなにお父さんに逢いたいのに今はもういないんだ。俺だって小さい頃に親父がいなくなって、どんなに寂しかったことか……。でもおまえには、こうして本当の父親が現れたんじゃないか。それも、おまえの大好きな母さんが愛して、愛して、死ぬまで愛した人。そして彼もまた、あゆを今でも心から愛し続けている。

さっき見た絵を思い出せばわかるだろ？　あの絵は、本当に愛している気持ちに溢れているよ。俺だってあゆを愛していたけれど、あゆは、それ以上の友情を俺に感じてくれていた。だから、彼女に何かあったとき、世界で一番大事なおまえを俺に託したんだ。俺は、そのあゆの気持ちに応えるためにも、おまえを幸せにしたい。それには、メジュランさんが必要なんだ。彼も苦しかったに違いない。おまえが大きくなった時には、そのことがわかるだろう」

小次郎は、ノートルダム寺院の方に目をやった。夕暮れの太陽は、寺院の左側面を真っ赤に染めている。その赤い光も、寺院の荘厳な姿も、揺れる木々の木漏れ日も、すべての景色が滲んでぼやけてくる。

また、サン・ルイ島とシテ島の間を遊覧船が通り過ぎてゆく。

それもまた、すっかり滲んで小次郎には見えていた。

5

夕刻、万代は待ち合わせ場所のサンジェルマン・デ・プレ教会広場近くのカフェ・ボナパルトの屋外のテーブル席で、ビールを飲みながらジャクリーヌを待っていた。

サンジェルマン・デ・プレ教会は、夕方の西日を浴びて美しく輝いている。隣のカフェ・ジンクの前には、バイオリン弾きの芸人、いや芸人というよりも音楽学生といった風情の奏者が、チャイコフスキーのバイオリンコンチェルトを奏でている。

秋が間近であることを感じさせる、涼しい爽やかな風が吹き抜けてくる。その風に運ばれてきたかのように、ジャクリーヌがふわっと現れた。淡いブルーにピンクの花柄の模様の入ったシフォンのようなワンピースが、美しく風に靡(なび)いた。

「待った？　男はね、いつでも女を待ち続ける忍耐がなくてはいけないのよ」

そう言って、ふわっと笑った。なんだか初めて会ったときのジャクリーヌが戻ってきたような感覚が万代の中に湧き起こって、一瞬どぎまぎした。

「いや、この時間を愉しんでいたよ。待つのは楽しいものだね。少なくとも待たれるよりは……」

そう言いながら立ち上がって隣の椅子を引き、ジャクリーヌを掛けさせた。

「なにか飲み物は？」

「わたしは、ピエール・ブランシュ〈註10〉をいただくわ」

万代はギャルソンに、ピエール・ブランシュと自分のお代わりを注文した。

「ところで、昨日のアトリエ、エスパス・サンテミリオンでのことなんだが、警察の方ではどんな事件になっているのかな？」

「あら、もうお仕事の話？　じゃあここでは、仕事の話を許してあげるわ。でもお食事の時は、仕事に関することはなしよ」

ジャクリーヌはそう言って、悪戯っぽく笑った。

「そのアトリエ、エスパス・サンテミリオンのことなんだけど、何の事件にもなっていないのよ。実は、今朝、わたしも警官を連れて行ってみたんだけど、死体があるわけでもないし、何事もなかったかのように綺麗に片されていたわ」

「わたしが見ただけでも、少なくとも二人はワインショップで殺されていたんだがな」

「周囲に聞き込みをしても、別に銃声も喧嘩もなかったって言ってるわ。口止めされたか、無関心かのどちらかね。

ところで話し変わるけど、実は、ちょっと気がついたことがあるの。昨日、昔のボザール国立美術学校に通ってた頃の本を整理していて見つけたんだけど、わたしの五、六年先輩で、フェルメールのタッチや構図、技術的手法を天才的に熟知して絵を描いていた人がいたの。彼には、教授陣も一目置いていたわ。その頃、わたしはフェルメールが大好きで、一生懸命フェルメールについて研究していたから、教授に紹介されて彼の個展も見に行ったの。会場で彼の話を聞いて、わたしなんかクリエイターとしても研究者としても彼の足もとにも及ばないって感じたわ。

あなたがオークションで競り落としたその贋作の作家っていうのは、彼ではないかしら。これが、その時の個展のチラシよ。名前は、アンリ・メジュラン」

そう言って、ジャクリーヌは古ぼけた一枚のチラシを万代に見せた。

そのチラシには、まさしく昨日逢った、しかしずっと若くて初々しいメジュランの顔写真と、彼の作品として、青い着物姿で手紙を読む東洋の美しい婦人の絵が印刷されていた。

「昨日ぼくは、この人に逢ったよ」

「えっ、じゃあやっぱり彼だったのね！」

「そう言っていた。贋作を描いたのは自分だと。思った通り、昨日、フェルメールの原画を復元させる作業が行われるはずだった。それを実行する役目の画家が、彼の父親だったたんだ。ところが、絵画を復元させている途中で諍い（いさかい）が起こり、誰かの撃った銃の流れ弾が彼の父親にあたってしまったらしい。昨日、彼の父親は、緊急手術の甲斐もなく亡くなってしまった。それで復元作業は暗礁に乗り上げたように見えたんだが、メジュランの知人の年寄り画家がこの作業ができるということがわかって、明後日、実施することになった。その場で取引も行われる。だから、明後日には君にもお出ましいただかないといけないことになった。

ちなみに、メジュランやその父親は、君も当然知っているオランダの有名な贋作作家メーヘレンの末裔だったんだ。どうだい、驚いたかい？」

ジャクリーヌはびっくりして、しばらく口を開くこともできなかった。

その昔、自分が一生をその研究に捧げ、その絵のそばにいられるならどんな仕事でも良いと思うほどに恋い焦がれたフェルメールに、再び接することができる喜び。しかも、その原画が復元される現場に間近で立ち会える。その絵は、もう二十年もの間この世から失われていた名作『合奏』であること。そして、フェルメールを研究している時に必ず登場する贋作作家メーヘレンの名前まで出てきたのだから、彼女にとっては仰天することばかりだった。

「なんてことなの。あの頃わたしは、フェルメールの何かがあると必ず飛んでいった。高校生の時、オランダ、ハーグのマウリッツハイス美術館で開催されたフェルメール美術展で、世界に三十数点しかないといわれるフェルメールの作品の二十三点が三百年ぶりに一堂に会したのが最初だったわ。あの感動が忘れられずに、時間とお小遣いさえあれば、あちこちにフェルメールを観に行った。アムステルダム、ロンドン、ベルリン、ウィーン、アメリカ旅行の時にニューヨークのメトロポリタンやフリックコレクション、ワシントンのナショナルギャラリーにも行ったわ。でも、『合奏』は見ることができなかった。そりゃあそうよね、盗難に遭った後ですものね。それが、じかに見られるなんて……」

と、ジャクリーヌは興奮気味に一気にしゃべった。

「それで、明後日は何処に何時なの？」

「ちょっと待ってくれ」

万代はメモ帳を取り出した。

「時間は十四時から、場所は十八区ノルヴァン通りの二十四番地。芸術家村のアンリ・コルディ氏のアトリエだ。どんなところだ？」

「貧乏な芸術家たちが集まって、刺激し合いながら創作活動ができるように、パリ市が安く芸術家に提供しているの。モンマルトルの高台にあって、とてもいいところよ。ああ、なんか居ても立ってもいられなくなってきたわ。ちょっと歩きましょう」

ふたりはカフェを出て、セーヌ川べりを歩いた。どちらからともなく腕を組んでいた。こうして腕を組んで歩くのは、ふたりにとっては初めてのことだった。

ジャクリーヌの兄のピエールが、わざわざ手紙をくれて、どうやらジャクリーヌが万代のことを好きらしいと言ってきた時には、万代はすでに明石屋佐兵衛商会のれっきとしたヤクザになっていたから、そのあと逢ったのは、ピエールの葬式の時が最後だった。だから、ふたりとも好き合っていたにもかかわらず、腕を組むチャンスすらなかった。もちろん、ジャクリーヌがまだ少女だった頃には、兄妹のように手を繋いだことはあったけれども……。

川面を渡る風が、少しだけジャクリーヌの興奮を静めてくれた。ジャクリーヌは掴まっている万代の左腕の肩に頭をのせた。

「ヒロミ。わたしたち、もう一度はじめからやり直すことはできるかしら？」

「うん。ぼくも同じことを考えていた」

セーヌの川辺を幾組かのカップルとすれ違って、どのカップルも彼らふたりよりも自然に親密に振る舞っていた。

「ヒロミ。レストランは予約しちゃってる？」

「ああ、どうして？」

「船に乗りたい」

「よし、わかった」

万代はタクシーを停めた。

「アルマ橋の船着き場まで頼む」

タクシーの中から、レストランをキャンセルした。

タクシーが船着き場に着いた時、セーヌ川遊覧船のバトームーシュは、ちょうどタイミング良くもうすぐ出発するところだった。ふたりは急いで切符を買い、大急ぎで走り込む。なんとか間に合って笑い合う。まるで、高校生の若いカップルのようだった。

日はほとんど落ちて、辺りはもう青い闇が覆い始めていたが、西の空はまだ薄ぼんやりと赤く染まっていて、街の橙色の街灯は空の濃い藍色を浮き立たせていた。船が動き出すとともに、船から建物にあてるライトが点灯して、得も言われぬ幻想的な光景を浮かび上がらせた。

万代は、この遊覧船に乗るのはこれが二度目だった。もう何年昔になるだろう。留学生として初めてパリの地を踏んで一ヶ月くらい経ち、まだ友達もできないまま、初めて観光らしいことをしてみようと乗ったのがこの船だった。あの時、周りの景色のあまりの美しさがむしろ、ひとりぼっちの孤独感を嫌が上にも増幅させて、なぜか涙ぐんでしまった。だから、その後の景色はほとんど覚えていない。

ジャクリーヌはパリに生まれ育っていながら、この船に乗るのは初めてだった。いつか乗ってみようと思っていた。好きな人ができて初めてのデートはこの船にしようと、乙女心に決めていた。

ある日、いつものように兄とヒロミが明日の休みは何処に行こうかと相談している時、ピエールに、

「みんなで一緒に船に乗らない?」と、提案したことがある。

その頃には、何となくヒロミに好意を寄せていた。

しかし、ピエールに、

「あんなのつまらないよ。それより、ルイ・マルの〝アトランティック・シティ〟を見に行こうよ」

と言われて、結局ダメになった。あの時が最初で最後のチャンスだった。もう、きっと一生乗らないだろうと思っていた。


ジャクリーヌは、万代の左肩にそっと頭をもたせかけた。こうしていると、やっとあの頃の自分を取り戻しかけていることを感じる。

船を降りたふたりは、ジャクリーヌのアパルトマンへ向かった。どちらから言いだしたわけでもない。ただ、無言でタクシーに乗り込んでしまい、ジャクリーヌが行く先を告げた。


アパルトマンのドアを入ると、やっと解き放たれたかのように一気に抱擁し接吻をした。長い長い接吻だったが、失った時間を取り戻すにはまだまだ足りなかった。

「わたし、シャワーを浴びたいけど、あなたも浴びる？　そうなら、先にどうぞ」

「ああ、浴びさせてもらう」

「じゃ、用意するわね」

ジャクリーヌはそう言って、シャワールームに行った。

「こちらにどうぞ」

そう呼ばれて万代が行くと、そこにはタオルと女物のバスローブが用意されていた。万代がシャワーを浴びて出ると、彼女もバスローブに着替えていた。

「じゃ、わたしも浴びてくるから、先にベッドで待ってて」

そう言って、シャワールームへ消えていった。

万代は、こんな時、男はどうやって待っているのがいいのか良くわからなかった。決して初めてというわけではなかったが、彼にはそういった経験が乏しかった。本当に愛した人と巡り合うことがなかったからかもしれない。

だから、言われた通りベッドに入っても、落ち着かなかった。もう、五十も半ばを過ぎているのに、なんてだらしないことだろうと苦笑した。ベッドは、さっき抱きしめたジャクリーヌの香りがした。

間もなくジャクリーヌが、少し上気したような顔で戻ってきた。彼女もおぼつかない感じでバスローブを脱ぎ、ベッドに入ってきた。万代は、ジャクリーヌの裸の身体を抱きしめた。

ジャクリーヌは、こころなしか震えているようだった。隆起した白い豊かな胸も、それに続くなだらかな丘の部分と、その先にある陰翳(いんえい)に隠された魅惑的な場所。そこから伸びる形の良い二本の足。すべてが愛おしかった。彼女を抱くと、月の光の中で、霞のようなブルーグレーのシルク・シフォンに纏(まと)わりつかれているようであった。

その絹の女は、ぴったりと万代の身体に密着したまま、絶え間なく動き、吸い、あるいは噛んで、その絹の胸の中で気を失いながら、息絶えてしまいたいと思うほどであった。

ジャクリーヌの肉体は〝海〟の香りがした。

万代は高校生の頃、あの雄大でたくましい〝海〟がフランス語で〝ラ・メール〟、女性名詞であることを知って、夜、ひとりで海に出かけていった。海は月の光を受けて、今までとは全く違った艶めかしい表情を見せた。万代は素っ裸になって、まるで密会でもするように、静かに海の水に弄ばれていた。

今、万代にとってジャクリーヌは、あのときの海であった。

裸の胸や首筋、そして全身から汗や血や体液、身体の中の水分という水分がゆっくりと流れ出て、海の水と同化していく。

すると、万代の身体の中にもゆっくりと塩水が染み込んできた。空っぽになる快楽と、満たされる快楽の狭間で、記憶や人生のすべてのものが遠くへ、遠くへ行ってしまうのを、深い海の中で漂いながら見送っているような浮遊感。これが死んでいくことだとしたら、それはそれで喜んで受け入れようと万代は思った。

彼女の肉体の水平線に耳を押し当てると、遠い海鳴りの音が聞こえてきた。


〈註10〉＝小麦麦芽を多く使用した白ビール。苦みが少なくまろやかな口当たりが特徴。

6

その夜、小次郎は夢を見た。

それは、走る列車の中だった。

僕は、見覚えのある紅葉の柄のえんじ色をした風呂敷包みを開けようとしていた。結び目をほどくと、中から母が大切にしていた輪島塗の重箱が出てきた。蓋(ふた)を開けると、金糸卵や色とりどりの魚や野菜の煮物が入った、僕の大好きなちらし寿司だった。

嬉しくなって顔を上げると、向かいの席で母が笑いながら僕を見ていた。母の横では、メジュランがやはり笑いながら僕を見ていた。

それから、母とメジュランは顔を見合わせて、再び笑った。

列車の窓の外は、一面の星空だった。

きっとこれは、銀河鉄道に違いない。

第二十一章

「人は半分死体で生まれて、完全な死体となって死ぬ」

——寺山修司——

1

翌日、ユゼフの葬式は、ペール・ラシェーズ墓地で行われることになった。なぜ、こんな立派なところでできるのか不思議だったが、モーガンとジョルジュが必死に手を回したらしい。

昼過ぎ、『ベティ・ブルー』にメジュランがやって来た。正装したメジュランは、なかなかの男前だった。すでに小次郎も、モンマルトルのアパルトマンからやって来ていたが、メジュランと言葉を交わすことはなかった。

マノンは、ヤンと一緒にここに泊まっていた。小次郎は、リシャールのバイクの後ろに乗り、マノンとヤンはメジュランの車に乗って『ベティ・ブルー』を出た。

五人が、墓地の正面入り口に着いたのは、午後一時半を少し回ったころだった。本来ならば、教会で葬儀を執り行ってから墓地に来るのが慣わしだが、急なことで教会を押さえるのが難しかったことで、直葬の形式となった。

ペール・ラシェーズの墓地は四十三ヘクタールの敷地を有するパリ最大の墓地である。一八〇四年にナポレオン一世が買収し〝東墓地〟としたのが始まりであった。モリエール、オスカー・ワイルド、アポリネール、モジリアニ、ショパンといったそうそうたる面々の墓が並ぶ。

一行は、遺体を乗せた霊柩車を先頭に、正門から整列して徒歩で一番北の端にある九十七区の墓地へと向かった。

霊柩車のすぐ後ろには、神父とともに息子であるメジュランがユゼフの遺影を抱いてついてゆく。その後ろに、ヤンとマノンが花束を持って歩く。その後に、リシャールと小次郎、そして、モーガンとアル、ジョルジュとマムシのトマ、万代と真田、彼らの代理人兼秘書のブルーネットの女とジャクリーヌ、ジャンヌや子分たちが数名続く。道の両脇にはさまざまに趣向を凝らした墓石が並び、色鮮やかな花が飾られ、美しい散歩道の風情である。

列がちょっと乱れたとき、ジャクリーヌが万代の横に並んで、そっと手に手を触れた。万代は、一瞬ハッとなったが、ジャクリーヌは何事もなかったかのように再び列に戻った。

一行が九十七区に着くと、すでに埋葬の場所では墓穴が掘られていた。

「なんで、俺が俺のために用意しておいた九十七区の墓所を、あんな爺さんに明け渡さなきゃならないんだ」

ジョルジュはブツブツ言っている。それもそのはず、九十七区にはジョルジュの大好きなエディット・ピアフも埋葬されていて、うまく市の役人を丸め込んで自分の墓所として確保した矢先のことだった。

舟形の棺桶は皆の手によって花で飾られ、葬儀執行人によって墓穴に降ろされた。神父は祈りを捧げる。マノンがユゼフ老人のために歌を歌った。ジョルジュの事務所に捕らえられていたときに歌ったイプセンの詩劇『ペール・ギュント』の劇中歌、「ソルヴェーグの歌」の二番であった。

あなたがただ一人さまよっているとき
神は、あなたを助けたまう、たったひとりのあなたを
あなたが神に跪(ひざまず)けば
神は、あなたに力を授ける、神に跪けば……
もし、あなたが天国でわたしを待つなら、わたしを待つなら
ふたりは出逢い、愛し、離れることはない
もう、決して離れることはない
ああ……

マノンの歌声は、広いペール・ラシェーズの墓所の隅々にまで、そして、おそらくは死者の国にまでも沁み渡っていった。

最後に、メジュランの挨拶となった。

「わたしは、親不孝な息子でした。わたしは自分の好きな絵を描いていれば良かったが、父は、わたしたちの生活のために裏の世界の仕事ばかりしていた。父は、自分の絵が描きたかった。でもそんな余裕はなかった。挙げ句の果てに、やっと自分の絵を描けたときには、最後には、自分の手でその絵を洗い流さなければならなかった。そんな父のために祈りを捧げます」

そう言って、目頭を押さえた。

小次郎が後ろから、そっとメジュランの背中に手を置いた。

第二十二章

「人生はチョコレートの箱、開けてみるまで中身はわからない」

――映画『フォレスト・ガンプ』より――

1

メジュランは、ペール・ラシェーズ墓地での別れ際に、

「明日は、僕は行かないから、君たちだけで行きなさい」と言った。

小次郎は、びっくりして「なぜ?」と聞いたが、

「ちょっと事情があってな……。すべて、アンリ・コルディ爺さんが仕切ってくれるから安心だよ。小次郎はアンリを知っているね。大丈夫、心配ない」と言って笑っていた。

次の日、リシャール、ヤン、マノンは少し早めにモンマルトルの小次郎のアパートに集合して、

ノルヴァン通りの芸術家村に向かった。コルト通りの石畳の坂を下って左に折れ、次の四つ角を右に曲がれば、もうノルヴァン通りである。両側から緑が覆いかぶさるように茂る小道を、四人はなにか緊張した面持ちで歩いていった。朝方、雨が降ったようで、木々の間からこぼれる日差しで石畳はキラキラと輝いていた。小次郎にとっては毎日通う道なのに、揺れ動く木々、黄緑色に咲く小さな花、湿った空気と草の匂い、石塀の艶やかな色合い、風のざわめきと鳥の鳴き声……なぜかひとつひとつが身体の五つの感覚に染み込んでくる。

芸術家村の入り口に着くと、今日は、鉄格子の扉は開かれたままになっていて、相変わらず雑草の生い茂る庭が大きく広がっていた。そこには、すでに二台の車が駐車していた。見覚えのある白い車は、マムシのトマのに違いない。もう一台は黒いベンツである。庭の真ん中を通るけもの道のような小道を建物の方に歩いていくと、相変わらず碧(あお)い犬のヨハネスが、尻尾を振りながら飛び出してきた。

「お邪魔します」

と玄関を入る。二部屋をぶち抜いた広いアトリエには、すでにジョルジュとトマ、それに日本人の二人とフランス人女性がいた。

フランス人女性は、ジャクリーヌである。万代は真田に、フェルメールの真贋を見分けるのにはかなり専門の知識が必要だとして、そういう専門家としてジャクリーヌを紹介した。嘘ではなかったが、インターポールの絵画専門部門所属とは言わなかった。いずれ、今日にも自分の真実の姿を真田に明かすことになるだろうと、万代は心が重かった。そんなことは関係なしに、ジャクリーヌは二枚の絵を穴のあきそうなほど凝視しては、ため息をついている。

「おお、小次郎来たか。何やら面倒なことを頼まれてな。偶然にも、小次郎が以前話していた絵のことじゃったから、思わず引き受けてしまったが、ほんとに迷惑な話じゃよ」

コルディ老人がにこやかに出迎えた。

「上がりなさい。君たちが小次郎の友達の、マノンとヤンとリシャールさんだね。君たちなら大歓迎だよ。あそこにいるご仁たちは、あまり歓迎したくないがね」

と、持ち前の皮肉を面と向かって言う。

「アンリ・コルディっていう爺さん、なんだかユゼフ爺さんに似てるな」

リシャールが思わずそう小声で言ってから、マノンが悲しいそうな表情をするのに気が付いて、

「しまった」と口をつぐむ。

奥にはすでに二枚のキャンバスが、それぞれイーゼルにのせて並べてある。

右側に置かれた絵は、表面に岸壁に修道院のある絵柄が本当に見えるか見えないか薄く残り、その下に、乳白色半透明の薄い膜のようなものを透して、中世の二人の女性と背を向けた男性の姿がほんのり浮かび上がっている。

左側の絵は、まさにフェルメールの『合奏』である。背を向けた男性はリュート〈註11〉を手に持ち、二人の女性の合奏を手助けしている。人物の豊かな動きと表情が、くつろいだ雰囲気を

醸し出している。この絵こそ、まさに小次郎の部屋に長いことあったあの絵である。そして、おそらくこの絵とほとんど同じ絵が、右側の絵の半透明の薄い膜の下に隠れているのであろう。

車の音がして、もう一台黒いベンツがやって来た。モーガンとアルのTRAのグループである。

「こちらはアンリ・コルディさんのお宅でしょうか?」アルが入り口から声をかけた。

「そうとも、お入り」とコルディ老人が応える。

アルは入ってくるやいなや、まじまじと老人を見て訊いた。

「コルディさんは、ユゼフを知っておられるか?」

「まあ、知っているといえば知っているが、何故だね?」

「いや、よく似ておられるんで、ご親戚とかご兄弟とか?」

「そういうことでいえば、似ても似つかん赤の他人じゃが、あんたはそんなことを言いにわざわざここにやって来たのかね?」

そう言って不機嫌そうに奥に入っていく。

「いいえ、お気に触ったのでしたら申し訳ありません。他人のそら似と言うのもありますから……」

アルは、慌てて言い訳にもつかないことを口にしながらついていく。

「ところで、メジュランはまだ来ないのかね?」

モーガンがあたりを見回して言った。

「ああ、奴はこういう仕事が嫌いでね。わしに頼んで今日は来んよ。では、皆さんそろったようだから、そろそろ始めるとするか」

と、コルディ老人は、まず右側の絵の正面に立った。

「ユゼフは、有機溶剤で上の絵を上手に流し落としておるわい。これ以上でもこれ以下でもいけない。あくまでもセルロース繊維膜に到達する一歩手前でやめておく、それが肝心なんじゃよ」

そう言いながら、用意してあったガラス容器に入った液体を小型バットに移す。

「この特殊液を塗ると、下のセルロース膜が固定化して分離するんじゃ」

と、コルディ老人は刷毛で丁寧に塗っていく。乳白色の半透明だった膜が、しばらく塗っているうちに白くなり透明感がなくなって、うっすらと見えていた二人の女性と背を向けた男性の姿が徐々に消えていく。一同は、固唾（かたず）を呑んでそれを見守っている。

「爺さん、本当に大丈夫なのかね」

たまりかねたジョルジュが思わず口に出す。

「心配なら、やめてもいいんだよ」

と、相変わらずコルディ老人は意地が悪い。

一通り塗り終わると、

「ちょっと休憩じゃ」

と言って、老人は伸びをした。

十分ほどすると、右側の絵は一面白い膜に覆われた。

「では、始めるか」

老人はナイフを取り出して、上端の方から少しずつ刃を入れていく。また、皆が心配そうに覗きこむ。上端の白い皮膜が、まるで剥がれかかったシールのように少しずつ捲(めく)れ上がってくる。上端の一辺をすべて浮き上がらせると、丁寧に丁寧に、まるで日焼けした皮膚を剥がすように、両手を使って上から下へ剥がし始めた。一同は、剥がされたあとの新しい皮膚がどうなっているか居ても立ってもいられないように身を乗り出して覗き込む。

「凄いわ！」

思わずジャクリーヌの口から言葉が漏れ出た。

新しい皮膚には、くっきりと画像がワイプされるように現れてくる。少し陰った白い壁、壁に掛けられた二枚の絵、開かれたヴァージナル〈註12〉の屋根、右のこちらを向いている女性の顔、後ろ姿の男性の頭、ヴァージナルを弾いている女性の横顔、左に掛けられた絨毯、黒と白の千鳥格子模様の床、床に置かれたコントラバス、まさに、フェルメールの『合奏』であった。

老人が白い膜をすっかり剥がすと、

「爺さん、よくやった！」

ジョルジュが手を叩く。

「まだ、終わっとらんよ。見てごらん、左の『合奏』を。左の絵の方が光が生きておるじゃろ。

皮肉なもんじゃな。贋作を見ながら本物の絵を復元していくんだからな。世の中なんておかしなもんじゃ。メジュランの描いた『合奏』も、フェルメールに劣らず立派なもんじゃ。だが、世の中の人は、絵の中身で判断するのではなく、名前で判断するんじゃよ。レンブラントなどは、弟子が描いた絵にサインだけ本人がした作品が数多く残されているようにな。ルノアールだって、駄作はあるんじゃ。しかし、ルノアールというだけで世間の人は有り難がる。そうではなくて、絵は中身が大切なんじゃ。しかし、このフェルメールの『合奏』は見事じゃ。まだ、絵画洗浄に使うイオン液の被膜が残っているというのに、何たる出来栄えじゃろう。これから、そのイオン被膜を洗浄するから、この絵がどんなに美しいか見るがいい」

そう言うとコルディ老人は、違う液を使って絵画全体を洗浄し始めた。

しばらくすると、そこには見違えるように美しい『合奏』が現れた。老人は、少しだけ顔料を使って補修し、復元作業を終えた。

「どうじゃ。左右の絵を見比べてごらん。全く変わらんじゃろ。専門家でも違いがわからないに違いない。世の中は、贋作と言わず、この世に名作が二つもあると思って喜べばいいんじゃがな」

そう言うと、老人は皆の方に向き直った。

「じゃあ、わしはこれで仕舞いじゃが……いいかな?」

するとジョルジュが、

「ありがとうよ爺さん。今度こそ本当によくやったと言っていいんだよな？」

と、嬉しそうに万代の方を向いて、

「例の金はそのトランクですかい？」

万代と真田の足元にある三つの鞄を指さす。

「ああそうですよ。一つのトランクに五万ユーロ束が五百個で二千五百万ユーロずつ、合計七千五百万ユーロだが、それで良かったんですよね」と、万代が答える。

「悪いが、先に一束だけ出してくれないか」と、ジョルジュ。

真田が一つのトランクの鍵を開けると、ぎっしり詰まった五百ユーロ札の中から一束取ってジョルジュに投げ渡す。ジョルジュは、それをコルディ老人に渡した。

「爺さん、ありがとよ。これが復元の礼金だ。取っておいてくれ」

「金には綺麗も汚いもないから、せっかくだから貰っておこう。これで、この絵の贋作を百枚以上も描けるだけのラピスラズリが買えるわい」

と、老人はさほど喜ぶでもなく、金を受け取って部屋を出て行く。

「素晴らしい、本当に素晴らしいわ！」

ジャクリーヌは右側の絵の前に立って、喰い入るようにその絵を見つめていた。

その時、突然、モーガンとアルが大声を出した。

「みんな、手を上げて後ろに下がれ！」

二人の手にはそれぞれ拳銃が握られている。

「おい、アル。まずその現ナマから運び出せ」

モーガンが拳銃で皆を威嚇しながら、アルに命じた。アルは大急ぎで拳銃を仕舞い、両手に一つずつ二つの重いトランクをやっと持ち上げて、運び出そうとした。すると、トマがしゃがみ込みながら、足元から抜いたナイフを素早く投げた。と、同時に、万代は隣に平然と立っている真田の口元から、なにか光るものがプッと吐き出されるのを見た。モーガンは天井に向けて銃を発射しながら、もんどりうって倒れた。その胸には、トマの自慢のナイフが深々と刺さっていた。

アルはトランクを放り出し、入り口から逃げていった。

「皆さん、どうぞお静かに願います。わたしは、国際刑事警察機構の美術品盗難捜査官のシャルニエ警部です」

ジャクリーヌが警察バッチをかざしながら、拳銃を構えて皆の前に向き直った。そして、拳銃を構えたまま、携帯電話を出した。

「もしもし、パリ警察本部ですか？　こちらインターポールのシャルニエ警部です。予定よりも少し早まってしまいましたが、待機させているパトカーを至急現場へ急行させてください。それから、救急車を一台ご手配願います。場所は、十八区ノルヴァン通り二十四番地です。繰り返します。待機させているパトカーを至急、ノルヴァン通り二十四番地に急行させてください。なお、逃走中のＴＲＡ欧州局長アル・デイリーを指名手配願います。アル・デイリーの詳細は捜査リスト一〇二〇をご参照ください。以上です」

　そう言って電話を切り、

「皆さん、あと十五分もすれば警察が来ます。それまで、お静かに願います」と告げた。

　その時、今度はジョルジュが、そばにいた小次郎を盾にしながら拳銃を取り出して怒鳴った。

「おい、そこの女刑事さん。大人しく武器を捨ててくれ。あんたには、そんな物騒なものは似合わないやね。さもないとこの少年の命がないぜ」

　そして、トマに向かって命じた。

「トマ、この子を人質に取っている間に、まず、絵と金を車に積んでしまえ」

　ところがトマは、悲しそうな顔をしながらジョルジュに近づいていく。

「何やってんだ！　トマ、早くしろ」

「親分、親分はいつも言ってたじゃないか。〝女と子供は大事にしろ。弱いものいじめをしちゃあ男がすたる〟って……。特にその坊主は、まずいんだよ。俺とどういうわけか因縁があるんだ。小さい頃から父なし子で、母ひとり子ひとりで育てられたんだ。その母親とも、ちょうど十二歳になった時に死に別れた。そいつだっておんなじなんだ。なんか、俺の生まれ変わりを見ているようで、他人のようには思えないんだ。その子を離してやってくれよ。頼むよ、親分……」

　トマはジョルジュに少しずつ近づいて行きながら懇願した。

「トマ、どうしたんだ？　臆病風にでも吹かれたか？　この坊主のお袋を殺ったのは、お前自身じゃねえか！」

「あれは殺すつもりじゃなかったんだよ。坊主、信じてくれ。ほんとなんだよ。だから親分、その罪滅ぼしのためにも、坊主だけは助けてやってくれよ。親分だって同罪じゃないか。後生だから……頼むよ親分」

「どうしたんだ、トマ。それ以上近づくんじゃねえ！　近づくと、撃つぞ！　近づくんじゃねえ！」

ジョルジュの銃が火を吹いた。と同時に、トマの手から小さな青いものが放たれて、見事にジョルジュの首筋に刺さった。


〈註11〉＝中世からバロック期にかけてヨーロッパで使用された古代弦楽器の一種。

〈註12〉＝十七世紀にイギリスで使われた小型で長方形の鍵盤楽器。チェンバロのルーツ。

2

このナイフは、母さんがくれた初めての贈り物だったんだ。俺が〝大きい〟と言うはずを〝青い〟と言っちまったもんだから、大きな船の模型の代わりにちっちゃな青いナイフになっちまった。それが結局、俺の人生を変えちまって、ほんとに笑えるぜ。人生なんて、そんなもんさ。母さんは、〝このナイフで、他人を傷つけてはいけませんよ。人を救うことに使いなさいね〟って言ったけど、母さん、やっぱり他人を傷つけちゃったみたいだ。でも、あの子を救ったのかな……それならそれでいいんだけれど……。

トマはそんなことを思いながら、目の前の景色がすべて青く青く変わっていくのをゆっくりと感じながら、目を閉じていった。

3

ジョルジュは信じられなかった。

確かにトマの言う通り、俺は、女子供は痛めつけるなと言ってきた。だが、そのトマが俺に逆らうなんて……。でも、悪いのはトマじゃない。あいつは俺のことを思ってくれていたし、俺もあいつのことを好きだった。そう、俺は後悔しない……。

そう思いながら、いつの間にかエディット・ピアフの『Non,je ne regrette rien（いいえ、決して後悔なんかしない)』を口ずさんでいた。

いいや、ちっとも
俺は、これっぽっちだって後悔なんかするもんか
良かったことも、悪かったことも
俺様にとってはおなじこと

いいや、ちっとも
俺は、これっぽっちだって後悔なんかするもんか
やっちまって、穴埋めして、忘れちまった過去なんか
くそ喰らえだ

想い出とともに　火をともす
悲しみも、喜びも
俺には、もう——

なんだか今日は、最後まで歌えそうにない。こんなことは初めてだ。何故だろう？　次の歌詞

が浮かんでこない。そうだ、ゴロワーズを一本だけ吸おう。

ジョルジュはやっとのことで煙草を一本口に咥え、そのまま静かに、静かに深い眠りについた。

4

ジャクリーヌは、すぐさま小次郎を確保した。

「皆さん、もうすぐ警察が来ますのでご安心ください。すみませんが、わたしはこの万代さんと捜査上のお話があります。そのほかの方々は、恐れ入りますがこの部屋から少しの間だけ外に出ていていただけますか？　君も、ちょっと出ていてくれる？」

ジャクリーヌは、そこにいる全員と小次郎に向かってそう言うと、万代のそばに来て皆が外に出て行くのを待った。

部屋の中に万代と二人きりになったのを確認したジャクリーヌは、少し和らいだ様子で話しかけた。

「ヒロミ、実はとても大切なお願いがあるの。あなたにとっては、そんなに難しいことではないわ。この左右の絵を、こうして入れ替えるの。それだけでいいの」

ジャクリーヌはそう言うと、やにわに右のイーゼルに掛けたキャンバスを左のイーゼルの下に置いて、左のイーゼルに置いてある絵を右に移した。

「ジャクリーヌ、何をするんだ？」

万代が慌ててジャクリーヌを止めに入る。

「ねえ、だってそうでしょ。この二枚の絵は、どっちがどっちだか専門家にだって判断できないわ。フェルメールが描いていなくとも、素晴らしい絵は素晴らしいの。普通に鑑賞するには、本物が二枚あるのとおんなじよ。あなたが日本に持って帰るのはこのうちの一枚だけでしょ。どちらを持って帰っても十分その役目を果たせるわ。警察庁から総理大臣の手元に行って、アメリカ合衆国のしかるべき人に外交訪問の手土産代わりに渡される。それが、ボストンの美術館に返還されて、大勢の人が鑑賞する。その、どの人たちにとっても、どちらの絵もフェルメールが描いた本物よ。知らない人たちにとっては、そう信じていればどちらも同じ。

でも、どちらが本物かを知っている人にとっては、違うものなの。特に、愛している人にとってはね。

わたしは、フェルメールを愛しているの。もうずっと昔、わたしが少女の時代から愛していた。ちょうどあの頃のあなたを愛していたように。あなたが使ったタオルが愛しいように、フェルメールが触れたものが愛しいの。だから、さっき、白くなってしまったキャンバスがそのまま元に戻らなくても、わたしはこの絵が欲しかったわ。今、この絵をナイフで切り裂いても、この絵が欲しい。

だってそうでしょう。わたしはあなたを愛しているから、あなたが右手を失っても、左足を失っても、わたしはあなたが欲しいように、フェルメールの描いたこの絵も欲しいの。あなたは、どちらか一枚だけ本物だって言って持って帰ればいいのよね。どうせそれは、アメリカの手に渡るのよね。だったら、わたしたちだけが知っている本物を、わたしたちのところに残しておきましょうよ」

「何を言っているんだ、ジャクリーヌ。本物を取り戻すのが僕たちのミッションだっただろう?」

「まだそんなこと言っているの? ヒロミは、ほんとに馬鹿正直なんだから。ダメだって言ったでしょ。国より個人、仕事より個人の幸せ。それが大事なのよ。これまでも十分に国のため、仕事のために自分を犠牲にしてきたでしょ。今度ばかりは、自分のために仕事をしましょうよ。これまでに失ったものを取り返しましょうよ。この二枚の絵を入れ替えたところで、誰が損をするの? 誰もいないわ。だったら、わたしがずっと夢見ていたフェルメールを、わたしたちのそばに置かせて!」

「駄目だよ、ジャクリーヌ。さあ、元に戻しなさい」

「いやよ。もう時間がないわ。下がって。近づいちゃダメ」

ジャクリーヌは、拳銃を万代に向けた。

5

ジャクリーヌは思った。

わたしは、本当にこの人を撃てるだろうか？　ヒロミに、自分を取るか、フェルメールを取るか、二者択一を迫っている。人間は命の出発点に立ったときから、いつも何か二つのものの間で揺れているというが、そんなことはない。なぜ、両方とも取ってはいけないの？女は、欲深な動物だ。目の前に欲しいものが二つあったら、二つとも欲しい。でも、もしもヒロミがこれ以上近づいてきたらどうしよう。

やめて、ヒロミ、近づかないで！

6

その時、万代には、後ろに人の気配がして、なにか小さな光るものが走ったような気がした。

「だめだ、真田、吹いちゃだめだ！」

万代がうしろを振り向いた時には、真田が何事もなかったかのように静かに立っていた。そしてジャクリーヌは、マリオネットの糸が緩んだようにその場に静かに崩れ落ちた。

「大丈夫です、万代先生。死にはしません。十分もすれば気が付きます。ただ少しだけ、たった今の記憶が抜け落ちてしまいますが、それだけです」

そう言うと真田はジャクリーヌに近づき、目には見えないほど細く光るものを、彼女の首筋から引き抜いた。

7

「真田君に、謝らなくてはならないことがある。いや、それだけではない。いろいろと君に話しておかなければならないことが沢山あるんだ」

万代は、静かに真田に対して頭を下げた。

「万代先生、頭を上げてください。先生のお話でしたら幾らでもお聞きします。でも、先生に謝っていただくようなことはありません。先生のなさったことは、どんなことでもそれが最善であるとしてなさったことです。たとえそのことでわたしが死ぬようなことがあっても、それが一番適切な処置だったと確信しています」

何台かの警察車両がサイレンを鳴らしながら到着し、バラバラと警察官が飛び込んできた。

「シャルニエ警部、どうされましたか?」

刑事らしい一人が、ジャクリーヌを発見して抱き起こした。

「ヤクザ同士の紛争に巻き込まれて、しかし、撃たれてはいないと思うのですが、そのとき気を失って……」

万代が説明する。

「なるほど、シャルニエ警部はもともと頭脳派でして、訓練以外、現場で銃を発射したことがないんですよ。だから、あまりの緊張で気を失ったのかもしれませんね」

そう言ってその刑事は笑った。

「おい、救急隊員に倒れている三人の応急措置を頼んでくれ。もう、三人ともダメみたいだがな……」

モーガンやジョルジュやトマを確認したもう一人の刑事が、制服警官に指示を出す。

そうこうしているうちに、ジャクリーヌが気がついた。

「あら、わたしどうしたのかしら?」

「あっ、無理をしないで。そこの椅子に腰かけているといい」

付き添っていた万代が、ジャクリーヌを助け起こしてそばの椅子に座らせた。

「それにしてもシャルニエ警部、お手柄ですな。これで、TRAも壊滅でしょう。これが例のフェルメールですか。ところで、二つのうちのどっちが本物なんでしょうか?」

刑事がジャクリーヌに尋ねる。

「右側だったと思うけど、なんだか入れ替わったような気もするし、確かじゃないから両方とも署に持ち帰って、専門家に見てもらいましょう」

ジャクリーヌが明快に答えた。

8

翌日、アルの死体がセーヌ河畔のボルテール岸辺で上がった。

オルセー美術館のすぐ横脇であった。

自殺なのか他殺なのか、あるいは単なる事故なのか……。

死体を解剖して調査中であると発表された。

第二十三章

「嘘が本当で、本当が嘘」

——ウィリアム・シェイクスピア——

1

パリ警察と国際刑事警察機構（ＩＣＰＯ）美術品盗難捜査官ジャクリーヌ・シャルニエ警部は、二枚のフェルメールの真贋判定を、フェルメールの権威でありかつて贋作を鑑定しているブリュック博士と、片方の贋作作品を描いたというメジュラン氏に判定依頼した。

メジュランは、ブリュック博士に呼ばれてパッシーの博士のアパルトマンにいた。彼の書斎の真ん中に二枚の絵が並べられ、その前に、ブリュック博士とメジュランは並んで立っていた。

「メジュラン君、本当に見事だね。どちらを本物と言ってもおかしくない。だが、私にはわかるよ。どちらが本物で、どちらが君の描いたものか。ところでどうだい。君自身、どちらが君自身の描いたもので、どちらがフェルメールの描いたものか、わかるのかね？」

そう質問して、メジュランがどちらを自分が描いたものと言うか、懸命に探ろうとした。実際のところブリュックには、どちらも全く同じに見えた。全く違いを探せない。せめて、違いでもあれば、それを根拠にどちらかに判定する理由をでっち上げられるのに……。

「いやあ、ブリュック先生のような大権威者の前にお見せできるだけでも光栄です。もう先生はお見通しのようですが、おそらく先生もお気付きのように、わたしの描いたのは、左側です。うまく描けているとは思うのですが、何か、伝わってくる力が本物には敵いません。それから、バレる前に先生には申し上げますが、わたしの描いた絵の右下部の千鳥格子の白の床材の途切れた小さな一片だけ、白の上塗りの鉛白に少しだけ新しい近代の鉛白を使用しています。先生の目を誤魔化すことはできないので先に申し上げますが、我がメーヘレン家では、祖父の死後、十七世紀の鉛白を見つけてストックしておりました。しかし、ほんのちょっとが足りず、バレないと思いあの小さな部分だけ新しい鉛白を使って上塗りしています。見た目は、全くわかりませんが……」

「ハッ、ハッ、ハッ。やはり、左側が君の描いた『合奏』だね。思った通りだ。しかし、鉛白についてては、白状してもらって助かるよ。早速、左の絵だけ鉛白の放射線テストをして贋作の証明にするよ」

鉛白の放射線テストというのは、鉛白に含まれる鉛二一〇という物質から出る放射線量とラジウム二二六から出る放射線量を比較計算することによって、どのくらい昔の鉛白によって描かれたものかが判定できるのである。

パリ警察と国際刑事警察機構美術品盗難捜査官ジャクリーヌ・シャルニエ警部は、ブリュック博士とメジュラン氏が判定した結果に基づいて、本物を元警察庁の万代氏とともに日本へ送った。贋作については、メジュラン氏との約束もあるからと、万代が進言して小次郎と作者のメジュランに渡された。

2

万代は、パリで真田にこれまでのいきさつを話した。警察庁から明石屋捨吉親分に預けられて、結局二十年間も経ってしまったこと。その間、結果として真田を含めた組のみんなを欺き、親友や恋人のジャクリーヌを欺き、今、やっとその大任が果たせること。真田は真摯に聞いてくれて、最後には笑った。

「なんて先生らしいんでしょう。やはり先生じゃなければ、この大役は果たせなかったでしょうね。だから先生が好きなんです」

そう言うと、真田はまた大笑いした。万代は、真田がこんなにすべてを受け入れてくれて、やっと大任が終わったことを心から感じた。

3

万代は帰国するとすぐに、警察庁長官室を訪れた。

「あなたのことは、前任者から引き継いだ時にお聞きしております。長い間、本当にご苦労様でした。総理も殊の外お喜びです。フェルメールを取り戻した上に、特別資金についても、使わずにお持ちくださったとか」

「いえ、やむを得ぬ事情で、五万ユーロ束一束だけ、使用しております。あとの七千四百九十五万ユーロは、お持ちしました」

「聞いておりますが、こちらとしても実はこの金は帳簿上載っておりませんで、七千四百万ユーロはお言葉に甘えて、特別会計としてこちらで保管させていただくとして、あなたの二十年間の功労に対して、特別報奨金というか、実はあなたには退職金も支払っていなかったようですので、半端な金額で恐縮ですが九十五万ユーロを別に残しましたので、お持ち帰りください。ところで、実はお願いがあります。我が国もこの度、国際犯罪特別捜査室を設けようと考えておりまして、あなたにその第一期室長をお願いできないかと思っております。これを機会に警察庁にお戻りいただけませんでしょうか？」

「いや、大変身に余るご提案を頂き、光栄に存じます。しかし、わたくしはすでに老生の身、これからそのような大任をお受けできるとは思えません。むしろこちらからお願いがございます。この度、わたくしの片腕となって、いや、それ以上に労を尽くしてくれた若者がおります。彼は、歳に似合わず冷静な判断力、洞察力、速やかな行動力など、わたくし以上のものを持っております。どうか、彼をご任用頂けませんでしょうか。もちろん、彼が望めばの話ですが……。真田慎太郎君と言います。下でわたくしを待っております」

真田が警察庁の一階ロビーで万代の帰りを待っていると、万代と女性が下りてきた。

「真田君、このお嬢さんと一緒に長官室に行って来てくれませんか？」

万代の言葉に、真田は素直に従って、長官室へ向かった。

しばらくして、真田が帰ってきた。

「万代先生、お心遣い本当にありがとうございます」

そう言って、真田は深々とお辞儀をした。

「ところで先生は、この後どうなされるんでしょうか？　警察庁の新しい嘱任はご辞退なされたとお聞きしました」

「僕ですか。まず、ジャクリーヌに結婚を申し込むつもりです。ちょっと遅すぎるかもしれませんが……。それから、やはり明石屋佐兵衛商会にでも戻りますか。ヤクザが妙に性に合っている気がしまして……。ただ、ジャクリーヌがなんと言うか……。ところで、君は、新しい仕事、どうしました?」

「申し訳ありません。ご辞退申し上げました」

「えっ、そうですか」

「はい。先生がおられないとお聞きしましたものですから、もう少し先生に付いて勉強がしたいと申しましたら、長官も〝なるほど〟と納得してくださいました。〝良い師がいて幸せですね〟とも言ってくださいました。

それから、〝それならば、どうせ国際犯罪特別捜査というのは隠密裏に事を運ぶのが仕事だから、明石屋佐兵衛商会に業務委託することも考えたいので先生に申し上げておいてください〟と仰いました。〝そんな予算は表立って計上できないから、早速今回返却いただいた七千四百万ユーロから支出することができます〟〝ただし、これ以上は無理ですよ〟とも……。でも、七千四百万ユーロといえば、日本円で約九十億円以上です。使い出がありますね」

万代と真田の二人は大笑いした。

「あっ、それから、受付で鞄を持って帰るのを忘れないでくださいと先生にお伝えしてくれと……」

「わかりました。帰りにどこか銀行に寄って両替をして帰りましょうか……」

「いかほど替えられるのですか?」

「九十五万ユーロほどかな」

「えー、それは無理ですよ、すぐには……」

「そうですね。じゃあ、五百ユーロほど替えて飯でも食おう」

二人は鞄を受け取ってから、まるで親子のように寄り添って警察庁を出ていった。

4

パリでは、フェルメールの『合奏』が日本とフランスの国際警察、パリ警察の手によって発見されたこと、そして発見されるにあたっては、あまりにも素晴らしい『合奏』の習作を描いたために、贋作として利用されそうになったメジュランと小次郎の親子、マノンそれにリシャールとヤンが大いに貢献したことが大々的に報道された。

アメリカのFBIからは、彼ら五人に対して、『合奏』発見に貢献した者に贈られる賞金五百万ドルが手渡された。

ジョルジュとトマは一緒に、エディット・ピアフの墓のそば、ユゼフ老人の墓の隣に埋められた。ジョルジュ一家は、両替商と中国レストランチェーン、不動産業の堅気な商売に鞍替えした。

メジュランのところに、突然、ある音楽プロデューサーという人から連絡があった。エディット・ピアフの墓参りに来た彼が、偶然、葬式のときに歌うマノンを見かけ、ぜひプロデュースをしたいというのである。マノンは毎日、歌のレッスンを受けている。

マノンは、メジュランの養女として迎えられた。すなわち、小次郎の妹である。このことで一番喜んだのはヤンであった。なぜなら、小次郎を恋人にする権利を独り占めできたからである。

もちろん、小次郎は当惑しているが……。

三人の親子は、メジュランが住むシャンティイの家に住むことになった。

5

ジャクリーヌは、万代から結婚の申し込みを受けた。というよりも、強引に〝来るんだ〟と言わんばかりの申し込み方だった。

「俺は、ヤクザだ。今度は、警察庁から隠密で派遣されたとかではなく、れっきとした正真正銘のヤクザだ。〝それでもいいか？〟なんて甘っちょろい申し込みではない。日本に来い。俺の女房になるんだ。俺はもう国のためでも、組織のためでもなく、自分本位で生きるからな」

ジャクリーヌは彼に対して、今までとは違った魅力を感じて、すぐに承諾した。

〝わたしのフェルメールは、彼だったに違いない〟

ジャクリーヌはそう確信した。

式は、大阪で行われた。九州から北海道までのその筋の方々と、警察庁長官や警視総監が同席した。フランス・リヨンのインターポール（ＩＣＰＯ）の代表や総理大臣からの祝電も披露された。もちろん、式は神式だった。

その後、ジャクリーヌは、ヤクザのおかみさんとしての仕事を満喫している。大阪弁の日本語も上達して、万代も顔負けの啖呵も切る。組に新しく美術部門を設け、政界、財界の裏金作りの手助けをしている。

6

ブリュック博士は、あちこちの講演やテレビに引っ張りだこである。

「今回の新しい発見は、Ｘ線検査で、画家フェルメールが試行錯誤して修正したと思われる鏡とおぼしき絵が下絵に見えていることです。これは、同時代の作品『音楽のレッスン』のモチーフですね。有名な話ですが、フェルメールの『手紙を読む青衣の女』でも、背後の地図の描き方が、当初は手紙の上端までだったものが、最終的には手紙を持つ手からずっと左まで拡げられて、まるで手紙の来た遠くかなたを想う彼女の想いが感じられるように修正されたことがわかりました。この絵に於いてもX線検査で、当初はヴァージナルを弾く女性の横の壁には鏡を描いてあったことが発見されました。その鏡には、ヴァージナルを弾く女性の横顔の奥に、絵の具箱とフェルメールの存在を思わせる画架の足が描かれております。最終的に風景画に描き換えました。それは、『音楽のレッスン』のモチーフそのままです。まさにこれは、最終的に風景画に描き換えました。それは……」

「違うんだよ」と、テレビを見ながらメジュランが呟いた。

「なにが？」と、小次郎が聞き返す。

「鏡の中にあるのは、ヴァージナルを弾く女性の横顔と絵の具箱ではなくて、おまえの母さんの横顔と小さな揺り籠だよ。その中には、もちろん、生まれたばかりのおまえがいる」

「えっ……ということは、本物だといわれてボストンの美術館に飾られている絵は、父さんが描いた偽の絵なの？　どうも変だと思った。僕の家に戻ってきた絵の裏のキャンバス枠に、僕の開けたピンの穴がないから……」

「嘘も本当もないんだ。物事は、どれも本当で、どれも嘘なんだよ。シェークスピアの『マクベス』に出てくる魔女のセリフにもある。〝嘘が本当で本当が嘘〟ってな。美醜も善悪も世の中にはないんだよ。形のあるように見えるものは実のところは何もないし、何もないように見える中に形がある。これは、東洋の『般若心経』という経典の『色即是空　空即是色』と同じだ。おまえには、まだ難しいかな」

小次郎は、これが父親というものだということを、ゆっくりと噛みしめていた。

外で犬のヨハネスが呼んでいる。ヨハネスは、相変わらず碧い。

「結局、コルディ爺さんは、父さんが変装してたんでしょ。じゃなけりゃ、ヨハネスがここにいるわけがない。それに、父さんの部屋に、コルディ爺さんが着ていたキリストみたいなマントがあった」

「あれは、コルディさんから借りたんだ」

「嘘！」

「嘘が本当で、本当が嘘さ」

マノンがレッスンを始めたらしい。

美しい歌声がシャンティイの森を駆け抜ける。

完

著者プロフィール

安藤 紘平（あんどう こうへい）

映画作家、早稲田大学名誉教授
1944年生まれ　早稲田大学卒
青年時代、寺山修司に師事。繊細で独創的な表現力で知られる映画作家。ハイビジョンを使っての作品制作では世界的な先駆者。『息子たち』(1973)、『アインシュタインは黄昏の向こうからやってくる』(1994)、『フェルメールの囁き』(1998) など多数の作品で、フランストノンレバン国際独立映画祭グランプリ、ハワイ国際映画祭銀賞、モントルー国際映画祭グランプリなど数多く受賞。パリ、ニューヨーク、LA、東京、横浜などの美術館に作品収蔵のほか国立フィルムセンターに全作品が収蔵されている。
2001年、2005年パリにて安藤紘平回顧展開催。
日本映画監督協会国際委員　東京国際映画祭選考委員

フェルメールの囁き ―ラピスラズリの犬

2021年12月15日　初版第１刷発行

著　者　安藤 紘平
発行者　瓜谷 綱延
発行所　株式会社文芸社
〒160-0022　東京都新宿区新宿１－10－１
電話　03-5369-3060（代表）
03-5369-2299（販売）

印刷所　株式会社フクイン

ISBN978-4-286-23126-6